ars vivendi
Krimi

Christine Grän wurde in Graz geboren, lebte in Berlin, Bonn, Botswana und Hongkong und ist heute in München zu Hause. Die gelernte Journalistin wurde durch ihre Anna-Marx-Krimis bekannt. Bei *ars vivendi* erschien ihr erfolgreicher Kurzgeschichtenband *Amerikaner schießen nicht auf Golfer* mit 18 Storys – eine literarische Golfrunde um den Globus. 2015 folgte *Sternstraße 24 – 24 Weihnachtsgeschichten vom Parterre bis unters Dach.*

Hannelore Mezei kommt aus Graz und studierte dort Germanistik und Anglistik. Sie arbeitete 26 Jahre als Redakteurin bei der *Neuen Kronen Zeitung* in Wien. Dazwischen verbrachte sie einige Jahre in Afrika und Südkorea. Heute lebt sie als freie Journalistin und Autorin in Wien und Velden am Wörthersee, schreibt für die *Neue Kronen Zeitung* und den Medizinverlag *MedMedia.* Hannelore Mezei veröffentlichte bisher Kurzgeschichten für Anthologien sowie Sachbücher.

Christine Grän · Hannelore Mezei

Glück am Wörthersee

Kriminalroman

ars vivendi

Die Handlung dieses Buches ist frei erfunden. Etwaige Übereinstimmungen mit lebenden Personen sind nicht beabsichtigt und rein zufällig.

Originalausgabe

Erste Auflage Juni 2016

www.arsvivendi.com

Umschlaggestaltung: FYFF, Nürnberg
Motivauswahl: ars vivendi
Coverfoto: © plainpicture / Stephen Carroll
Druck: CPI Ebner & Spiegel, Ulm

Printed in Germany

ISBN 978-3-86913-631-8

Glück am Wörthersee

Kapitel 1

Von der Hölle in die Freiheit

Der Mord fühlt sich gut an. Gerechtfertigt. Und für einen Augenblick denkt er den Gedanken vieler Täter: *Sie hat es verdient*. Die Vorstellung ist zum Fürchten! Wäre er unter extremen Umständen tatsächlich bereit, jemanden zu töten? Vielleicht ... mit dem Gedanken wird man ja wohl noch spielen dürfen. Unter diesen extremen Umständen.

Das Objekt seiner Mordphantasien bearbeitet gerade die sogenannten Triggerpunkte seiner Achillessehne. Punkte, deren Berührung etwas Gutes bewirken soll, die aber nur höllisch wehtun.

Der trostlose Blick aus dem Fenster ins verregnete Waldviertel, während Frau Inge ihn malträtiert, ist mehr, als Martin Glück meint ertragen zu können. Hinzu kommt die unerfreuliche Erscheinung dieser Frau, die eher einem Stück Bündnerfleisch gleicht als einem weiblichen Wesen. Vegane Yogapilatesfitnessfigur im weißen Trainingsanzug. Er hasst Trainingsanzüge, er hasst Rehabilitationszentren, er hasst knöcherne Frauen, und er hasst Regen.

»Es regnet«, erinnert ihn die Masseurin, »jetzt schon seit drei Wochen.« Als wüsste er das nicht, verdammt noch mal! »Na ja, des is eh gut für die Haut. Außerdem erholt man sich nur bei Regen wirklich, huahuahua«, kommt schon die nächste Herausforderung für Martins blank gelegte Nerven. Muss die immer wiehern statt lachen? Die Frau tut ihm sogar in den Ohren weh.

»Ja, ich weiß«, bringt er zähneknirschend hervor. Warum hat er bloß das Sackerl mit seinen kleinen Wutstoppern im Zimmer gelassen?!

Drei Wochen Regen, drei Wochen gesunde Kost, die nach nichts schmeckt, drei Wochen fader Kräutertee, drei Wochen Trainingsanzüge in allen Variationen, drei Wochen Madame Bündnerfleisch. Es reicht!

»Auuuuuuuuu!!!!!! Aufhören!« Diese Frau verkörpert einfach alles, was er an der Reha verabscheut.

Wenn die Kollegen im Kommissariat wüssten! Beneidet haben sie ihn, als er nach seinem Skiunfall zur Kur musste. Von Erholung, ruhigem Lenz und Kurschatten war da die Rede gewesen. Ein Märchen, das ein Sadist erfunden hat.

»Tut halt a bissl weh. Aber ein Indianer kennt kan Schmerz«, drängt sie sich mit dem nächsten blöden Spruch in seine Gedanken.

»Ich bin kein Indianer.«

»Dafür werden S' bald wieder fit genug sein, um den Verbrechern nachzulaufen! Aber andererseits: Die san eh immer schneller als die Polizei, huahuahua.«

Nun kann er sich nicht mehr zurückhalten. »Warum hören Sie nicht endlich auf, Sie Trampel, Sie …«

Er springt auf – na ja, jedenfalls versucht er es – und humpelt mit einem lautstarken »Jetzt reicht's mir« aus dem Raum. Im Rücken spürt er Frau Inges verständnislosen Blick und glaubt, ihr furchtbares Lachen zu vernehmen, als er knapp vor seiner Zimmertür gegen den Teewagen prallt und sich Pfefferminz-, Hagebutten- und Fencheltee über den Fußboden ergießen.

***

Gleichmäßig langsam rattert Martin Glück kurze Zeit später mit dem Regionalzug nach Wien. Die Monotonie findet er beruhigend und seinen Entschluss, einfach abzuhauen, mit jedem Kilometer besser. Leider hat es am Bahnhof keinen Kiosk gegeben, sodass er sich den Nachschub an Gummibären nicht besorgen konnte. Aber jetzt, auf dem Weg von der Hölle in die Freiheit, ist er ja ganz gelassen, und wodurch soll sich das schon ändern? Warum ist er vorhin nur so ausgerastet? Er hatte sich doch in den letzten Monaten super im Griff. Seit er durch Zufall entdeckt hat, wie sehr ihn ein, zwei Gummibären beruhigen, kann er sich richtig gut beherrschen. Und nun begleiten ihn die kleinen Süßen eben auf Schritt und Tritt. Wenn er sie nicht gerade vergisst ...

Außerdem sind seine »seelischen Flatulenzen«, wie Larissa seine Wutausbrüche nennt, nie ernsthaft böse gemeint. Nur eben die spontane Reaktion auf etwas, das ihm gewaltig gegen den Strich geht. Gut, die Reha war eine einzige Tortur, aber die Masseurin konnte ja schließlich nichts dafür. Außer dass sie ihn häufiger nervte als alle anderen Rekonvaleszenten, Therapeuten, Schwestern, Ärzte.

Er muss lachen, so erleichtert ist er, wieder in Freiheit zu sein. Die junge Frau, die ihm gegenübersitzt, blickt von ihrer Zeitschrift auf und lacht einfach mit. Dann holt sie aus ihrer überdimensionalen Handtasche einen Schokoriegel und lässt winzigste Bissen mit verzücktem Lächeln im Mund zergehen. Sie gefällt ihm: eine Frau mit Humor und Genussfähigkeit, fesch, Anfang zwanzig, schlank, trotzdem eine weibliche Figur. Ein bisschen erinnert sie ihn an seine Larissa der Anfänge.

Er freut sich schon darauf, seiner Frau alles zu erzählen, sie wird seinen starken Abgang sicher witzig finden. Sie haben immer viel miteinander gelacht. Jedenfalls früher. Wie er diese Augenblicke des gemeinsamen Gelächters vermisst! Schon seit langer Zeit.

Soll er sie nicht doch anrufen? Nein, er wird sie überraschen, gute Stimmung verbreiten und endlich die Aussprache führen, die sie schon vor Jahren wollte.

»Hallo, ich bin's noch mal. Tamara. Wo steckst du denn? Ruf doch bitte zurück!« Sein Gegenüber versucht zum dritten Mal vergeblich, jemanden telefonisch zu erreichen. Ihren Freund wahrscheinlich. Tja, Männer ...

Zu dieser Spezies gehört Martin allerdings auch. Sicher ist er nicht unschuldig an der Ehekrise, die nun schon ziemlich lange anhält. Zuerst seine Reaktion auf ihre Schwangerschaft und dann die Geschichte mit der Polizeireporterin. Außerdem ist er seit seinem Skiunfall extrem unleidlich geworden. Er weiß es ja selbst. Aber für einen Bewegungsmenschen wie ihn ist diese Situation echt herb: kein Sport, nicht einmal g'scheit gehen konnte er eine Weile – und dann ständig diese Schmerzen. Das Ärgste war der Liegegips, in dem er wochenlang gefangen war. Bewegung ist ein Fundament seines Lebens, so wie es für Larissa ihre Arbeit ist.

»Was musst du auch über eisige Pisten rasen?«, macht man ihm seit dem Unfall von allen Seiten Vorwürfe. Er suhlt sich dabei immer ein bisserl in diesem Bild des draufgängerischen Sportlers, das die anderen von ihm haben. Doch von Verwegenheit konnte bei diesem Unfall keine Rede sein. Denn bis zu den eisigen Pisten war er gar nicht vorgedrungen. Schauplatz war der Idiotenhügel, und der Unfall war an Peinlichkeit kaum zu übertreffen.

Auf dem Weg zur Gondel, die ihn in die herrliche und herausfordernde Bergwelt des Nassfelds bringen sollte, machte er vor einem kleinen Anfängerhang kurz halt, um einen älteren Mann bei Schneepflugversuchen zu beobachten. Und dann, aus heiterem Himmel, der Stich im Knie. Er verlor kurz die Kontrolle, die Skier rutschten seitlich weg –

und schon saß er mit gerissener Achillessehne im Schnee. Bis heute ist es ihm ein Rätsel, wie das passieren konnte. Unter den neugierigen Blicken der Skianfänger musste er von der Bergrettung geborgen werden. Larissa, Zeugin der kompromittierenden Situation, fand das erst auch noch komisch. Aber ihr Lachen klang nicht lustig, sondern hatte einen bösen Beigeschmack. Sie war wirklich besonders gut darin geworden, ihn durch Blicke, ironische Seufzer oder spitze Bemerkungen zum Deppen zu stempeln.

Der Schaffner reißt Martin aus seinen Gedanken. »Die Fahrkarten, bittschön.«

»Hier drin hat es vierzig Grad. Können Sie nicht die Heizung zurückdrehen?«, sagt Martin, während er ihm das Billet zeigt.

Süffisantes Schaffner-Lächeln: »Is hin. Schon das Fenster probiert?«

»Jetzt werden S' aber witzig. Das geht doch nicht auf!«

»Ja schon, weil wir eh eine kombinierte Klima-Heizungs-Anlage haben«, verabschiedet sich der Uniformierte mit einem bösartigen Augenzwinkern.

Jetzt nur nicht ausrasten!, redet Martin sich gut zu und bleibt ganz still sitzen. Sein Gegenüber mustert ihn mit gewisser Neugierde. Was wird sie von ihm denken? Nicht unattraktiver Mittvierziger, der was gegen Uniformierte hat ...

... und gegen Rehas, wo sie ja auch alle in Kostümen rumlaufen – weiße Kittel auf der einen und Trainingsanzüge auf der anderen Seite. Und so verdammt viel Zeit zum Grübeln. Mit wem hätte er dort reden sollen? Er hatte ja mit niemandem etwas gemeinsam. Die meisten fanden es super dort, Hauptsache, nicht arbeiten und »auf Kur«. Hauptsache, Zeit zum Karteln und für die heimlichen Ausflüge zu den umliegenden Wirtshäusern. Im Sportlerdress. Der Typ, der keinen trug und auch nicht schnapsen konnte, war für die anderen der großkopferte Kieberer aus Wien. Dabei wäre er schon gern mal mitgegangen. Aber auf Krücken und unter Schmerzen? Die Telefonate mit Larissa – sie hat ihn nur einmal besucht – waren immer kurz und unverbindlich. *Wie geht es dir? Wie ist das Wetter? Sei froh, dass du nicht in Wien bist. Ich ersticke in Arbeit! Ciao und mach's gut!*

Er holt seinen alten, abgegriffenen Asimov aus der Reisetasche und vertieft sich in die Welt von Hari Seldon.

»Hallo, wo bist du? Ich mach mir Sorgen. Warum hast du dich noch immer nicht gemeldet?«, wird er von der Welt der Zukunft zurück in die heiße Gegenwart der Regionalbahn geholt.

Martin mustert die junge Frau mitleidig. Offenbar hängt sie wieder an der Mobilbox ihres kontaktunwilligen Freundes. In der Liebe geht die Gleichung halt nie auf. Einer liebt zu viel, der andere zu wenig. Einer leidet, der andere tut sich leid. Doch sie ist ja noch so jung, darum könnte er sie beneiden. Sie zieht ihre Jacke aus, weil das Klima im Abteil inzwischen Südseedimensionen hat. Vielleicht lässt sich das Gangfenster öffnen? Er steht auf, schiebt die Abteiltür zur Seite und beginnt am Gangfenster zu rütteln. Keine Chance.

Martin gibt sich geschlagen und nimmt wieder seinen Platz ein. In Abteil 12 A und auf dem Planeten Terminus ... Bis Stimmen aus dem Gang seine Konzentration stören. Die weibliche: »All unsere Bekannten gehen mit ihren Frauen tanzen, nur du nicht!«

Martin schaut auf, und auch sein Gegenüber legt die Zeitschrift zur Seite. Sie lächelt ihn an: »Ich kenne keinen Mann, der gerne tanzt. Warum akzeptiert sie das nicht?«

»*Ich* tanze gerne«, sagt Martin. »Dann bin ich wohl ein Ausnahmemann.«

Ihr Blick ist spöttisch: »Na, das denken ja alle. Aber sportlich schaun Sie schon aus.«

»Tja, im Moment wohl weniger.« Martin sieht anklagend auf seinen verletzten Fuß: »Beim Skifahren die Achillessehne gerissen. Sie wissen schon, vereiste Piste, zu schnell gefahren ...«

»Uii, Achillessehne, das ist was Langwieriges. Hatte mein Papa auch einmal. Das ist schlimmer als ein Beinbruch. Waren Sie im Waldviertel auf Reha?«

»Ja, drei lange Wochen. Aber jetzt geht's zurück nach Wien. Immerhin kann ich schon humpeln, und Autofahren darf ich auch bald. Was haben denn Sie im Waldviertel gemacht?«

»Meine Eltern besucht. Ich studier in Graz und komm eh nur selten heim. Da ist es dann egal, ob's regnet.«

»... die haben gemeinsam einen Tanzkurs gemacht«, meldet sich die Frauenstimme erneut, und danach hört man nur noch einen langen männlichen Seufzer.

Martin schaut wieder auf sein Buch, kann sich aber nicht mehr konzentrieren. Zu viel Ehekrisenmüll. Als sie am Anfang noch kompromissbereit war, konnte er Larissa tatsächlich einmal zu Tanzstunden überreden. Es ging so was von schief. Martin Glück war nie besonders von sich eingenommen. Denkt er. Nur beim Tanzen, da war er seit seiner Jugend überzeugt, wirklich gut zu sein. Er vermochte jede noch so unbedarfte Partnerin elegant übers Parkett führen, sodass beide eine Superfigur machten. Doch bei seiner Frau versagte sein bewährter Führungsstil. Sie bewegten sich auf der Tanzfläche, als kämen sie von zwei unterschiedlichen Planeten. Also überraschte er sie eines Geburtstags mit einem Gutschein für einen gemeinsamen Tanzkurs. Ihre Freude über das Geschenk hielt sich zwar in Grenzen, aber sie machte dann doch mit.

Während sich in der ersten Stunde alle Kursteilnehmer wie schüchterne Taferlklassler fühlten, war Martin die Selbstsicherheit in Person. Doch nicht lange. Zunächst einmal war ihm der Tanzlehrer unsympathisch, ein steifer, humorloser und obendrein besserwisserischer Typ. Dann musste er irritiert feststellen, dass man hier einen anderen Tanzstil als den seinen pflegte. Da gab es Schritte, die er nicht kannte und auch für überflüssig hielt. Larissa befolgte brav die Anweisungen des Lehrers, während er es ja besser wusste. Na ja, jedenfalls konnte von Harmonie keine Rede sein. Schließlich hörte sie damit auf, die goldene Regel »Der Mann führt« zu beachten, und begann selbst das Ruder zu übernehmen. Noch dazu hatten ihre Stöckel bereits seine neuen Tanzschuhe ruiniert. Da wurde er etwas lauter.

Nachdem man ihnen nahegelegt hatte, den Saal zu verlassen, standen sie eine Zeit lang verloren im Foyer und keiften einander an. Plötzlich kippte die Stimmung. »Voor-voor-saiiit-schluss«, äffte Martin den Tanzlehrer nach, Larissa prustete los, und am Ende zerkugelten sie sich gemeinsam vor Lachen. Sie gingen in die nächste Bar, bestellten eine Flasche Schampus und landeten schließlich zu Hause im Bett. Mit dem Tanzen wurde es nichts mehr, doch der Versöhnungssex war salsamäßig.

Im Gang ist es inzwischen still geworden. Martin schaut aus dem Fenster, und die junge Frau startet eine neuerliche Kontaktaufnahme mit der Mobilbox. Entschuldigend wendet sie sich an Martin: »Sorry, wenn ich Sie mit meinem Telefon nerve, aber meine Freundin meldet sich nicht, obwohl wir das verabredet haben. Es kommt immer nur die Ansage. Ich versteh das nicht. Ich mach mir langsam echt Sorgen.«

»Ach, sie hat sicher nur vergessen, den Akku aufzuladen. Passiert mir andauernd, und dann merke ich gar nicht, dass das Handy aus ist. Man muss nicht immer gleich das Schlimmste denken.«

»Ich weiß nicht«, murmelt sie mehr zu sich selbst. »Sie hat sich da in etwas reinmanövriert …«

Dann sieht er auf ihrem Display das Hintergrundbild und ist für einen Augenblick irritiert: ein erotisches Bild, nein, die beinahe pornografische Darstellung einer Frau auf einem Bett aus Mohnblumen. Eigenartig, warum sucht sie sich so ein Bild aus? Das passt nicht zu ihr – andererseits kennt er sie ja gar nicht. Vielleicht ist sie Künstlerin? Oder irgendwie im erotischen Gewerbe tätig? Geht ihn nix an. Bevor er wieder ins Imperium der Zukunft abtaucht, beschließt er noch, auf dem Heimweg nicht nur Champagner, sondern auch einen Strauß Klatschmohn zu besorgen – Larissas Lieblingsblumen.

Kapitel 2

Glück im Unglück

Martin genießt mit jedem Atemzug die frische Luft auf dem Bahnsteig. Das Lüfterl, das ihm entgegenweht, ist für Ende Mai zwar recht kühl, aber nach den Saunatemperaturen im Zug empfindet er es als paradiesisch.

Tamara, seine Reisebegleiterin, winkt ihm zum Abschied zu und wechselt den Bahnsteig, während Martin zum Ausgang humpelt. Erst jetzt merkt er, dass es auch in Wien nieselt. Doch Regen in der Stadt erscheint ihm weniger trostlos als auf dem Land. Außerdem freut er sich auf die Überraschung, die er Larissa bereiten wird. Beschwingt und beinah schmerzfrei geht er zum Taxi, lässt seine Reisetasche im Kofferraum verstauen und sich auf den Rücksitz fallen. »Zuerst zum Wein & Co. am Naschmarkt, dort warten Sie, dann zur Blumenhandlung Nell im ersten Bezirk und danach in den siebten Bezirk, Seidengasse 33«, gibt er dem Fahrer die Richtung vor.

»Wird gemacht, Herr Chef.« Wiener Taxler sind entweder pampig oder hundsfreundlich.

Martin lehnt sich entspannt zurück. Der Nachmittagsverkehr ist grausam, aber er hat es nicht eilig. Larissa kommt sicher nicht vor sieben von der Agentur nach Hause.

Als sie dann vom Gürtel in die Seidengasse einbiegen, hat er Herzklopfen – als wär's das erste Rendezvous. Er freut sich sogar, das Haus zu sehen, das kalt und unpersönlich neben einem hübschen Biedermeierbau sieben Stockwerke in die Höhe ragt und in dem er nie heimisch geworden ist. Vor sechs Jahren hat Larissa mit der Erbschaft einer Tante die Dachwohnung gekauft. Sie ist ja wirklich toll, lichtdurchflutet, mit großzügigen Räumen, integrierter Küche, viel Glas und Wahnsinnsblick bis hin zum Kahlenberg; Larissa hat ein Schöner-Wohnen-Ambiente geschaffen, doch richtig wohlgefühlt hat er sich in dieser Möbelausstellung bisher nicht. Bis auf die Dachterrasse: Da Martin das Vorstadtgrün vermisst, hat er sich dort einen kleinen Garten geschaffen und sogar einen Miniterrassenteich angelegt. Sein kleines Reich, in dem Larissa mit ihrem schwarzen Daumen nichts zu schaffen hat.

Nachdem er dem Taxifahrer, der ihm Reisetasche, Blumen und das Sackerl mit dem Champagner zum Lift trug, den Fahrpreis samt saftigem Trinkgeld ausgehändigt hat, drückt Martin auf den Fahrstuhlknopf. Wartet. Und wartet. Er versucht es noch einmal. Nichts tut sich.

Erst dann sieht er auf dem Boden ein Papier, das offenbar heruntergefallen ist. »Lift am 24. Mai außer Betrieb.« Normalerweise kein Problem für ihn. Er geht ohnehin lieber zu Fuß die sieben Stockwerke hinauf, Stiegensteigen als Fitnesstraining. Aber jetzt? Mit seinem lädierten Fuß? Ist irgendwie wirklich nicht sein Tag, dieser 24. Mai. *A Indianer kennt kan Schmerz*, fällt ihm der blöde Spruch vom Vormittag ein, und jetzt findet er ihn beinah komisch.

***

Als er in der Wohnung ankommt, ist er verschwitzt und erledigt. Sein Fuß schmerzt. Und er fühlt sich fremd zu Hause. Wie immer ist die Wohnung makellos aufgeräumt, alles ist an seinem Platz. Larissa duldet nichts Störendes in ihrem Blickfeld. Im Kühlschrank finden sich Wein, Wasser, Obst und Joghurts sowie Diätprodukte. Er legt den Champagner ins Tiefkühlfach und geht erst einmal unter die Dusche. Das Auspacken der Reisetasche kann warten.

Kurze Zeit später fühlt er sich wie neu, der Dreitagebart ist perfekt gestutzt. In frischen Jeans und dunkelblauem Baumwollpullover ist er mit seiner Erscheinung halbwegs zufrieden. Er versucht ungeschickt, die Blumen in einer Vase zu arrangieren. Kurz denkt er dabei an das Hintergrundbild auf Tamaras Handy und überlegt, das Bett mit den Mohnblüten zu bestreuen. Doch den Gedanken verwirft er schnell wieder. In der jetzigen Phase seiner Ehe wäre das zu dick aufgetragen. Also bleibt es bei der Vase, die er gemeinsam mit zwei Champagnerschalen auf der Küchenbar platziert.

Als er den Roederer aus dem Tiefkühlfach nimmt, um zu prüfen, ob dieser schon kalt genug ist, läutet sein Handy. Der ganz ordinäre Klingelton, den seine Frau belächelt. Sie hat Mozart drauf.

»Hast du was von Larissa gehört? Sie sollte doch um sechs die Bilder holen. Der Czessy hat nur heute Zeit, ihr zu helfen. Ich kann sie nicht erreichen!« Martins Mutter kommt gleich zur Sache.

»Warum, welche Bilder?« Er hat keine Ahnung, wovon sie spricht.

»Na, *seine* Bilder natürlich. Ich hab heute sein Zimmer ausgeräumt. Schließlich übersiedle ich nächste Woche.«

Hat er vergessen. »Nimmst du die Bilder nicht mit?«

»Ich hab doch in der WG nur ein Zimmer, wo soll ich sie denn da unterbringen? Ich hab gedacht, dass du sie haben möchtest. Jedenfalls war das mit deiner Frau so besprochen.«

»Ich weiß nicht recht, Mama.« Der Gedanke an seinen Vater und dessen Bilder löst bei ihm immer noch widersprüchliche Gefühle aus. Sie scheint es zu spüren.

»Also, wenn du sie nicht willst, Martin, verkaufe ich sie auf eBay.«

Seit wann kennt Lotte eBay? »Ist das dein Ernst?«

»Ja, was soll ich sonst damit machen? Natürlich kriegt man für Kopien nicht so viel. Aber der Hartl – und der versteht was davon – meint, dass sie fast genial sind. Er hat mir geraten, sie ins Netz zu stellen. Oder möchtest du sie doch haben?«

Martin hört an ihrer Stimme, dass sie sein Zögern enerviert. »Er wird schon recht haben, der Hartl. Mir haben Vaters Bilder immer gut gefallen. Verzeihen kann ich ihm trotzdem nicht.«

Die letzte Bemerkung ihres Sohnes ignoriert Lotte Glück. »Falls Larissa nicht selbst kommen kann, könnte Czessy sie heute oder morgen auch noch zu euch liefern. Dann fährt er auf Urlaub nach Polen. Also kann ich nicht warten, bis du von deiner Kur zurück bist.«

Reha und Kur sind schwer zu vergleichen, doch Martin korrigiert sie nicht. »Ich bin schon wieder in Wien.«

»Wieso, ich denke, die Kur dauert vier Wochen?«

»Ohne mich. Ich hab mich heut auf Französisch verabschiedet und bin mit dem Pendlerzug heim.«

»Uii, das wird dich ganz schön kosten!«

»Was – kosten?«

»Na, die Kur. Wenn man sie abbricht, zahlt die Kasse keinen Groschen, dann muss man den ganzen Zinnober selber zahlen. Wusstest du das nicht?«

»Na geh, das gibt's doch nicht.«

»Doch, Martin. Das hab ich mal gegoogelt, weil die Theres damals aus Hochegg abhauen wollte. Erinnerst du dich an die Theres?«

Das Schicksal von Theres interessiert Martin nicht mehr, als er hört, dass die Wohnungstür aufgesperrt wird.

»Mama, die Larissa kommt. Wir melden uns gleich noch einmal. Bussl!«

Er hat keine Zeit mehr, die Flasche wegzustellen, als Larissa das Wohnzimmer betritt. Atemlos und kichernd steht sie vor ihm. Um die Taille den Arm des zärtlich lachenden Mannes, den sie dabeihat. Er schmiegt gerade sein Gesicht in ihr Haar, als Larissa Martin sieht. Jetzt kichert sie nicht mehr, und alle drei erstarren gleichzeitig. Gefühlte Ewigkeiten verharren sie laut- und regungslos in ihren jeweiligen Positionen: die beiden nach wie vor umschlungen, Martin in der einen Hand das Telefon, in der anderen die Champagnerflasche.

Als Erster löst sich Gregor, Martins Vorgesetzter, aus der Starre. »Nein, nein, Martin! Versteh das jetzt nicht falsch. Das ist nicht, wonach es aussieht«, bedient er ein legendäres Klischee. Er lacht. »Wir wollten nur …«

Nichts ist, wonach es aussieht. Und alles. Ein Schuft, wer Böses dabei denkt. Aber das ist er: ein Schuft. Ein verletzter, wütender, unkontrollierter Schuft. Ohne ein Wort zu sagen, schleudert Martin die Flasche auf den Schieferboden, macht einen unbeholfenen Satz auf seinen Chef, auf seinen Freund zu und rammt ihm die Faust mitten ins Gesicht.

Als der zu Boden geht, erwacht Larissa. Mit trotzigem Stolz wirft sie den Kopf zurück und streckt das Kinn vor, sodass ihr schlanker Hals noch länger wirkt. Von oben herab betrachtet sie ihren Mann und sagt leise: »Du bist so ein Trottel. Ich hab's ja für dich getan.« Dann dreht sie sich auf dem Absatz um und verlässt das Zimmer.

Martin versetzt dem auf dem Fußboden liegenden Gregor noch einen eher symbolischen, sanften Tritt in die empfindlichste Körperstelle und hinkt aus der Wohnung.

***

Die *Wunder-Bar* ist Martin Glück in schlechter Erinnerung. Dort hat er sich die Verzweiflung über den Misserfolg einer Ermittlung mit Alkohol von der Seele gebechert und sich dann stockbetrunken von dieser Polizeireporterin trösten lassen. Dort hat Larissa ihn mit der Journalistin erwischt und den spontanen Entschluss zur Abtreibung gefasst. Und wiederum dort ertränkte er seinen Kummer über den Verlust eines ungeborenen Kindes, auf dessen angekündigte Existenz er nicht mit dem erwarteten Enthusiasmus reagiert hatte. Nichts schmerzt so sehr wie die Fehler, die man selber macht.

Jetzt sitzt er wieder in der *Wunder-Bar*, die eigentlich »Kummer-Bar« heißen müsste. Den vierten Whisky hat er schon intus und fühlt sich entsprechend diffus. Außerdem wird ihm langsam schlecht. Als Wein- und Biertrinker mag er im Grunde keine harten Sachen. Aber für Notsituationen ist Whisky einfach effizienter als Wein. Er versetzt einen rasch in die wattige Welt aus bodenlosem Selbstmitleid.

»Alle Achtung, find i echt leiwand, dass du dem Oasch zum Abschied noch in die Eier g'haut hast«, lallt ein ihm unbekannter Mann auf dem Nebenhocker.

Aha, der Whisky scheint zu wirken. Denn offenbar hat er bereits vergessen, dass er sich seinem Trinknachbarn anvertraut hat. Auch egal. Alles egal. Alles vergessen. Die Frau, die ihn betrügt, der Chef, den er für seinen Freund gehalten hat – alles, alles vergessen. Was sie wohl damit gemeint hat, sie hätte es für ihn getan? Ist jetzt zu anstrengend, darüber nachzudenken. Außerdem will er nie wieder über Larissa nachdenken. Nie wieder. »Noch einen«, ruft er dem Barkeeper zu. Noch ein Glas für den gehörnten Ehemann.

Der Mann hinterm Tresen, an Kummer gewöhnt, stellt ihm den Nachschub hin und findet, dass der Kieberer langsam aufhören sollte. Geschichten von untreuen Frauen gehören in der Bar zum Standardrepertoire. Die Weiber brauchen ihren Auslauf, so wie die Mannsbilder auch. Wo, bitteschön, ist da das Problem? »Geh z'Haus«, sagt er zu Martin und schiebt ihm die Rechnung hin.

Nach Hause gehen? Martin forscht in seinem umnebelten Hirn nach einem Zuhause, das diesen Namen verdient. Findet keins. Tut sich so elendig leid, beinah könnt er heulen. Als er zahlen will und in der Hosentasche nach Euroscheinen sucht, ertastet er dort drei Gummibären. Kindisch glücklich über diesen Fund streichelt er die Kleinen liebevoll, steckt zwei in den Mund und bietet seinem Nachbarn den dritten an.

Der stiert ihn verständnislos an und wendet sich dann angewidert ab.

***

Alles dreht sich. Daher macht er die Augen sofort wieder zu. Er hat erst einmal keine Ahnung, wo er sich befindet. Langsam versucht er es wieder und öffnet vorsichtig die Augen. Nach und nach erkennt er den Raum und das Bett, in dem er liegt. Das Bett ist keines, sondern ein Sofa, und der Raum ist sein Arbeitszimmer, in gleißendes Sonnenlicht getaucht, das sich unerträglich in seinen Kopf bohrt. Als er überlegt, wie er möglichst schmerzfrei ins Bad gelangen könnte, fällt ihm mit einem Schlag alles wieder ein. Jetzt ist ihm nicht nur schlecht, sondern auch zum Heulen zumute. Allerdings endet seine Erinnerung bei der Szene mit den Gummibären in der Bar. Er hat nicht die geringste Ahnung, ob er weitergetrunken hat und wie er nach Hause gekommen ist.

Unter Aufbietung all seiner Kräfte steht er auf und wankt ins Bad. In der Duschkabine lässt er eiskaltes Wasser aus dem riesigen Regenduschkopf auf sich herabbrausen. Etwas klarer im Kopf geht er ins Wohnzimmer und stolpert beinahe über Dutzende Gemälde, die hintereinander an die

Wand gelehnt sind. Die Bilder seines Vaters! Ob der Mann von Mamas Bedienerin sie gestern noch gebracht hat?

Mit einem Mal tauchen Bilder der vielen Sommer in der Villa Romana am Wörthersee vor seinem inneren Auge auf. Schwimmen, Tauchen, Wasserski – am und im See hatte Martin sein Paradies gefunden. In späteren Jahren, als er in die Pubertät kam, dann auch die heimlichen Beobachtungen der schönen und aufregenden Romana, wenn sie mit wallenden roten Locken, mit leicht laszivem Lächeln und wiegenden Hüften im Bikini durch den Garten zum Wasser ging, um mit einem Jauchzen vom Steg in den See zu springen.

Nie wieder waren sie nach Vaters Verschwinden an den Wörthersee gefahren. Vielleicht wäre jetzt ein guter Zeitpunkt, dorthin zu fliehen? Was soll er auch in Wien?

Als er am Esstisch vorbeigeht, entdeckt er dort eine Nachricht von Larissa. »Ruf Gregor an. Zu Hause. Er ist logischerweise im Krankenstand. Es geht um deinen Job.«

Das Wort »Krankenstand« befriedigt ihn auf gewisse Weise. Obwohl ihm klar ist, dass es sich hier um Körperverletzung handelt, tut ihm Gregor kein bisschen leid. Seinen Job als Kriminalbeamter würde er jedoch ungern verlieren. Weniger wegen des Geldes, nein, er mag seine Arbeit.

Warum wird jemand kriminell? Ist es die logische Folge unheilvoller Verkettungen, die bei Gewalt im Elternhaus beginnt und sich über Heimaufenthalte und schlechten Einfluss durch Gleichaltrige bis zur ersten Jugendstrafe fortsetzt? Oder werden manche Menschen schon mit krimineller Disposition geboren? Dieses Interesse an der menschlichen Psyche war ja auch der Grund für sein Psychologiestudium gewesen. Allerdings konnte er sich mit der extrem mathematisch betonten Seite dieses Fachs nie anfreunden. Die Hilfe eines Onkels mit guten Beziehungen zum damaligen Polizeipräsidenten kam dem Studienabbrecher Martin daher wie gerufen. Er wechselte, ohne lang nachzudenken, von der Uni zur Polizei.

Jetzt muss er sich vielleicht nach einer anderen Arbeit umsehen – möglicherweise nicht mit den besten Referenzen. Obwohl er sich zu neunzig Prozent im Recht fühlt, ist ihm der Anruf bei Gregor doch mehr als unangenehm. Vorerst braucht er jedenfalls noch einen starken Kaffee. Er verwendet gleich zwei Kapseln für einen doppelten Espresso und schaufelt jede Menge Zucker hinein. Stark, schwarz und süß, so liebt er seinen Kaffee.

Nachdem er ausgetrunken hat, geht er ins Arbeitszimmer – dieses Gespräch braucht irgendwie eine offizielle Umgebung – und wählt Gregors Privatnummer. Vorher schiebt er sich sicherheitshalber noch drei Gummibären in den Mund. Entschuldigen will er sich auf keinen Fall.

***

Eine Stunde später packt Martin Glück wieder einmal. Diesmal für Kärnten. In der Villa Romana hat er sich bereits telefonisch für den nächsten Tag angekündigt, und er freut sich richtig darauf. Auf den Wörthersee, auf Romana, die immer noch ihre Pension betreibt, und auch auf die Autofahrt. Endlich kann er wieder am Steuer seines alten VW-Käfer-Cabrios unterwegs sein, das ihn seit immerhin zwanzig Jahren durchs Leben rollt und in das er schon ein kleines Vermögen investiert hat. Dieses Auto ist mit keinem der heutigen Modelle vergleichbar.

Das Gespräch mit Gregor verlief überraschend glimpflich. Auf ein Disziplinarverfahren will sein Chef und Tennispartner verzichten, weil er die Sache selbst auch nicht an die große Glocke hängen möchte. Martin wird vorerst einmal aus »gesundheitlichen Gründen« für drei Monate beurlaubt.

»Die Trennung wird uns guttun«, meinte Larissa, als er sie am Telefon über seine Kärnten-Pläne informierte. Dann kam das Übliche: Er sei zu bequem, sich um eine Beförderung zu bemühen. Ebendiese habe sie an dem unglücklichen Abend ja mit Gregor besprechen wollen, aber Martin sei wieder einmal ohne Grund (!) ausgerastet. Außerdem sei es nie klug, überraschend nach Hause zu kommen. Jetzt solle er selber sehen, wie er in seinem Job und in seiner Ehe wieder Fuß fassen könne ... wenn überhaupt ...

Irgendwann hörte Martin nicht mehr zu und drückte dann ganz sanft den roten Knopf auf seinem Handy.

***

»Naa, so a Überraschung, der – *Herr* Glück muss i jetzt wohl sagen, oder bleiben wir bei Martin und Romana wie in alten Zeiten?«

»Natürlich bleiben wir dabei«, freut er sich über die herzliche Begrüßung.

»Ich hab dich gleich erkannt, Martin. Bist deinem Vater ja wie aus dem Gesicht geschnitten, ålle bade zwa so fesche Mannsbilda. Da könnt ja eine alte Frau wie ich noch schwach werden. Kennst du mich überhaupt noch nach der Ewigkeit? Hast dich ja lang nicht anschauen lassen bei uns am See!«

»Aber sicher, Romana! Hast dich gar nicht verändert«, lügt Martin, der einer um dreißig Jahre gealterten Version seiner Traumfrau gegenübersteht. Ihre Figur – früher ganz sein Ideal zwischen schlank und fraulich – hat sich in den drei Jahrzehnten ein bisserl in Richtung Rundungen verschoben. Das hindert sie nicht daran, ein enges Kleid mit tiefem

Dekolleté zu tragen – typisch Romana, die Selbstsicherheit in Person. Die früher naturroten Haare sind inzwischen in einem zu grellen Orangerot gefärbt, und das herzförmige Gesicht ist übersät mit kleinen, feinen Falten. Geblieben sind das freche, charmante Lächeln und die abgründigen grünen Augen. Alles in allem strahlt die Romana der Jetztzeit immer noch eine gewisse Attraktivität aus.

Auch die nach wie vor schöne Villa aus den Dreißigerjahren in der typischen »Wörtherseearchitektur« mit Türmchen, gelber Fassade, teilweiser Holzverkleidung und grünen Fensterläden, umgeben von einem herrlichen Park, der bis zum See reicht, hat schon bessere Zeiten gesehen. Die vor dreißig Jahren etwa. Doch trotz des leicht heruntergekommenen Zustands hat sie ihren Charme bewahrt. Wie Romana. Und Martin ahnt, dass er sich in den kommenden drei Monaten hier sehr wohlfühlen wird.

Als er sein Zimmer betritt, führt sein erster Weg auf die kleine Terrasse. Der Blick auf den klaren, jetzt im Mai noch blauen See, in dem sich im Vorabendlicht die Karawanken spiegeln, ist sogar noch wunderbarer, als er ihn in Erinnerung hat. Er atmet tief durch und fühlt sich so frei und gut wie schon lange nicht mehr. Martin Glück ist in sein persönliches Paradies heimgekehrt.

Doch da dringen auf einmal Klänge in sein Paradies, die nichts Sphärisches haben: Volksmusik! Hat Romana in den letzten Jahrzehnten etwa eine Vorliebe für heimatverbundene Liebhaber entwickelt? Er erinnert sich, dass ihr Musikgeschmack stets dem aktuellen Mann in ihrem Leben angepasst war: von deutschen Schlagern über französische Chansons bis hin zu Verdi-Opern. Ein Polka- und Landlerfan war nie dabei gewesen.

Er beschließt, der Volksmusik zu entfliehen und in das seidige Wörtherseewasser einzutauchen.

Kapitel 3

Die Folter der Mittwochabendessen

Wenn er die Augen schließt, sieht er das Bild vor sich: das Kind im Wasser, die Mutter im Schatten des Sonnenschirms, immer wachsam, weil sie dem See nicht traut. Der Vater vor seiner Staffelei, der Wirklichkeit entrückt und ganz in seine Kunst vertieft. Auftritt Romana Petuschnigg im giftgrünen Bikini, und alle Gäste – bis auf seinen Vater – gaffen ihr nach, bis sie im Wasser untertaucht. Sorglose Sonnentage. Aber auch daran erinnert sich Martin: die Streitereien zwischen den Eltern, die in Kärnten noch heftiger waren als in Wien. Lotte, die sich darüber aufregte, dass August entweder arbeite oder male. Für Frau und Kind habe er nie Zeit, das war ihr ewiger Vorwurf, dem sein Vater nichts entgegenzusetzen hatte. Bloß ein Achselzucken.

Martin weiß noch genau, dass sein Vater am glücklichsten war, wenn er den Pinsel in der Hand hatte. Manchmal durfte er sich zu ihm setzen, aber nicht reden, nur schauen. Er fand die Bilder wunderschön und verstand nicht, warum seine Mutter sich deshalb immer wieder aufpudelte. Es war ja nicht so, dass sein Vater ausschließlich malte. Er hat ihm am Wörthersee das Schwimmen beigebracht und auch das Tischtennisspielen. Er sprach mit ihm viel über Kunst, alle anderen Themen interessierten ihn nicht.

Romana bringt Martin ein Glas Weißwein und eine Flasche Wasser auf die große Terrasse. Er öffnet die Augen und blinzelt in die letzten Sonnenstrahlen. »Ich war in der Vergangenheit unterwegs«, sagt er, und sie schenkt ihm ihr immer noch verführerisches Lächeln: »Ihr wart meine Lieblingsgäste.«

»Das hast du doch zu allen gesagt.«

»Nona, es håt immer g'stimmt.«

»Willst dich nicht zu mir setzen und ein Glas Wein mit mir trinken? Die Sonne geht gleich unter.«

»Würd ich gern, aber ich muss zurück in die Küche. Das Mittwochabendessen, und heut kommen wieder ein paar Leut von außerhalb.«

»Was für ein ...?«

Romana entschwindet, bevor er den Satz vollenden kann. An der Tür ruft sie noch: »Du kommst natürlich auch. Um acht im Esszimmer, für draußen ist es noch zu kühl.«

Nicht wenn sie auf der Terrasse Heizstrahler aufstellen würde, denkt Martin. Aber wahrscheinlich muss sie sparen. Die Villa kommt schon sehr altersschwach daher, die Farbe blättert, und die Fensterrahmen müssten erneuert werden. Das Haus, so schön es ist, muss eine Geldvernichtungsmaschine sein. Doch selbst wenn sie ein Vermögen mit dem Verkauf des Grundstücks verdienen könnte – Martin ist sicher, dass Romana sich niemals von der Villa trennen würde.

Soviel er weiß, hat sie keine Kinder und keinen Mann, auch wenn ihr zahllose Affären nachgesagt wurden. Einer davon soll Hugo Flock gewesen sein, der reichste Mann am Wörthersee – und das heißt schon was bei all den Multimillionären, die hier Riesenseegrundstücke besitzen. Flock soll ihr diese Villa zwischen Velden und Pörtschach geschenkt haben, doch nix Genaues weiß man nicht, weil Romana ihre Affären sehr diskret handhabte. Bei aller Liebenswürdigkeit und dem speziellen kärntnerischen Charme war sie doch immer auch sehr geheimnisvoll, die Romana.

Seine Mutter nannte sie eine »Femme fatale« – mit Betonung auf »fatale«. Die Frauen mochten sie weniger. Romanas Mutter, die früher in der Pension kochte, ist inzwischen verstorben. Also steht Romana jetzt selbst am Herd, und Martin hofft, dass sie das Talent der Mama geerbt hat.

Der junge Mann, der die Terrasse betritt und sich ihm als Alex Bergmann vorstellt, macht einen Glück-Witz, den Martin nicht komisch findet. Der Typ redet und redet, während Martin auf den See schaut, in dem die Sonne gerade dramatisch versinkt.

»Ist schon ein Paradies hier.« Alex schlürft Bier aus der Flasche. Verspiegelte Sonnenbrille, sehr blonde, kurze Haare, durchtrainierter Körper, eine Goldkette um den Hals.

Er sieht aus wie ein Fotomodel, denkt Martin. Er hofft inständig, dass Alex nicht Romanas Liebhaber ist. Zutrauen würde er es ihr schon. »Und was machen Sie so in der Villa Romana?«

Alex Bergmann lächelt zutraulich. »Ich bin hier quasi Dauergast. In dem alten Haus geht ständig was kaputt, und das meiste kann ich reparieren. Dafür muss ich keine Miete zahlen.«

Martin beneidet Männer, die im Umgang mit Werkzeug geschickt sind. Er selbst hat zwei linke Hände, nur als Gärtner ist er eine Koryphäe, vielleicht kann er Romana da zur Hand gehen. Im Gegenzug für den Spezialpreis, den sie ihm macht für drei Monate Logis. Noch ist die Villa fast leer, doch im Juli und August sind die neun Zimmer ausgebucht. Und sie hat ihm eines ihrer schönsten gegeben, vielleicht ist er ja doch ihr Lieblingsgast und nicht dieser blonde Stenz.

»Soll ich uns noch was zu trinken holen?«, fragt Alex. »Die Mittwochabendessen sind nüchtern nur schwer auszuhalten. Aber sagen Sie bloß nix zu Romana. Sie hält sich nämlich für eine große Künstlerin am Herd.«

So schlimm wird's ja wohl nicht werden, denkt Martin. »Und sie kocht jeden Abend?«

Alex lacht. »Um Gottes willen, nein, nur jeden Mittwoch. Für die Hausgäste – und dann lädt sie noch Leute von außerhalb ein. Die heutigen Opfer sind die Winzingers – Andy, der lokale Baulöwe, und Maresa, seine societygeile Frau. Dann kommt, glaube ich, noch Dr. Landauf, der hat eine Galerie und ist ein alter Freund des Hauses. Ein deutsches Ehepaar, das heute angekommen ist, Sie und ich … das war's.«

»Ich nehm noch einen Wein«, sagt Martin.

Zwei Gläser hat er getrunken und eine Sekunde lang daran gedacht, Larissa anzurufen. Obwohl er nicht so recht weiß, was er ihr sagen soll. *Schön ist es am Wörthersee, komm doch mal vorbei, wenn du Zeit hast – oder Lust, unsere Ehe wieder auf die Spur zu bringen.* Ihre Antwort wüsste er auch schon: *Ach, lass mich doch in Ruhe mit dem blöden Wörthersee. In der Agentur ist waaaahnsinnig viel zu tun. Und bevor du dich nicht bei mir entschuldigst, mein Lieber, spielt sich gar nichts ab.* Ihr Talent, ihn ins Unrecht zu setzen, ist legendär.

Romana klingelt im Speisezimmer, und als Martin dorthinhumpelt, ist die Gästeschar schon komplett. Er wird vorgestellt: Andy Winzinger trägt einen seidenglänzenden Anzug, nur übertroffen vom silbernen Glitzerkleid seiner Frau, die mindestens so blond ist wie Alex, nur dass sie Wallelocken hat. Dünn und durchgestylt ist sie, so gar nicht Martins Typ, und zu viel Schmuck trägt sie für seinen Geschmack auch. Sie begrüßt Martin mit einem Enthusiasmus, der ihn allerdings beeindruckt. Ihr Mann lächelt zwar mit blendend weißen Zähnen, doch lässt er erkennen, dass Martin nicht zu den Leuten gehört, die in seiner Welt zählen.

Dr. Richard Landauf wird ihm von Romana als »der bedeutendste Kunsthändler am See« vorgestellt. Eine vornehme Erscheinung mit weißer Mähne, um die sechzig. Martin wiederum nennt sie »meinen Lieblingsgast aus Wien«. Romana: »Ich glaube sogar, dass Richard deinen Vater gekannt hat. August Glück. Er hat diese fabelhaften Bilder im Stil der Herschel-Brüder gemalt. Einfach wunderbar.«

Dr. Landauf scheint sich nicht zu erinnern – oder er hat keine Lust dazu, denkt Martin. Weshalb sollte sich ein bedeutender Kunsthändler auch für die Bilder seines Vaters interessieren? Sie waren handwerklich perfekt gemacht, aber nicht originär. Zweitklassige Kunst eben, und vielleicht war es dieser Schmerz, der seinen Vater dazu brachte, aus dem Leben seiner Familie zu verschwinden, einfach so. Nach einem heftigen Streit mit Lotte verließ er die Villa Romana und kam nie mehr zurück. Das war am Tag vor Martins fünfzehntem Geburtstag. Und *das* hat Martin seinem Vater nie verziehen.

Das deutsche Ehepaar kommt aus Berlin und hat eine weite Anreise hinter sich. Die Namen der beiden vergisst Martin in dem Augenblick, in dem sie ihm vorgestellt werden. Ein mittelaltes Lehrergespann, das mit jener germanischen Attitüde auftritt, gegen die Österreicher recht allergisch sind. Weshalb er dankbar ist, dass Romana ihn neben sich platziert und rechts von ihm die Glitzerfrau Maresa. Diese hat ein nettes Lachen, und außerdem flirtet sie mit ihm, was Martin schmeichelt. Auch weil Alex Bergmann, jünger und attraktiver als er, auf ihrer anderen Seite keinen Stich macht und sich offenkundig langweilt. Er sieht mehr aus wie ein Gigolo als wie ein Handwerker, denkt Martin und weiß schon, dass da auch eine Spur Neid mitschwingt. Nicht wegen Romana, sondern in der Gesamtbetrachtung. *Sweet Bird of Youth*, das war sein Lieblingsstück, als er selbst noch jung war, verliebt in die wunderschöne Larissa, die damals in jeder Hinsicht runder war. Ob die vielen

Diäten sie verhärtet haben? Oder der Mann, der ihrem Ehrgeiz nie Futter gab? Oder das Leben überhaupt, das dich durchschüttelt und verformt, ohne dass du es merkst?

Er trinkt sein viertes Glas Wein, als Romana, sekundiert von Alex, nach den Lachshappen das Hauptgericht auf den Tisch bringt: einen Fonduetopf, gefüllt mit Bouillon und Kräutern, dazu Teller mit rohen Leberstücken, Garnelen und klein geschnittenem Schweinefilet. Diverse Saucen und Brot ergänzen das Angebot.

»Das Rezept habe ich aus Mindanao mitgebracht«, sagt Romana stolz. »Die besondere Mischung aus Schalentier, Fleisch und Innereien geben der Suppe ihren besonderen Geschmack. Dazu empfehle ich die Kernöl-Chili-Sauce, meine Eigenkreation.«

Martin schenkt sich ein fünftes Glas ein. Auf den Gesichtern der Tafelrunde erkennt er leichtes Entsetzen. Das Berliner Ehepaar erklärt sich zu Vegetariern und begnügt sich mit Baguette. Maresa flüstert ihm ins Ohr, dass Romana die furchtbarste Köchin Kärntens sei, vielleicht sogar der ganzen Welt. Andy Winzinger stopft Brot in sich hinein und spült mit Riesling nach. Landauf erhebt sein Glas: »Du hast dich heute wieder einmal selbst übertroffen, liebste Romana. Deine Mittwochabendessen sind stets ein Höhepunkt der Woche – ein Toast auf die Gastgeberin.«

Alle heben ihre Gläser, und Martin schwant, dass an diesem Abend viel getschechert wird. Gut für ihn, dass er kein Feinschmecker ist, da wird er Romanas philippinische Grausamkeit wohl aushalten können. Er spießt als Erster beherzt Schweinefilet, Leber und Garnele auf und tunkt das Ganze in die Suppe. Well done zieht er es wieder raus, doch die Sauce ist fett und scharf wie die Hölle. Auf der Stirn von Dr. Landauf, der ihm gegenübersitzt, erscheinen Schweißperlen.

Der Einzige, der unbeschwert zulangt, ist Alex Bergmann. Er hat sich entweder an Romanas Fraß gewöhnt oder unterentwickelte Geschmacksnerven, denkt Martin, der Leber in Suppe mit öliger Höllensauce nie wieder essen will. Larissa hat ihm mit ihren Sushi-Orgien schon gewaltig zugesetzt, doch Romanas Küchenkreation übertrifft alles, was er je verspeist hat. Jeder am Tisch versucht, so lange wie möglich zu kauen, um Zeit zu gewinnen. Romana scheint unberührt. Sie isst mit Appetit und unterhält sich angeregt mit Richard Landauf über die letzte Vernissage eines Nachwuchskünstlers in Klagenfurt, den sie beide recht untalentiert finden.

Alex holt Weißwein aus der Küche und schenkt nach, das Tischgespräch kreist um Kunst und Krempel, bis Landauf den Baulöwen direkt anspricht: »Ich habe gehört, Sie sind an dem Nachbargrundstück dran?«

Andy Winzinger, der zu Rotwein gewechselt hat, lächelt knapp: »Am See bleibt ja wohl nichts geheim. Zugegeben, aber ich bin nicht der Einzige. Hugo Flock will sich das Prachtstück unter den Nagel reißen, wie ich höre.«

»Das wird ein harter Kampf«, flüstert Maresa in Martins Ohr. Hat er eben ihre Zunge an seinem Ohrläppchen gespürt? Ziemlich verwegen, wenn ihr Mann zwei Stühle weiter sitzt!

Landauf nickt. »Na ja, Flock hätte am liebsten den ganzen See für sich allein, das wissen wir doch. Sie haben in dieser Causa aber noch einen Konkurrenten, mein Lieber: den Veldener Volkstanzverein, dessen Ehrenvorsitzender ich zufällig bin.«

»Sie wollen also, dass die Volkstänzer bleiben, wo sie sind: in einer Baracke auf einem der schönsten Grundstücke am See? Damit kommen Sie nicht durch, Landauf, niemals!«

Landauf bewahrt sein Pokerface: »Wir werden sehen, was der Druck von Presse und Politik bewirken kann.

Schließlich geht es um den Erhalt unserer Kulturgüter gegen den profanen Kommerz. Und was haben Sie mit dem Grundstück vor? Einen weiteren Hotelkasten bauen, der die Landschaft verschandelt?«

Bevor Winzinger antworten kann, greift Romana ein: »Kinder, keinen Streit an meinem Tisch, bitte schön. Einer wird gewinnen, und die anderen werden das akzeptieren müssen. Obwohl ich zugeben muss, dass weniger Volksmusik von nebenan schon nett für meine Ohren und die meiner Gäste wäre. So, und wer möchte jetzt von der Suppe?«

Keiner wagt etwas zu sagen. Die Berliner haben sich schon verabschiedet mit der Entschuldigung, sie seien müde von der Reise. Alex schöpft Brühe aus dem Kessel in Tassen und holt nochmals Wein aus der Küche. Für Martin ist das Rätsel der Volksmusik nun gelöst. Doch stellt sich für ihn jetzt die Frage, wie er die Mittwochabende bei Romana überleben soll.

»Ich muss jetzt unbedingt eine rauchen«, sagt Maresa. »Mögen Sie mich auf die Terrasse begleiten, Herr Glück?«

Martin nimmt seine Tasse und folgt ihr willig nach draußen. Romana schaut recht pikiert, doch Maresas Mann scheint es überhaupt nicht zu stören.

Er erklärt Landauf gerade, wie er sich die schönste Wellnessoase Österreichs vorstellt, die er auf dem Nachbargrundstück bauen will.

Auf der Terrasse kippt Martin die Suppe über die Brüstung. Maresa zündet sich eine Zigarette an und kichert. »Ich gehe zwischendurch immer zur Toilette im Keller und brech alles raus. Das hilft. Als wir das letzte Mal zu Gast waren, gab es Karpfen mit Marillenschaum. Manchmal frag ich mich, ob sie das aus Bosheit tut. Nur um uns zu quälen.«

»Romana ist der gütigste Mensch, den ich kenne.« Martin wünscht sich, er hätte sein Weinglas mitgenommen, obwohl er weiß, dass er eigentlich genug getrunken hat.

»Na ja«, meint Maresa. »Die Frau hat auch ihre Tücken.«

Wer nicht? Martin fragt nicht nach Romanas Tücken, sondern was es mit dem Grundstück auf sich hat.

Maresa verzieht ihr Gesicht. »Oh Gott, dieses verdammte Grundstück! Andy redet von nichts anderem mehr. Eigentlich sind wir nur gekommen, weil mein lieber Mann Romana über Hugo Flock aushorchen will. Und ich möchte, dass sie mir endlich zu einer Einladung für eine Flock-Party verhilft.«

Interessiert Martin nicht. »Und wer wird es nun kriegen, das Grundstück?«

Maresa langweilt die Geschichte, doch sie mag den Mann, der ihr Gesellschaft leistet. Er hat so was Melancholisches, Verletzliches, das sie anziehend findet. Das genaue Gegenteil von Andy – oder von Alex, dieser Kanaille. »Früher lebte eine alte Frau in der Baracke, und als sie starb, vererbte sie das Grundstück ihrer Nichte. Die Nichte wohnte in Gitsching – das ist eine kleine Gemeinde oberhalb von Velden. Die Erbin war auch kinderlos, und sie wiederum vermachte es der Gemeinde unter der Auflage, dass zehn Jahre lang der Veldener Volkstanzverein Haus und Grundstück pachten darf – für ein paar lächerliche Groschen im Jahr. Na, jedenfalls läuft der Pachtvertrag in wenigen Monaten aus – und jetzt stürzen sich alle auf die Gemeinde, um das Grundstück zu kriegen. Es ist ein Vermögen wert, und ich musste schon zweimal den Bürgermeister von Gitsching in unserer Villa bewirten, Sie können sich nicht vorstellen, was für ein Volldepp das ist. Aber: Andy hat mir einen Aston Martin versprochen, wenn er den Zuschlag bekommt. Also tue ich, was ich kann.«

»Nettes Auto«, sagt Martin. »Wir sollten jetzt langsam zurückgehen.«

Maresa wirft ihre Kippe in den Garten und zieht einen Schmollmund. »Müssen wir? Meinem Mann ist das nämlich egal. Der hat eh ein Verhältnis mit so einer kleinen Schlampe.«

Leute, die die Welt als Aschenbecher betrachten, raunzt er normalerweise an, aber diesmal sagt er nichts. So viel Wut lag in ihrem letzten Satz, Andy Winzinger muss sie schwer verletzt haben. »Ich hatte eher an die Gastgeberin gedacht. Ich möchte es mir nicht mit ihr verscherzen.«

Ihr Lacher klingt nach zerspringendem Glas. »Na, ich doch auch nicht. Immerhin ist sie eine Flock-Vertraute, und ich würde meinen Brilli hergeben für eine Einladung in sein Haus.«

Societygeil – das war das Wort, das Alex benutzte, erinnert sich Martin. Sie gehen zurück ins Haus, und Martin fängt sich einen strafenden Blick von Romana ein.

»Ich wusste gar nicht, dass du auch rauchst«, sagt sie spitz. »Deine Frau hat hier angerufen, kurz nachdem du raus warst. Ich soll dir schöne Grüße bestellen – und fragen, was sie mit den Bildern anfangen soll. Sie konnte dich auf dem Handy nicht erreichen.«

Er hat es im Zimmer vergessen. Romana hätte mich rufen können, denkt Martin. »Danke. Und ich rauche nicht, sondern habe Frau Winzinger Gesellschaft geleistet.«

»Nenn mich doch Maresa.« Sie wirft ihrem Mann einen herausfordernden Blick zu, doch Andy Winzinger studiert eine SMS auf seinem Handy und ist verloren für den Rest der Welt.

Auch das erzürnt Romana, die die guten alten Tischsitten vermisst und Handys für Teufelswerk hält. Zu Andy Winzinger: »Leg sofort das dumme Ding weg, wenn du noch einmal von mir eingeladen werden willst. Das gilt für alle: Ich dulde keine Handys an meiner Tafel!«

Landauf stimmt der Gastgeberin aus vollem Herzen zu. Wie Romana beklagt er den Verfall der Regeln von Anstand und Höflichkeit. Wenn er im Sommer vor seiner Galerie steht und das Ferienpublikum betrachtet, könnte ihm schlecht werden. Schon wie die angezogen sind – oder besser gesagt ausgezogen! Auch die sogenannte Schickeria, die im Schlosshotel wohnt, lässt Eleganz vermissen. Die reichen alten Männer mit den jungen aufgeputzten Frauen missfallen ihm sehr. Aber das ist nun mal die Klientel, von der er lebt.

Landauf, der Ästhet, fühlt sich manchmal wie aus der Welt gefallen. Die Welt verliert an Schönheit und gewinnt an Vulgarität. Das gilt auch für die Kunst. Sie ist eine Prostituierte des Kapitalismus geworden. In dieser Geschichte ist Richard Landauf nur ein kleines Rädchen, doch er weiß, er hat immer mitgespielt. Und Romanas Mittwochabendessen vor allem deshalb ertragen, weil sie immer noch einen guten Draht zu Hugo Flock hat – und der ist nun einmal ein großer Kunstsammler. Groß im Sinne von Geld, nicht von Geschmack.

Martin, der Maresa jetzt duzen darf, löffelt seinen Nachtisch, eine Art Pudding mit stark alkoholischem Einschlag. Romana nennt ihren letzten Gang »Mongolisches Trifle«. Ihre Gäste essen schweigend. Maresa springt nach ein paar Bissen auf, um zur Toilette zu laufen.

»Deine Frau hat eine erstaunlich schwache Blase«, sagt Romana zu Andy Winzinger, der schon einen sitzen hat und mit schwerer Stimme antwortet: »Wenn sie auf dem Klo ist, kann sie wenigstens keinen Blödsinn schwafeln.«

Alex kichert, er ist auch nicht mehr nüchtern.

Martin wünscht sich ein Ende dieses Abends. Er ist müde – vom Alkohol und von anstrengenden Leuten – und nimmt sich für den nächsten Mittwoch einen Ausflug vor, ganz egal wohin.

Als sich die Gäste nach dem Mokka verabschieden, hilft er Romana und Alex, den Tisch abzuräumen. Romana, die wenig getrunken hat, ist hellwach, obwohl es weit nach Mitternacht ist. »Was willst du in den drei Monaten machen?«, fragt sie Martin.

»Schwimmen. Lesen. Faulenzen. Nachdenken.« Er küsst sie auf die Wange. »Ich bin todmüde. Danke für den schönen Abend.«

Als er schon an der Tür ist, sagt sie: »Versuch doch zu malen. So wie dein Vater.«

Martin dreht sich nicht um. Er beschließt, noch einmal zum See zu gehen. Einfach ausziehen und ins Wasser gleiten. Er nimmt die Taschenlampe von der Kommode im Flur und schleicht durch den Garten hinunter zum See. Der ist schwarz, und nur von Velden her leuchten noch ein paar helle Lichter. Der Himmel ist klar und voller Sterne. Fast Vollmond, er hätte die Taschenlampe gar nicht gebraucht.

Martin stürzt sich nackt ins Wasser und schaut nach oben. Als Junge wollte er Astronaut werden oder Astronom. Den Himmel erforschen. Oder die Meere. Alles ist kleiner geraten, als er es sich vorgestellt hat. Doch hier und jetzt, im See und unter den Sternen, fühlt er sich glücklich.

Er schwimmt ein kleines Stück und lässt sich dann auf dem Rücken treiben. Bis er etwas spürt. Etwas berührt seinen Arm. Ein Fisch? Nein, es ist größer. Nach einer Schrecksekunde greift er nach dem unbekannten Objekt. Er ertastet im Dunkeln etwas Großes, Kaltes. Einen Menschen. Einen toten Menschen.

Kapitel 4

Leiche mit Tattoo

»Sie scheint noch recht frisch zu sein.«

Kontrollinspektorin Elisabeth Prokopp meint die Leiche. Diese liegt auf dem Bootssteg der Villa Romana und wird vom Gerichtsmediziner untersucht. Der sieht kurz hoch und nickt dann. Die meisten Ermittler protzen mit medizinischem Achtelwissen, das Pathologen schon aus Prinzip zum Widerspruch reizt. Aber erstens scheint sie recht zu haben, und zweitens hat er eine Schwäche für Elisabeth »Lily« Prokopp. Nicht nur, dass sie nett ausschaut. Ganz egal, zu welcher Zeit sie sich bei einer Leiche treffen, sie ist immer guter Laune und bringt stets frischen Kaffee für ihn mit.

Der Gerichtsmediziner ist noch ledig, was er darauf zurückführt, dass Liebe und Leichen halt schlecht zusammenpassen. Bei seiner heimlich Verehrten wär das was anderes, denn Lily ist an Tote gewöhnt. Eines Tages wird er allen Mut zusammennehmen und sie um ein Stelldichein bitten. Aber nicht heute.

»Ich schätze, dass sie um die vierundzwanzig Stunden im Wasser lag, und weil's noch kalt ist, ist sie gut konserviert. Weiblich, zwischen zwanzig und fünfundzwanzig, grob geschätzt, sie hat ein Tattoo an der Schulter.« Er dreht die Leiche, sodass Lily es sehen kann. »Ein Drache, ziemlich kunstvolle Arbeit.« Der Rücken des Gerichtsmediziners ist ein Tattookunstwerk, aber das weiß keiner. Er hofft, dass Lily ihn eines Tages erkundet, seinen Rücken.

Ihre Frage, ob das Mädchen ertrunken sei, hat er erwartet: »Kann ich erst bei der Obduktion sagen. Wenn kein Wasser in der Lunge ist, spricht alles dagegen. Am Hals –

sehen Sie – sind ganz leichte Druckspuren. Sie könnte erdrosselt und danach ins Wasser geworfen worden sein. Kann ich aber bis jetzt nur vermuten. Fingerabdrücke kann man sowieso vergessen. Wasserleichen sind immer Problemleichen. Fundort ist nicht Tatort, und spärliche Totenflecken erschweren die Tatzeitbestimmung.«

»Ich hasse Leichen am Morgen«, sagt Kontrollinspektorin Prokopp. Sie ahnt, dass der Totenbeschauer ein Aug auf sie geworfen hat. Glücklicherweise ist er so schüchtern, dass er sich vielleicht nie offenbaren wird. Sie schaut zu Martin Glück, der über den Steg balanciert – ziemlich ungeschickt, wie sie findet.

Es ist die fahle Zeit zwischen Nacht und Tag, die Gesichter grau erscheinen lässt. Martin fühlt sich wie gerädert. Er hat die Leiche an Land gezogen, was viel schwieriger war, als er dachte. Restalkohol. Er hatte seine Kräfte und Schwimmkünste überschätzt, es aber schließlich doch geschafft und sie auf dem Bootssteg abgelegt. Kalt war sie, die Haut schrumpelig und gleichzeitig glitschig. Der süße Hauch des Todes, vermischt mit dem fischigen Geruch des Sees. Danach musste er brechen.

Er humpelte hoch zum Haus. Fand Romana noch wach im Salon vor dem laufenden Fernseher. Berichtete atemlos von seinem Fund und wählte den Polizeinotruf. »Schlecht fürs Geschäft«, sagte Romana, nachdem er aufgelegt hatte. »Ich wette, die Berliner werden stante pede abreisen, wenn die Polizei auftaucht.«

Sie warteten beide vor dem Haus auf das Eintreffen der Einsatzwagen, die aus Klagenfurt kamen. Kontrollinspektorin Prokopp stieg als Erste aus dem Auto, eskortiert von einem Uniformierten. Martin war überrascht, eine junge Frau zu sehen. Er schätzte sie auf dreißig plus. Sie stellte sich als Lily Prokopp vor, und er führte sie durch den Garten hinunter zur Leiche.

»Wieso haben Sie sie rausgezogen, das war doch sicher furchtbar schwer?«

»Weil ich Polizist bin. Und weil ich mich für einen guten Schwimmer halte.«

»Aber Sie hinken.«

»Das ist eine andere Geschichte. Ich geb Ihnen gleich meinen Dienstausweis, er ist in meiner Jacke im Zimmer.«

»Ich muss Sie sowieso überprüfen«, sagte sie und beugte sich dann über die Leiche.

»Sie werden meine Fingerabdrücke überall finden«, meinte Martin.

»Ja, sehr clever von Ihnen, wenn Sie sie umgebracht hätten. Ich meine, sie an Land zu ziehen.«

Martin sah auf die Leiche hinab. »Ich kenne die Frau nicht. Und ich bin erst heute aus Wien angekommen. Ich schätze, sie liegt schon ein bisserl länger im Wasser.«

»Schwer zu sagen.« Lily Prokopp stand auf und war auf Augenhöhe. Es war noch zu dunkel für genaue Beobachtungen, doch er hätte schwören können, dass ihre Augen grün waren. »Wir brauchen mehr Licht«, sagte sie. »Könnte man mit der Gartenbeleuchtung was anfangen?«

Wie auf Kommando erhellte Romana den Garten. Uniformierte und der Gerichtsmediziner kamen zum Bootshaus, ein Polizist trug einen Scheinwerfer herbei. Das Prozedere, das Martin allzu gut kannte, nahm seinen Lauf. Die erste Untersuchung der Leiche. Tatortsicherung, obwohl das in diesem Fall wenig bis nichts bringen würde. Aufnahme der Personalien aller Zeugen.

Martin schaut unbeteiligt zu, aber ihm entgeht kein Detail. Er würde gerne wissen, wer das Mädchen war und warum es zu Tode gekommen ist. Schließlich hat er es unter Aufbietung letzter Kräfte an Land gezogen. Ein zierliches Wesen, doch Leichen sind per se schwer.

Romana bringt ein Tablett mit frischem Kaffee. »Meine Berliner Gäste würden gerne abreisen.«

Lily Prokopp sieht von ihrem Laptop auf. »Alle bleiben bis auf Weiteres hier«, sagt sie. »Auch Sie, Herr Glück. Wer ist sonst noch im Haus?«

Romana antwortet: »Alex Bergmann, er ist so eine Art Dauergast. Ich denke, er schläft noch, es war spät gestern Abend.« Zum ersten Mal schaut sie auf die Leiche, die vom Gerichtsmediziner halb verdeckt ist. Martin, der sie beobachtet, meint, in ihrem Gesicht mehr als den Schock zu entdecken, den man beim Anblick einer Leiche üblicherweise bekommt.

»Ich hätte gern, dass Sie ihn wecken«, sagt die Polizistin. »Geht das?«

»Passt scho.« Romana wendet sich ab und geht zum Haus. Erst jetzt fällt Martin auf, dass sie inzwischen den Gang einer alten Frau hat. Leicht gebückt, staksig.

Am Fenster im zweiten Stock sieht er das Berliner Ehepaar. Der Mann fotografiert, und das entgeht auch Lily Prokopp nicht, die Martins Blick gefolgt ist. Zum Polizisten: »Gehen Sie rauf und nehmen Sie dem Mann die Kamera ab. Die Personalien aufnehmen, dann schicken Sie das Paar zu mir runter.«

Martin Glück trinkt Kaffee, dazu hat Romana Kekse gebracht, gottlob nicht selbst gebacken. Er ist hungrig, müde und gleichzeitig hellwach, und er sitzt auf dem Boden, ein Stück weg von der Leiche mit Blick auf den See und die Polizistin. Denkt, dass sie nicht hübsch ist, allenfalls attraktiv. Die Nase ist ziemlich groß, der Mund okay, doch die grünen Augen sind schön, wie auch die schwarzen Haare, die sie zu einem Pferdeschwanz gebunden hat. Sie ist ungeschminkt und trägt bis auf eine billige Uhr keinen Schmuck. Keinen

Ehering. Turnschuhe, Jeans und ein weiter Pullover, wahrscheinlich ist sie aus dem Bett ins Badezimmer und in die nächstbeste Kleidung gehüpft. Die Figur, die man nur erahnen kann, könnte ihm gefallen. Lily Prokopp ist nicht dick, aber auch nicht dünn.

Sie sieht ihn über den Laptop hinweg an. »Es kam mir so vor, als hätte die Dame des Hauses die Leiche erkannt. Was denken Sie, Kollege – sorry, Chefinspektor?«

»Ich hab nicht hingeschaut«, lügt Martin. »Kollege passt schon«, grinst er. Er hat ihr seinen Ausweis gezeigt, und sie hat seine Personalien überprüft. Der Kollege aus Wien – vermutlich fragt sie sich, womit er seine lange Beurlaubung verdient hat.

Romana kommt mit dem Berliner Ehepaar und Alex Bergmann zum Bootshaus. Alex sieht verschlafen und verkatert aus, die Sonnenbrille verdeckt seine Augen und lässt ihn in der Morgendämmerung etwas lächerlich erscheinen. Als er vor der Polizistin steht, verändert sich seine mürrische Miene blitzartig. Er lächelt gewinnend. »Alex Bergmann. Verzeihen Sie meinen ungewaschenen Auftritt. Womit kann ich helfen?«

Lily Prokopp neigt ihren Kopf zur Seite. »Ihren Ausweis. Und dann bitte ich Sie, einen Blick auf die Leiche zu werfen. Vielleicht kennen Sie sie.«

Sie tritt zurück. Alex Bergmann macht einen Schritt nach vorne und schreit dann auf.

Martin wünscht sich, Alex würde die Brille abnehmen. Er sieht den Leuten gern in die Augen. Alex' Körpersprache drückt allerdings wahrhaftiges Entsetzen aus.

»Ick bin empört«, sagt der Berliner.

Kontrollinspektorin Prokopp ignoriert ihn. Zu Alex: »Wer ist die Tote?«

Alex setzt sich auf den Stuhl, den sie ihm hinrückt. Er sitzt mit dem Rücken zur Leiche. »Es ist Monika. Monika Linde. Wir sind befreundet ...«

»Wie befreundet?«

Alex sieht zu ihr hoch und nimmt die Brille ab. Seine Augen sind verquollen. »Freundschaft mit Sex. So eine richtige Liebe war es nicht. Darauf waren wir beide nicht scharf.«

Lily Prokopp versteht das nicht, hält es für ein Filmklischee. Oder eines, das Männer erfunden haben. »Was wär denn eine richtige Liebe, Herr Bergmann?«

Jetzt versteht er sie nicht. Eigentlich, denkt er, müsste sie mich fragen, wann ich Monika zuletzt gesehen habe. So was fragen die Kieberer doch, und wenn man dann kein Alibi hat, beginnen die Schwierigkeiten. Jedenfalls im Fernsehen.

»Ich nehm die Frage zurück.« Lily schaut auf das tote Mädchen, dann auf Alex. »Wann hatten Sie das letzte Mal Sex mit Freundschaft?«

Alex ist ironieresistent. Überlegt. Martin beobachtet ihn und fühlt sich seinerseits von Romana beobachtet. Wenn Monika Alex' Freundin war, sollte sie das Mädchen gekannt haben. Möglich, dass sie keine Lust hatte, die Leiche zu identifizieren. Romana kann sehr exzentrisch sein, um irgendwelche Bürgerpflichten hat sie sich nie geschert. Sie war immer schon ein Planet für sich.

»Am Dienstagabend«, sagt Alex schließlich. »Sie war kurz bei mir, im Zimmer, und dann ist sie gegen acht weg, sie wollte in Velden noch jemanden treffen.«

»Hat sie gesagt, wen?«

»Nein, es hat mich auch nicht interessiert. Es war ihr freier Abend. Monika half im *Paradies6* manchmal aus, oft an den Wochenenden oder wenn vom Stammpersonal jemand ausfiel.«

»Sie war eine Prostituierte?«

Alex bemüht sich sehr, nicht zur Leiche zu schauen. »Aber nein. Monika studierte Kunstgeschichte in Graz. Hierher kam sie nur in den Semesterferien – oder wenn sie Zeit hatte, einzuspringen.«

»Ick protestiere«, sagt der Berliner.

Die Polizistin sieht ihn gereizt an. »Wogegen?«

Der Mann zeigt mit dem Finger auf sie: »Ihre Nazimethoden. Sie beschlagnahmen meine Kamera und hindern uns an der Abreise. Meine Frau ist völlig echauffiert. Meinen Sie, wir wollen Urlaub in einer Mordvilla machen?«

Lily Prokopp überhört den Naziteil und versucht es im Guten. »Sie kriegen die Kamera wieder, wenn ich Ihre Fotos vom Tatort gelöscht habe. Ihre Personalien haben wir, die werden überprüft, dann können Sie hier weg. Ist das ein Angebot?«

»Ne«, erwidert der Berliner und verschränkt die Arme. »Ich werde mit dem deutschen Konsul in Klagenfurt ...«

Martin hat sich ein Gummibärchen in den Mund geschoben, doch still sein kann er trotzdem nicht mehr. Seine Stimme klingt leise, aber bedrohlich: »Sie werden jetzt auf der Stelle Ihren Mund halten, weil Sie sonst wegen Behinderung einer Mordermittlung festgenommen werden. Verstanden? Gehen Sie mit Ihrer Frau zurück aufs Zimmer.«

Der Berliner tritt unwillkürlich einen Schritt zurück. Österreichische Polizeimethoden, ihn wundert gar nichts mehr, und lieber ist er dann doch ein Feigling als ein Opfer. Er nimmt seine Frau am Arm: »Komm, Charlotte, wir weichen der Staatsgewalt.« Zu Romana: »Und um sieben reisen wir ab. Nach dem Frühstück.«

»Gibt's erst ab acht«, sagt Romana.

»Dann eben ohne Frühstück. Keine Stunde länger als nötig wollen wir in diesem ... mörderischen Schrottkasten ...

logieren. Der Föhn geht übrigens nicht, die Fensterläden klemmen, und die Matratzen quietschen. Unerhört!«

Er zerrt seine Gattin mit sich und marschiert in Richtung Haus. Romana sieht ihm ungerührt nach. »So a Dolm, a blöder.«

»Danke für die Intervention, aber ich kann mich schon selber wehren«, meint Lily. »Und wir sollen Touristen nach Möglichkeit mit Samthandschuhen anfassen – steht in irgendeiner Dienstanweisung.«

»Ich hab keine gekriegt«, sagt Martin.

»Na ja, in Wien ...« Aber sie lächelt, und Martin ist froh, dass sie ihm seine Einmischung nicht übel nimmt. Sie hat so gar nichts Hartes an sich. Sie auf das Klischee der Kärntner Frohnatur zu reduzieren, wär aber auch falsch. Sie ist – vielleicht – etwas ganz Besonderes. Oder die Müdigkeit spielt ihm einen Streich: Er ist doch sonst kein Romantiker ...

Der Gerichtsmediziner ist mit seiner Leichenschau vorerst fertig, und Monika Linde wird in einem Aluminiumsarg abtransportiert. Auch die Spurensicherung hat ihre Arbeit getan. Martin hat Lily Prokopp gezeigt, wo er ungefähr auf die Wasserleiche traf: etwa sieben Meter vom Ufer entfernt.

»Ist denn das Bootshaus jetzt polizeilich gesperrt?«, fragt Romana.

»Nein«, sagt Lily Prokopp. »Es ist ja kein Tatort, wir sperren nichts ab. Aber halten Sie sich bitte alle für weitere Befragungen zur Verfügung. Ach ja: Kannten Sie eigentlich Monika Linde?«

Romana schaut dem Sarg nach, der zum Parkplatz getragen wird. »Flüchtig. Sie war hin und wieder bei Alex über Nacht. Ein recht hübsches Ding. Wir haben nicht mehr als ein paar Worte gewechselt.«

»Hat es irgendwann mal Streit zwischen den beiden gegeben?«

»Zwischen Alex und Monika, meinen Sie? Vielleicht. Aber ich bin keine neugierige Person. Das Leben der anderen hat mich nie interessiert.«

Romana blickt hinaus auf den See, in dem sich die Morgensonne spiegelt. Ein Motorboot nähert sich, und sie schlägt die Hand vor den Mund. »Verdammt, das habe ich bei diesem Tohuwabohu total vergessen: dass Hugo zum Frühstück kommt. Sie müssen mich entschuldigen ...«

Und fort ist sie in Richtung Haus, während das Boot mit gebremster Geschwindigkeit näher kommt. Lily Prokopp pfeift anerkennend, als es anlegt: »Ein Riva Aquarama Special, dieser Klassiker kostet ein kleines Vermögen.«

»Verstehen Sie was von Booten?«, fragt Martin.

»Mein Vater hat welche gebaut. Bis er pleiteging.« Lily streicht sich eine Haarsträhne aus der Stirn. »Ich arbeite mit ihm an einem Boot – mit dem, was noch an Material in der Werkstatt übrig ist. Das heißt aber lang nicht, dass ich damit irgendwann auf dem Wörthersee fahren kann.«

»Soviel ich weiß, hat Romana eine Lizenz. Wenn sie die nicht verkauft hat.«

Der Skipper legt an und vertaut das Boot. Er hilft einem alten Mann, an Land zu gehen. Martin registriert, dass der Jüngere eine Waffe trägt. Er wirft Lily einen fragenden Blick zu.

»Das ist Hugo Flock mit Leibwächter«, flüstert sie. »Der reichste Mann am See.«

Der wohl einmal eine Affäre mit Romana hatte und jetzt bei ihr frühstückt. Martin nimmt sich vor, Romana später nach dem Krösus zu fragen. Ab und zu, wenn sie in redseliger Stimmung ist, erzählt sie von der guten alten Zeit. Von den wilden Partys am See und den Playboys, die den Wörthersee berühmt machten.

Flock geht an Lily und Martin vorbei, ohne sie anzusehen oder zu grüßen. Er stützt sich auf einen silbernen Stock und schnauft. Er trägt einen Borsalino und ein weites weißes Hemd über einer ebenfalls weißen Leinenhose. Lily denkt, dass er dem alten Marlon Brando ähnelt. Als Flock ins Haus verschwindet, sieht sie Martin fragend an.

Der zuckt die Achseln. »Die beiden hatten vor Jahren wohl eine heftige Liebschaft, ist ewig her, aber offenbar sind sie immer noch irgendwie verbandelt.«

Lily kennt ihren Wörtherseeklatsch: »Aber Flock hat vor fünf Jahren geheiratet. Trixi, seine zweite Frau. Sie war seine Krankenschwester und soll fünfzig Jahre jünger sein als er. Es war eine bombastische Hochzeit am See mit tausend Gästen. Udo Jürgens hat gesungen.« Sie wirft einen Blick auf ihre Uhr. »Oh Gott, ich muss los ... wir sehen uns, Martin Glück, und wenn Sie wollen, halte ich Sie über die Ermittlungen auf dem Laufenden. Inoffiziell natürlich. Hier ist meine Karte.«

»Aber gern«, ruft er ihr nach, denn sie spurtet schon zu ihrem Wagen, der neben seinem geparkt ist.

Jetzt, da sie weg ist, will er nur noch eines: schlafen. Er schleicht sich die Treppe hinauf in sein Zimmer und fällt angezogen ins Bett. Träumt von der Leiche, die sich in eine schöne Meerjungfrau verwandelt und ihn für ewig in die Tiefen des Sees zieht.

Kapitel 5

Unfall oder Mord?

Das gemeine Geräusch einer Bohrmaschine weckt Martin aus seinem Albtraum, und er braucht Zeit, um in die Wirklichkeit zurückzukehren: Villa Romana, das Abendessen, die Tote im See, Polizistin im Morgengrauen. Wie spät ist es?

Durch die schweren Samtvorhänge, die er nachlässig zugezogen hat, dringt Tageslicht. Er steht auf, ignoriert den Schmerz im Kopf und geht zum Fenster. Der See schimmert in seinen Waldwasserfarben, und im Hintergrund glänzen die Karawanken in der Sonne. Was für eine Nacht – und vor allem was für ein Morgen! Martin versucht sich Lily Prokopps Lächeln in Erinnerung zu rufen, als sich lautes Hämmern in seinen Kopfschmerz frisst.

Wasser, eine Tablette, Zähneputzen, die eiskalte Dusche. Während Martin sich zähneklappernd anzieht, stellt er einen möglichen Zusammenhang zwischen dem fehlenden Warmwasser und dem Lärm her. Dann geht er nach unten und hofft, dass Romana ihm einen starken Kaffee macht.

In der großen, altmodischen Küche liegt Alex Bergmann unter der Spüle und hämmert auf ein Rohr ein. Romana kniet daneben und gibt Ratschläge. Sie sieht hoch, als Martin neben ihr steht. »Das Rohr ist verstopft«, sagt sie. Alex von unten: »Das müsste alles grunderneuert werden, die Leitungen und Rohre pfeifen aus dem letzten Loch.«

»Dafür hab ich nun wirklich kein Geld«, sagt Romana. »Du musst es halt irgendwie wieder hinkriegen.«

Sie versteht sich immer noch darin, Männer auszubeuten, denkt Martin. »Das Warmwasser geht auch nicht«, sagt er und trabt zur Kaffeemaschine.

»Das hab ich abgestellt«, kommt es von unten. Dann robbt Alex ins Freie und murmelt einen Gruß in Martins Richtung. »Ist ja sowieso keiner da außer uns dreien, und ich hab dich nicht als Warmduscher eingestuft.« Zu Romana: »Das Rohr müsste jetzt wieder okay sein, aber frag mich nicht, wie lange. Warum bittest du nicht Hugo Flock um Geld für die Renovierung? Der bezahlt so was doch aus der Portokasse.«

Martin findet Alex ganz schön frech, und prompt kommt die Retourkutsche.

»Stolz. Du weißt vermutlich nicht, was das ist«, zischt Romana und holt sich ebenfalls eine Tasse Kaffee. Verzieht das Gesicht, weil er für ihren Geschmack zu stark ist. Doch das Lächeln, das sie Martin schenkt, ist herzlich: »Es tut mir so leid, dass ausgerechnet dir das passieren musste. Ich hoffe, die Leich hat dir nicht den See verdorben, das wär echt schade.«

»Die Leiche hat einen Namen: Monika. Und ich leide sicher mehr als der Glück. Schließlich war sie meine Freundin.« Alex wäscht sich den Dreck von den Händen und trocknet diese mit dem Geschirrtuch. Sein Blick ist finster, und seine Stimme klingt aggressiv. Der Sonnyboy kann also auch anders, denkt Martin und fühlt Mitleid.

Romana zündet sich eine Zigarette an. Das Rauchverbot im Haus gilt nur für Gäste. Sie scheint ungerührt. »A geh, ihr habt miteinander gevögelt, eine große Liebe war des eh net. Wo du nie was hast anbrennen lassen, Alex. Und die Monika, die war auch kein Kind von Traurigkeit. Womit ich nicht sagen will, dass sie den Tod verdient hat, Gott bewahre.«

Obwohl sie sich jetzt bekreuzigt, klingt das schon gemein. Sie war immer sehr direkt, denkt Martin. Was Romana nie leiden konnte, war Heuchelei, das Bussibussigetue rund um den See. Vielleicht ist Hugo Flock deshalb noch mit ihr befreundet – weil Romana ihm nicht schmeichelt, sondern immer sagt, was sie denkt.

»Sie war so ein liebes Mädel.« Alex starrt ins Leere.

Romana schweigt diesmal, doch ihr Blick spricht Bände, und Martin liest darin, dass Monika Linde alles Mögliche war – nur kein liebes Mädel. »Es tut mir so leid«, sagt er zu Alex, mehr fällt ihm nicht ein. Das Wort »Beileid« kam ihm nie über die Lippen. Es klingt so falsch wie Schnee in der Wüste.

Romana bietet Likör an. Selbst angesetzten. Eine grüngelbe Flüssigkeit von zäher Konsistenz, die sie zu dritt und ex hinunterspülen. Romana schüttelt die orangeroten Locken und verzieht ihr Gesicht in gespieltem Ekel, während Martin denkt, dass er noch nie so was Scheußliches getrunken hat.

Romana gähnt. »Ich muss mich jetzt kurz hinlegen, Kinder, eine alte Frau sollte nicht solchen Strapazen ausgesetzt werden. Einer von euch könnte für heut Abend Pizza bestellen. Ich hab keine Lust zum Kochen.«

Als sie die Küche verlassen hat, murmeln Alex und Martin gleichzeitig »Gott sei Dank«, sehen sich dann an und lächeln leise. Zum Lachen ist der Tod noch zu frisch.

»Ich weiß gar nicht, wie du ihren Fraß aushältst«, flüstert Martin.

»Man gewöhnt sich dran. Und ich bin sowieso ein Allesfresser. Auch in Bezug auf Frauen, da hat Romana schon recht. Aber Monika und ich, wir haben uns wirklich gut verstanden – und der Sex war total unkompliziert.«

»Ach ja«, sagt Martin und fragt sich, was er damit meint.

Alex öffnet den Kühlschrank für Bier und Wurst und Brot. »Na ja, du weißt schon, wenn Frauen älter werden, stellen sie mehr Ansprüche im Bett – und außerhalb auch. Sie reden zu viel beim Sex. Die Maresa zum Beispiel hat dauernd von ihrer Klitoris geschwafelt. Typisch für Frauen in den Vierzigern. Das hat mich total abgeturnt.«

»Die Winzinger Maresa?« Martin lehnt das ihm angebotene Wurstbrot ab, ihm ist schlecht von dem Likör.

»Logisch. Der Witz war, dass der Winzinger ein Verhältnis mit der Monika hatte, und ich mit seiner Frau. Und dann hat die Monika ihn wegen mir verlassen, das fand er gar nicht lustig. Die Maresa übrigens auch nicht.«

Martin erinnert sich vage an die Wut in den Augen seiner Tischnachbarin von gestern. Eifersucht erschien ihm immer schon als gut nachvollziehbares Mordmotiv. Geld oder Liebe, ist ja fast immer das Gleiche. Fad eigentlich, wenn nicht jede Geschichte ihr ganz eigenes Drama entwickeln würde; die Nuancen sind das Interessante.

»Wer denkt, dass die Monika ins Wasser gegangen ist, irrt gewaltig. Das passt nämlich gar nicht zu ihr.« Alex wendet sein Gesicht ab, und Martin meint eine Träne gesehen zu haben. Fast tut ihm der Kerl leid, bis Alex hinzufügt: »Na ja, es hat aber auch Vorteile, jung zu sterben. Dann muss man nicht so scheißalt werden wie die meisten.«

Kühl sagt Martin: »Sie hätte das bestimmt anders gesehen.«

»Vermutlich«, meint Alex ungerührt. »Die Monika war ein prima Kumpel. Lebensgierig, immer gut drauf. Lustig. Sie hatte was Kärntnerisches, obwohl sie aus der Steiermark war. Man konnte wirklich Spaß mit ihr haben. Nur in einem Punkt war sie mir unheimlich.«

Schweigen. Martin fragt nach und bekommt erst nach längerer Pause eine Antwort. »Sie war geldgierig. Irgendwie auch neidisch auf alle, die was hatten. Wollte unbedingt den Flock kennenlernen, damit ist sie der Romana furchtbar auf die Nerven gegangen.«

»Was wollte Monika von Hugo Flock?«

Alex zuckt die Achseln. »Was weiß ich – ihn heiraten? Er ist einer der reichsten Männer Österreichs und im passenden Alter, kurzfristig abzukratzen.«

»Aber er ist doch schon verheiratet.«

»Na und? So was stört doch eine Goldgräberin nicht. Aber man soll über Tote nichts Schlechtes sagen. Ich weiß wirklich nicht, was Monika von dem alten Sack wollte.«

Hugo Flock ist über achtzig, das weiß Martin aus der Zeitung. Hat sein Geld an der Börse verdient. Später erwarb er eine Fluggesellschaft und stieg dann ins Immobiliengeschäft ein. Verließ seine Frau wegen seiner Krankenschwester, einer Ungarin. Viel mehr ist in der Öffentlichkeit nicht über den Mann bekannt, der mittlerweile zehn Seegrundstücke sein Eigen nennt. »Was für ein Mensch ist Hugo Flock?«

Alex zieht eine Grimasse. »Uralt. Vor Geld stinkend. Paranoid. Der hat sein Haus in eine Festung umgebaut und verlässt es praktisch nur noch, um Romana zu besuchen oder den Dr. Landauf in seiner Galerie. Ausschließlich per Boot und mit einem schwer bewaffneten Leibwächter. Angeblich werden alle Gäste, die bei ihm eingeladen sind, am Eingang nach Waffen gefilzt. Seine Frau, die Krankenschwester, ist gleichzeitig seine Vorkosterin. Der Mann hat eine panische Angst, ermordet zu werden. Eigentlich kann er einem fast leidtun. Ganz ehrlich, ich wollte nicht mit dem Flock tauschen.«

Ich auch nicht, denkt Martin, obwohl er sich vorstellen könnte, dass Geld eine nette Kompensation im Alter ist. Damit kannst du dir viele schöne Dinge kaufen – und natürlich auch Menschen. Die Pension, die Martin eines Tages kriegen wird, reicht grade so zum Leben. Für Wiener Schnitzel und die Gspritzten. »Und wie oft besucht er die Romana?«

»Mann, Kieberer, du lässt nicht locker. Aber es ist ja kein Geheimnis, dass er ein-, zweimal die Woche herkommt. Immer mit einer Flasche sündhaft teurem Rotwein, den bechern sie dann zusammen in ihrem Salon. Mit Sex läuft – glaub ich – nix mehr. Ich hab Romana mal in die Richtung gefragt, da hat sie mir eine gescheuert. Sie kann verdammt bös werden, wenn ihr was nicht passt.«

Alex tritt gegen den alten Kühlschrank, der sonderbare Geräusche von sich gibt. »Der macht's auch nicht mehr lang. Alles hier ist am Zusammenkrachen, und ohne mich wär die Romana glatt aufgeschmissen. Aber ich bin ja nur ein Hobbyhandwerker, hier braucht es eigentlich Fachkräfte. Man müsste an die zweihunderttausend ins Haus stecken – vom feuchten Keller angefangen bis zum maroden Dach. Eher mehr.«

»Wenn sie aber kein Geld hat ...«

»... dann soll sie verkaufen. Das Grundstück ist ein Vermögen wert.«

Die Kompromisslosigkeit der Jugend, denkt Martin. Wahrscheinlich kann Alex sich nicht vorstellen, dass Romana und das Haus eine lebenslange Bindung eingegangen sind. Vielleicht ihre größte Liebe – neben Hugo Flock. Von alten Häusern fühlte sich Martin immer schon magisch angezogen – auch wieder was, das Larissa überhaupt nicht versteht. Das bringt ihn auf den Gedanken, sie anzurufen.

»Ich geh kurz in den Garten«, sagt er, und Alex köpft seine dritte Bierflasche. Martin nimmt an, dass er gegen den Kummer antrinkt, glaubt aber, dass die Trauerphase nicht sehr lange dauern wird. Alex Bergmann ist der Typ, der das Leben leicht nehmen will. Egoistisch, charmant, ziemlich selbstverliebt. Andererseits, denkt Martin, sollte er sich abgewöhnen, zu schnelle Urteile über Menschen zu fällen. Schon möglich, dass unter der oberflächlichen Schale ein ganz anderer Mensch steckt – ein Sensibelchen. Larissa hat Martin einmal vorgeworfen, sich wie ein gereizter Stier in der Arena zu benehmen. Wobei sie sich offenbar in der Rolle der Matadorin sieht. Immer bereit, ihm den Todesstoß zu versetzen.

Er wählt ihre mobile Nummer, und es tutet lange, bevor sie abnimmt. »Martin«, sagt sie mit knödeliger Stimme. »Ich muss gleich zu einem Meeting. Was gibt es?«

»Ich habe eine Leiche an Land gezogen«, sagt er. »Jung, weiblich, keine Ahnung, was mit ihr passiert ist.«

»Oh mein Gott«, erwidert Larissa, »wie unangenehm.«

Das ist wieder so ein Begriff, über den er sich aufregen könnte. Martin greift in die Tasche, steckt sich zwei Gummibären in den Mund und erzählt von der großen Neuigkeit. »Geht es dir gut?«, fragt er dann.

»Na ja, ich lebe noch. Wir haben viel zu tun im Office.«

Ihre Anglizismen gehen ihm auch auf die Nerven. Trotzdem: »Du fehlst mir, Larissa.«

Eine Pause, die er dazu nutzt, den gelben Bären zu schlucken.

Larissa überhört das Versöhnliche: »Ich muss jetzt zum Meeting, und später besuche ich deine Mutter in ihrer WG. Ich wollte sie zum Japaner einladen, aber sie bestand darauf, selbst zu kochen. Wahrscheinlich mit irgendeiner fetten Sauce, mir ist jetzt schon schlecht.«

»Mir auch«, sagt Martin und meint den Likör.

»Wieso dir? Du musst ja nicht bei ihr essen. Du hast dich ja nach Kärnten verzogen.«

Als ob das nicht auch mit ihr zu tun hätte! Doch dass Angriff die beste Verteidigung ist, weiß Larissa schon lange. Wenn sie angreift, wird der Tonfall schriller. Zeit, aufzulegen. »Geh du schön in dein Meeting, während ich hier faulenze«, sagt er und drückt ganz schnell den roten Knopf. Sie hasst es, wenn er abrupt auflegt, das bringt ihn jetzt zum Lächeln.

Er setzt sich auf die Steine ganz nah am See und zieht seine Schuhe aus. Der Anblick von Wasser, Bergen und Himmel ist Balsam für seine Seele. Die Leiche blendet er aus – und Larissa auch. Überlegt, dass er am nächsten Tag nach Klagenfurt fahren wird, um für Romana einzukaufen. Bei der Gelegenheit wird er sich eine Staffelei, Farben und Leinwand zulegen. Vielleicht hat er ja das Talent von seinem Vater geerbt. Wenn nicht, kann er trotzdem herumklecksen.

***

Während Martin tags darauf überlegt, welches Motiv er für sein erstes Gemälde wählen soll, steht Lily Prokopp in einem sehr kühlen, traurigen Raum. Auf dem blanken Metalltisch liegt die Leiche von Monika Linde, aufgeschnitten vom Brustkorb bis zum Schambein. Der Gerichtsmediziner entnimmt Organproben, und die Kontrollinspektorin blockiert ihre Nase gegen den Leichengeruch.

»Wann kommt Ihr Chef aus dem Urlaub zurück?«, fragt der Pathologe und winkt seinem Assistenten, die Leiche zuzunähen.

»In zwei Wochen«, sagt Lily. »Er ist auf Safari in Südafrika. Fotosafari. Und – was wissen wir jetzt über Monika Linde?«

Er verzeiht ihr den Plural, weil sie trotz Müdigkeit so hübsch aussieht, und nimmt sich vor, sie am Ende dieses Dates zu einem Kaffee einzuladen. Danach zum Abendessen. Von Berufs wegen passen sie doch perfekt zusammen.

Er räuspert sich: »Also, Monika Linde ist nicht ertrunken, wie ich schon vermutete. Kein Wasser in der Lunge. Sie ist mit größter Wahrscheinlichkeit erdrosselt und danach ins Wasser geworfen worden.«

Er weist auf Druckstellen am Hals hin, die Lily erst entdeckt, als sie ihre Brille aufsetzt und sich ganz nah darüberbeugt.

»Ein Seidenschal, irgendwas Weiches, dadurch sieht man kaum Spuren. Ich habe Proben unter den Fingernägeln entnommen, aber ich denke, dass sie sich nicht gewehrt hat. Der Täter – oder die Täterin – kam wohl von hinten, es war vermutlich ein Überraschungsangriff.« Er spricht zu Lily und gleichzeitig in sein Aufnahmegerät.

»Und danach wurde sie auf ein Boot gehievt und irgendwo in den See geworfen?« Lily findet ihr Mitleid mit einer Leiche völlig sinnlos. Aber sie kann nicht anders. In diesem verfluchten Raum fühlt sie sich jedes Mal mit den Toten verbunden, will sie beschützen, wo es doch nichts mehr gibt, was sie für sie tun kann – außer die zu schnappen, die's getan haben.

»Von der Strömung ausgehend, würde ich sagen, dass sie etwa fünfzig Meter vom Ufer entfernt ins Wasser geworfen wurde. Druckstellen an den Oberarmen und Abschürfungen am Oberkörper. Der Teil ist klar.«

»Und der Todeszeitpunkt?«

Er räuspert sich nochmals. In ihrer Gegenwart fühlt er sich einerseits wunderbar und andererseits gehemmt. Er wünschte sich, es gäbe viel mehr Leichen rund um Klagenfurt und dass ihr Chef nicht aus dem Urlaub zurückkäme. Löwenattacke oder so was in der Art. Ebola ginge auch. Dann könnte er Lily viel öfter sehen. »Mit allem nötigen Vorbehalt bei Wasserleichen: Ich denke, dass sie am

Dienstagabend so zwischen neun und zehn getötet wurde. Sie war, wie Sie ganz richtig bemerkt haben, noch recht frisch, als dieser Wiener sie aus dem Wasser zog.«

»Er heißt Glück«, sagt sie. »Chefinspektor Martin Glück.«

»Komischer Name«, murmelt der Gerichtsmediziner und setzt an, sie nach Obduktionsende in die Cafeteria einzuladen. Doch Lily ist schneller, sie nimmt ihre Handtasche, sagt »Vielen Dank« und entschwindet durch die Tür.

Er sieht ihr nach, hoffnungslos verloren zwischen Wünschen und Ängsten.

»Kann die jetzt weg?«, fragt der Assistent.

»Na sicher, was fragst so blöd«, blafft er ihn an, bevor er die Tür hinter sich zuschlägt.

Lily steigt in ihren Golf und fährt mit Karacho an. Ihr Traum wäre ein Porsche, aber sie weiß, dass sie sich den nie leisten können wird. Nicht einmal, wenn man sie zur Chefinspektorin beförderte. Der gehobene Polizeidienst ist zudem immer noch eine Männerdomäne, und Frauen tun sich schwer, männliche Kollegen zu überflügeln. Frau mit Kind ist sowieso problematisch, weil sie für Überstunden und Fortbildung kaum Zeit hat. Sophie ist jetzt fünfzehn und der Meinung, ihre Mutter nicht mehr zu brauchen. Doch die ersten Jahre waren schon hart, und die Kollegen schenkten ihr nichts. Der Chefinspektor aus Wien kommt ihr nicht so machohaft vor wie ihr Chef, andererseits kennt sie ihn kaum. Am Tatort fand sie ihn ziemlich cool. Relativ uneitel und mit einem Schuss Selbstironie. Schlecht aussehen tut er auch nicht. Und natürlich hat sie auf seine Hände geschaut, er trägt keinen Ring. Das ist so ein Automatismus bei alleinstehenden Frauen: der Fingerblick. Ihre Freundin Ilse hat inzwischen wieder ein Exemplar an Land gezogen. Ein Ballontyp – das sind diejenigen, die so aufgeblasen sind, dass ständig Luft entweicht, bis am Ende nur noch ein schrumpeliges Etwas übrig bleibt.

Lieber bleib ich allein, als Kompromisse zu machen, denkt Lily, während sie vor dem Wohnhaus in Krumpendorf einparkt. Keine Seelage, sondern am Hang und mit Blick aufs Wasser. Vom Erbteil ihrer Mutter hat sie sich die Dreizimmer-Eigentumswohnung gekauft. Sie ist weder groß noch prächtig, doch die Aussicht entschädigt für vieles. Und da ist natürlich auch ihr Dackel, der Blau heißt. Komischer Name, aber sie war tatsächlich blau, als sie den Welpen von ihrer Freundin übernahm. Nicht einmal für die Karriere würde ich von hier wegziehen, denkt Lily, als sie aussteigt. Für einen Mann schon überhaupt nicht. Und nie, niemals nach Wien!

Kapitel 6

Glück im Paradies

Romana schaut von ihrem Balkon hinunter. Martin hat seine Staffelei aufgebaut und Farben auf die Palette verteilt. Jetzt sitzt er mit dem Pinsel in der Hand vor der leeren Leinwand und scheint zu meditieren. Wenn sie die Augen schließt, sieht sie seinen Vater im Garten. Sie sind einander ähnlich, August und Martin. Und wie das so ist mit den Genen, teilen sie auch eine Reihe von Eigenschaften – gute und schlechte. Den Jähzorn, den kennt sie auch von August Glück. Dieser stritt sich oft mit seiner Frau, lautstark, denn Lotte musste immer noch Öl ins Feuer gießen. Ob Martins Mutter geahnt hat, dass Romana in August verliebt war? Eine Weile wenigstens war sie es, und vermutlich nur deshalb, weil er einer der wenigen Männer in ihrer Umgebung war, die sich nicht für sie interessierten.

Doch dann verschwand August von einem Tag auf den anderen. Es ist so lange her, aber immer noch hört sie den Knall der schweren Tür, als er das Haus verließ. Er hatte keinen Koffer mitgenommen, gar nichts außer seiner Brieftasche und seinem Pass. Den trug er immer bei sich. Stiehlt sich jemand einfach aus seinem Leben? Romana kann sich das nicht vorstellen, bis heute nicht. Vielleicht war ihm die Malerei das Wichtigste, doch er hing auch an seiner Frau und dem Kind. So einer geht doch nicht stante pede auf und davon. Außerdem war August Beamter, hauptberuflich. Beamte erfüllen ihre Pflicht, das sind keine Deserteure. Damals schon hat sie der Polizei gesagt, dass sie an ein Verbrechen glaube.

Romana hatte Lotte getröstet und ihr Likör verabreicht. Der kleine Martin war völlig verstört. Wollte August ein Leben irgendwo in Kroatien führen, wie Lotte glaubte? Nur weil August mit einer kroatischen Malerin korrespondiert hatte? Lotte war schrecklich eifersüchtig – wofür es nicht den leisesten Grund gab. Ein Mann, der gegen Romanas Reize immun war, konnte seine Frau überhaupt nicht betrügen!

Ach, diese präpotenten Polizisten damals! Die glaubten nur zu gern die Geschichte des Mannes, der aus seinem Leben aussteigt. Ersparte es ihnen doch die Arbeit, nachzuforschen. Erst wurde August Glück als vermisst registriert und dann zwei Jahre später für tot erklärt. Auf Lottes Betreiben, weil sie ja die Witwenrente kassieren wollte. Das kann man ihr nicht ankreiden. Wohl aber, dass Lotte von Anfang an überzeugt war, dass ihr August sie freiwillig verlassen hatte.

Bin ich noch immer die Einzige, denkt Romana, die an ein Verbrechen glaubt? Nur so aus dem Gefühl heraus. Über die Jahre hat sie August vergessen, doch die Leiche im See hat vieles wieder hochgebracht. So eine Unverschämtheit, ausgerechnet an der Villa Romana aufzutauchen! Diese Monika Linde war schon zu Lebzeiten ein durchtriebenes Ding, einer Romana Petuschnigg konnte die nichts vormachen. Die hat Andy Winzinger gegen Alex nicht aus Liebe eingetauscht, sondern weil sie über ihn und Romana an Hugo Flock rankommen wollte.

Von all ihren Liebhabern hat Romana Hugo immer am liebsten gemocht. Es war eine lange Beziehung – und wer hätte denn ahnen können, dass Hugo seine Frau für eine ungarische Samariterschlampe verlässt! Oh, wie bös sie auf ihn war, seine Hochzeitseinladung hat sie zerfetzt und in den See geworfen. Aber als er ein paar Monate später wieder bei ihr auftauchte, hat sie ihm verziehen. Einer großen Liebe verzeiht man eben alles. Nach Hugo gab es noch ein paar Affären, aber nichts Großes mehr, und irgendwann war es halt vorbei mit dem, was die Leute so Liebe nennen.

Die glamourösen Zeiten sind ohnehin Geschichte. Romana kann sich erinnern, wie ihre Mutter von den ersten Sommerfrischlern am Wörthersee erzählte; damals wohnten sie noch in einer besseren Besenkammer in Maria Wörth, und die Mutter war Köchin in einem der wenigen Hotels, die es in dieser Zeit gab. Die Ersten, die den See als Rückzugsort entdeckten, waren jüdische Künstler und Geschäftsleute. Alban Berg und Johannes Brahms komponierten hier, und die Kärntner Sommerfrische war *die* Wiener Dependance zur heißen Jahreszeit. Doch dann kamen die Nazis, und die Häuser am See, sofern sie Juden gehörten, wurden enteignet. Ach, der Wörtherseeklatsch, den sie mit Hugo immer durchhechelt, ist auch nicht mehr das, was er einmal war. Romana sieht noch einmal auf die Staffelei und Martins gebeugten Rücken. Er pinselt fleißig, doch Fleiß ist kein Kriterium in der Kunst.

Das Telefon läutet, und Romana wartet ein bisschen, in der Hoffnung, dass Alex abnimmt. Tut er aber nicht, und mit einem Seufzer greift sie nach dem Hörer: »Villa Romana.«

»Kontrollinspektorin Prokopp. Kann ich den Chefinspektor Glück sprechen?«

Romana schnauft missbilligend: »Hören S' mir auf mit der Titelwirtschaft. Der Martin ist grad beschäftigt. Soll ich ihm was ausrichten?«

Kurzes Zögern am anderen Ende: »Ja, ich weiß nicht. Sagen S' ihm doch, er soll mich auf dem Handy anrufen. Es geht um den Fall Monika Linde.«

»Aha«, sagt Romana, »gibt es denn was Neues?«

»Ich bin nicht befugt, darüber zu sprechen, Frau Petuschnigg, tut mir leid.«

Romana ist eingeschnappt und sagt giftig: »Na, morgen steht doch eh alles in der *Krone*. Aber bitte …«

Lily Prokopp hört nur noch ein Knacken in der Leitung. »Blöde Kuh«, sagt sie laut, doch wahrscheinlich hat Romana recht. Die Story von der schönen Leich im Wörthersee wird die Schlagzeilen und Nachrichten füllen. Die Polizeipressestelle hat eine Mitteilung verschickt, und seither läuten die Telefone. Lily wünschte sich, ihr Chef würde aus dem Urlaub zurückkommen, doch das wird noch dauern. Ihr Versuch, ihn über sein Handy zu erreichen, ist jedenfalls gescheitert. Dass sie jetzt die Leiche samt dem ganzen Wirbel am Hals hat, überfordert sie schon ein bisserl. Zumindest hat Lily das Gefühl, seit Ewigkeiten nicht mehr geschlafen zu haben.

Sie wollte Martin Glück mit zur Zeugenanhörung ins *Paradies6* nehmen. Wär zwar nicht offiziell genehmigt, aber manchmal pfeift sie auf die Dienstvorschriften. Jetzt zum Beispiel. Nur leider ruft er nicht zurück. Seit wann, denkt sie, haben Männer keine Lust, ins Puff zu gehen? Obwohl es eher ein Edelbordell als ein Puff ist. In einem alten Schlössel oberhalb des Sees gelegen, mit üppigem Garten, Restaurant, Bar – und Separees. Lily war noch nie dort, doch man hört so einiges, zum Beispiel, dass die Frauen aus dem Osten kommen und sowohl schön als auch teuer sind. Die Besitzverhältnisse sind unklar, angeblich soll auch Hugo Flock zu der Investorengruppe gehören. Lily hat mit dem Geschäftsführer telefoniert, einem Dr. Winkler. Er klang zwar nicht erfreut über ihren angekündigten Besuch, doch immerhin verbindlich. Alle Mädchen hätten eine gültige Arbeitserlaubnis, meinte er zum Abschluss. Lily sagte, dass sie nichts anderes erwartet habe, und legte auf.

Während der Fahrt hört sie eine Salsa-CD und denkt an Monika Linde. In ihrem Appartement in Klagenfurt fand sich wenig, das Auskunft über ihre Person geben könnte. Ein paar Kunstbücher, Modezeitschriften, viele Kosmetika und recht teure Kleidung für eine Studentin, die hin und wieder als Aushilfe in einer Bar jobbt. Monika war die uneheliche Tochter einer früh verstorbenen Grazer Putzfrau. Wuchs bei der Oma auf, die jetzt im Altersheim ist. Die Nachbarn in Monikas Haus wussten so gut wie nichts. Weder Computer noch Handy befanden sich in der Wohnung. Möglich, dass sie das Telefon bei sich hatte, als sie starb. Der Laptop könnte natürlich in ihrer Studentenbude sein. Sie wird die Kollegen in Graz ersuchen, sich diese vorzunehmen. Alles in allem ist Monika Linde noch ein großes Rätsel.

Als sie im Schritttempo durch Pörtschach schleicht, erkennt sie den dunkelhaarigen, leicht Hinkenden auf dem Gehsteig: Martin Glück. Sie steigt auf die Bremse, und hinter ihr quietschen weitere Bremsen, es darf gehupt werden. Lily öffnet das Seitenfenster. »Chefinspektor Glück, steigen Sie ein, schnell, bevor die da hinten mich lynchen.«

Wenn ihm ihre Einladung seltsam vorkommt, so zeigt er es nicht. Er öffnet die Beifahrertür und wirft sich auf den Sitz, worauf Lily aufs Gaspedal drückt.

»Entführen Sie mich?«

»Nein, ich wollte Sie abholen und dann ins *Paradies6* fahren. Hat Frau Petuschnigg Ihnen nichts ausgerichtet?«

»Hat sie nicht«, sagt Martin. »Sie ist nicht mehr die Jüngste, vielleicht hat sie es vergessen.«

Das glaubt Lily wiederum nicht, doch sie lässt es unkommentiert. »Und, haben Sie Lust?«

Martin sieht sie von der Seite an. »Das ist gegen die Dienstvorschriften.«

»Ich weiß. Das ist hier eine total inoffizielle Nummer. Interessiert es Sie nicht, mal unser Edelpuff zu besuchen?«

»Doch.« Martin grinst. »Und wie wollen Sie mich dort einführen?«

»Kollege aus Wien – und den Namen knödle ich so unverständlich raus, dass sich keiner daran erinnert. Der Geschäftsführer übrigens ist ein Dr. Winkler, dem Slang nach ein Kärntner. Er hat Jura studiert, ist vierzig und FPÖ-Mitglied, unverheiratet. Der Laden gehört einer Reihe von Firmen, deren Verhältnisse so verschachtelt sind, dass man zu den Besitzern kaum vorstößt. Aber das Gerücht geht, dass Hugo Flock einer von ihnen ist.«

»Der hat wohl überall die Finger drin.«

»Sieht so aus«, sagt Lily und biegt in eine Auffahrt ein, die zu einem schmiedeeisernen Tor führt.

Martin registriert Kamera und Sprechanlage, doch das Tor öffnet sich automatisch. Lily fährt langsam auf das Schlösschen zu, das jenen gleicht, die sie aus Märchenbüchern kennt.

Er pfeift anerkennend: »Sehr idyllisch, das Puff.«

Lily stellt den Motor ab und steigt aus. »Von jetzt an lassen Sie vor allem mich reden. Sie beobachten.«

Er salutiert scherzhaft, dann gehen sie nebeneinander zum *Paradies6*, an dessen Eingangstor ein dunkelhäutiger Riese in weißer Livree steht, der sich verbeugt und die Tür öffnet. Im Flur sieht Martin auf ein Logo mit Mohnblumen, das ihn an etwas erinnert. Es fällt ihm aber nicht ein, und nun nähert sich schon der Hausherr, Dr. Friedl Winkler.

Er ist attraktiv, makellos gekleidet und trägt sein Haar gegelt, wie Martin es von Larissas Werbefuzzis in Wien kennt. Winkler wendet sich an Lily: »Frau Kontrollinspektorin Prokopp! Ich freue mich, dass Sie den Weg zu uns gefunden haben, auch wenn der Anlass ein trauriger ist!«

Er schüttelt ihr die Hand und dreht sich dann zu Martin. Lily murmelt seinen Namen mit dem Anhang »ein Kollege aus

Wien«. Ein warmer Händedruck, doch Winklers Lächeln wirkt gequält. »Ich hoffe, dass Sie den Mörder bald finden.« Er weist mit der Hand den prächtigen Flur entlang in Richtung Bar.

»Hat jemand was von Mord gesagt?« Lilys Stimme klingt spröde.

Am Hausherrn prallt die Frage ab. »Wären Sie sonst hier? Wenn es ein Unfall wäre? Lassen Sie uns doch in die Bar gehen, Monikas Arbeitsplatz. Sie wird uns fehlen, sie war eine gute Kraft. Sie hat immer wieder ausgeholfen, wenn wir sie brauchten, auch kurzfristig.«

»Nur als Barfrau?« Martins Frage, die ihm einen strafenden Blick von Lily einträgt.

Winklers Lächeln ist dünn. »Selbstverständlich. Monika war Kunststudentin. Ein kluges Mädchen. Ich meine, natürlich hat sie Angebote bekommen, sie war ja ein hübsches Ding. Aber meines Wissens hat sie sich nie darauf eingelassen.«

Lily bewundert die Bar, die im englischen Stil gehalten ist. »Wie viel verdiente sie pro Abend?«

»In der Schicht von zehn bis vier Uhr morgens zweihundert Euro plus Trinkgeld. Nachmittags bis abends etwas weniger. Möchten Sie etwas trinken?«

Winkler gibt dem Barmann, der sich mit einem Gast am anderen Ende der Theke unterhält, ein Zeichen.

»Wasser«, sagen Lily und Martin gleichzeitig.

Der Barmann deutet auf zwanzig verschiedene Flaschen, Lily entscheidet sich für Gletscherwasser aus Neuseeland und möchte gar nicht wissen, was es kostet. Martin trinkt slowenisches Mineralwasser.

»Hatte Monika am Dienstagabend eine Schicht?«

Winkler zögert, dann: »Nein. Sie hat sich freigenommen. Ich hab dann kurzfristig niemanden gekriegt, und es war ziemlich chaotisch an diesem Abend.«

Lily hat das Gefühl, dass er lügt. »Waren Sie sauer auf Monika? Hat sie gesagt, warum sie freihaben wollte?«

»Hat sie nicht. Und klar war ich sauer. Am Dienstag hatten wir sicher an die vierzig Leute. Das schafft der Barmann alleine kaum. Und die meisten Männer sehen lieber eine schöne Frau hinter dem Tresen.« Winkler lächelt Lily frontal an: »Ich weiß ja nicht, was Kontrollinspektoren so verdienen, aber wenn Sie Lust haben, könnten wir Sie gelegentlich einsetzen. Es ist verdammt leicht verdientes Geld.«

»Nein«, zischt Lily. Sie hätte gerne mehr gesagt, aber für sittliche Entrüstung fehlt ihr der Nerv.

Martin lutscht Gummibären und ist stolz auf sich, dass er Winkler auf dessen unverschämten Vorschlag hin nicht angemacht hat. Er beobachtet vier Männer, die aus Separees kommen. Sie haben leicht bekleidete Blondinen im Schlepptau, jung und schön und wahrscheinlich aus der Ukraine importiert. Die Frauen bestellen Champagner, die Männer Bier.

Winkler, der seinen Vorstoß schon bereut, flüstert Lily zu, ob ihr der Anblick unangenehm sei. »Nein«, flüstert sie zurück. Lauter: »Hatte Monika Freunde hier oder Freundinnen, irgendjemanden, der sie näher kannte?«

Jetzt fällt Martin endlich ein, wo er die Mohnblumen gesehen hat: im Zug. Ein junges Mädchen, das ihm gegenübersaß und vergeblich versuchte, ihre Freundin zu erreichen. Wie hieß sie noch? »Tamara.«

»Wollte ich auch grad sagen.« Winkler sieht ihn erstaunt an. »Ebenfalls eine Studentin, sie hilft im Restaurant aus. Tamara Sommer und Monika waren befreundet. Wir erwarten Frau Sommer morgen aus Graz, weil wir sie bei einem Fest einsetzen. Sie glauben gar nicht, wie schwierig es ist, gutes Personal zu bekommen.«

»Ach ja«, sagt Lily. Sie wirkt gereizt.

Winkler winkt ab. »Bedienungspersonal. Bei den Prostituierten ist es einfacher. Der Job ist klar definiert. Aber bedienen will doch heutzutage keiner mehr.«

»Mir scheint, dass Prostitution auch ein Dienstleistungsgewerbe ist«, sagt Lily.

»Ja, aber auf einer anderen Ebene.« Winkler grinst anzüglich. »Ich arbeite gern mit Studentinnen. Wir haben hier ja recht anspruchsvolle Gäste, und die Mädels sind einfach gewandter im Umgang.«

»Und wie war Monika im Umgang?«

Er überlegt nicht lange: »Aufmerksam, höflich, immer ein Lächeln auf den Lippen. Sie war sehr beliebt bei den Gästen.«

Lily zweifelt. Irgendwas verschweigt Winkler, aber sie hat keine Ahnung, was.

»Und wie ist die Klientel so – was für Leute kommen zu Ihnen?«

Winkler scheint diese Frage nicht zu stören. »Alle Nationen, alle Schichten, alle Jahrgänge – wirklich, Sie wären erstaunt, wer alles den Weg zu uns findet. Manche der Herren kommen mit ihren Ehefrauen oder Freundinnen zum Essen und teilen sich dann in verschiedene Separees auf. Es ist halt eine Frage des persönlichen Geschmacks. Aber Namen darf ich nicht nennen. Wir sind selbstverständlich sehr diskret.«

Na logisch, denkt Martin. Wer genug Geld hat, darf sich fast alles leisten. Manchmal findet er Kapitalismus scheiße.

»Hatte Monika einen Spind hier für ihre persönlichen Sachen?« Lily beobachtet aus den Augenwinkeln eine Vierergruppe mit Damen. Es ist ihr erster Besuch in einem Bordell. Und sie fühlt sich unbehaglich, eine vermutlich ganz normale Reaktion. Chefinspektor Glück wirkt cool und hält sich an ihre Vorgabe, möglichst wenig zu reden.

Winkler greift sich recht theatralisch an die Stirn. »Oh ja, das hatte ich glatt vergessen. Sie hat ein paar Sachen hier, glaube ich. Verzeihen Sie mir, dass ich das nicht gleich erwähnte.«

Jagdfieber: Lily und Martin blicken einander an, denken das Gleiche und nicken dann. »Den Spind wollen wir natürlich sehen«, sagt Lily. So ganz glaubt sie dem Winkler nicht, dass er den Spind vergessen hat. Menschen lügen aus unterschiedlichen Gründen, und fast alle haben etwas zu verbergen.

Lily und Martin folgen ihm über eine Treppe in die Kellerräume. Hier lagern Wein und Champagner, und hier liegen die Personaltoiletten und Waschräume. Ganz hinten in den Katakomben ist der Raum mit den abschließbaren Kästen. Winkler öffnet Monikas Spind mit seinem Generalschlüssel. »Die meisten bewahren darin Ersatzkleidung auf.«

Im Spind befindet sich eine Kassette, die verschlossen ist, sonst nichts. Lily nimmt sie heraus, nachdem sie sich Wegwerfhandschuhe übergestreift hat. Die Kassette ist ziemlich schwer.

»Die nehmen wir mit, und ich stelle Ihnen dafür eine Quittung aus.« Sie gibt die Kassette weiter an Martin und drückt Winkler ihre Visitenkarte in die Hand. »Ich würde gern mit Monikas Freundin sprechen, dieser Tamara Sommer. Lassen Sie ihr meine Karte zukommen, sie soll mich anrufen, sobald sie hier auftaucht. Es ist wichtig.«

Friedl Winkler nickt. Er wirkt erleichtert, dass er seine ungebetenen Gäste loswird. Polizisten sind ihm nicht geheuer, außer wenn sie als Kunden erscheinen. Er begleitet die beiden bis zur Tür mit dem imposanten Türsteher. »Er kann perfekt Arabisch, Englisch und Französisch«, sagt Winkler. »Monika konnte Englisch und Italienisch, und unser Restaurantchef ist ein Deutscher, der Russisch spricht.«

»Beeindruckend«, murmelt Martin, und Lily vermutet Ironie. Doch Winkler lächelt geschmeichelt und führt sie an Edelkarossen vorbei zu Lilys Golf. Er öffnet galant die Fahrertür und wartet, bis sie mit aufheulendem Motor den Parkplatz verlassen haben. Auf dem Weg zurück zum Haus streichelt Winkler im Vorübergehen die Haube seines Ferrari.

Lily genießt die Fahrt auf der kurvenreichen Straße, bis Martin sagt: »Sie fahren viel zu schnell.«

»Na und? Woher kennen Sie Tamara Sommer?«

Er fummelt mit einem Stück Draht am Schloss der Kassette. »Wenn Sie langsamer fahren – oder, noch besser, stehen bleiben – hab ich das Schloss gleich offen. Ich habe Tamara Sommer zufällig im Zug getroffen. Auf dem Weg nach Wien. Wir saßen im selben Abteil, und sie versuchte andauernd, eine Freundin am Telefon zu erreichen. Und ich erkannte im Puff das Logo wieder, das Tamara auf ihrem Display hatte. Die Mohnblumen.«

Lily fährt jetzt so langsam, dass der Wagen hinter ihr hupt. Sie ist stark versucht, die Polizeikelle zu zücken, um den Huper zu ärgern, doch dann lässt sie es und biegt ab in die nächste Parkbucht. Glück hat es tatsächlich geschafft, die Kassette ist offen.

Darin liegen bündelweise Geldscheine: Fünfziger- und Hunderternoten. Viel Geld.

»Jessas«, sagt sie.

Kapitel 7

Folge der Spur des Geldes

Lily hat Martin an der Villa abgesetzt und ist mit der Kassette weiter nach Klagenfurt. Das Geld wollte sie so schnell wie möglich in der Asservatenkammer deponieren, doch bevor sie losfuhr, fragte sie ihn durch das geöffnete Fahrerfenster, ob er mit ihr ein Glas Wein trinken wolle. Sie sei um acht Uhr im *Seespitz*. Dann gab sie Gas, ohne seine Antwort abzuwarten.

Er ist überrascht von ihrer Offensive und unsicher bezüglich des Motivs: Wollte sie über den Fall sprechen? Davon geht er aus, denn Lily Prokopp macht auf ihn nicht den Eindruck, als sei sie auf Männerjagd. Ledig, verheiratet, geschieden? Er hat keine Ahnung, und eigentlich ist es ihm auch wurscht. Solange er sein Ehechaos nicht im Griff hat, wär es schön blöd, sich in neue Verhältnisse zu stürzen. Ein kurzer Moment der Sehnsucht nach Larissa. Wie lange hat er schon keinen Sex mehr gehabt? Zuletzt drei Wochen vor dem Skiunfall, also eine kleine Ewigkeit! Er greift nach dem Telefon, während er um das Haus herum in den Garten geht.

Wie immer lässt sie lange klingeln, bevor sie annimmt. Eines ihrer Psychospielchen.

»Servus, Martin.«

»Larissa. Wie geht's dir?«

»Mir ist heut noch schlecht, Martin. Von dem Essen deiner Mutter. Rat mal, was es gab.«

»Backhendl? Schweinsbraten? Tafelspitz?«

Ihre Stimme klingt angewidert: »Kackknödel mit Kraut! War angeblich dein Lieblingsessen als Junge.«

Martin kann sich an die Erdäpfelknödel seiner Mutter gut erinnern: gefüllt mit Faschiertem, in Butter und Speck gebraten. Der Geschmackswahnsinn, aber sicher keine Diätkost. Seine Mutter konnte Larissa nie leiden, weshalb sie sie oft mit Essenseinladungen quälte.

»Ich erinnere mich. Du hättest ihr vorher sagen sollen, dass du auf Endlosdiät bist.«

»Das hätte sie kaum beeindruckt, du weißt doch, wie stur sie ist. Und sie trägt jetzt so Hippiegewänder, alles bunt und flatternd. Und ein Stirnband. Du solltest dich wirklich mehr um deine Mutter kümmern, Martin!«

»Sie ist nicht gaga, oder?«

Leichtes Zögern: »Nein, das nicht. Aber ... ach, was red ich denn, du bist ja in Kärnten, um deine Wunden zu lecken.«

»Ich bin beurlaubt, Larissa. Unter anderem, weil du mit meinem Chef gepantscherlt hast.«

»Hab ich nicht, du hast es nur in den falschen Hals gekriegt.«

Larissa hängt auf. Er hört nur noch das Tuten, flucht vor sich hin und findet in seiner Jackentasche zwei Gummibären, die er schnell in den Mund steckt. Es ist wie verhext, dass sich alle guten Vorsätze in Luft auflösen, sobald er mit ihr spricht. Und am Telefon ist es noch schlimmer: Da kann man den anderen nicht einfach küssen, um ihn zum Schweigen zu bringen. Das hat sie früher oft gemacht. Sie hatten guten Sex, auch nach Streitereien.

Martin seufzt und geht langsam zurück zum Haus. Es ist schwül und sieht nach Regen aus, also ergibt es wenig Sinn, die Staffelei im Garten aufzubauen. Auf der überdachten Terrasse vielleicht. Das Malen macht ihm Freude, es hat etwas Meditatives, über den See zu schauen und dann das innere Bild auf die Leinwand zu bringen. Eher abstrakt, das liegt ihm mehr als das Realistische. »Du musst auf das Licht achten«, hat sein Vater ihm oft gesagt. »Wenn du Licht und Schatten beherrschst, kommst du in die Nähe eines guten Malers!«

Auf dem Weg zu seinem Zimmer trifft er auf Alex, der im Parterre etwas ratlos vor dem Sicherungskasten steht. »Kann ich helfen?«

Alex kratzt sich am Kinn. »Keine Ahnung. Die ganze Elektrik ist mittelalterlich. Immer wenn ich den Rasierapparat einschalte, haut es die Sicherungen raus.«

»Vielleicht liegt's am Rasierer?«

»Wäre möglich. Oder an der Steckdose. Oder an den Leitungen. Ich find's noch raus. Und? Was machen die Ermittlungen?«

»Offiziell«, sagt Martin, »bin ich nicht beteiligt. Die Kärntner Kollegin scheint mir sehr fit zu sein.«

»Ich hab gehört, es war Mord und kein Unfall.« Alex schließt den Sicherungskasten. »Wer sollte so was tun – und warum?«

Geld, denkt Martin. Geld ist ein erstklassiges Motiv. Nach seiner groben Schätzung waren um die dreißigtausend Euro in der Kassette. Viel Kohle für eine Studentin, die nebenbei als Barfrau jobbt. Was ihn zum nächsten Gedanken bringt: Wovon lebt Alex Bergmann? Doch sicher nicht davon, die Villa Romana notdürftig zu flicken! Aber Martin scheut davor zurück, ihn direkt zu fragen, und nimmt sich vor, Romana nach Alex' Verhältnissen zu löchern. »Gab es irgendwelche Pläne zwischen dir und der Monika?«

Alex lächelt. »Ne, wir wollten nicht heiraten, wenn du das meinst. Sie redete mal davon, dass sie eine große Reise vorhat. In die Karibik. Ich hab sie gefragt, ob sie mich nicht mitnehmen will, aber sie hat nur gelacht. Meinte, sie würde sich dort einen reichen Mann angeln und dann den Job als

Barfrau an den Nagel hängen. Monika hatte so eine Wahnsinnsangst vor Armut. Hat wohl mit ihrer Kindheit zu tun.«

Martin fragt ganz vorsichtig: »War das nicht eine große Versuchung für sie, das viele Geld, das die Freier im *Paradies6* zahlen?«

»Du meinst, dass Monika sich nebenher was verdiente? Na, das glaub ich nicht. Sie hat den Andy Winzinger in der Bar im Puff kennengelernt, das ist schon wahr. Und dann hatte sie eine Zeit lang ein Verhältnis mit ihm. Klar hat er ihr dies und das geschenkt, ein schönes Gewand, auch mal ein Schmuckstück ... aber er hat es nicht übertrieben. Reiche Leut sind erstaunlich geizig, weißt du.« Alex stößt ihm seinen Ellbogen spielerisch in die Rippen: »Für einen Kieberer bist du ganz okay, Martin. Willst du mal mit in mein Zimmer kommen? Es ist mit Abstand das kleinste und schiachste im Haus, aber ich glaube, da hängt ein Bild von deinem Vater. *Frau mit Sonnenhut vor See*. Die Frau ist nicht die Romana, sonst hätte sie es sicher im Entree angebracht.«

Das hat er wohl zu laut gesagt. Romana steht plötzlich vor ihnen und sieht Alex streng an. »Ist die Elektrik wieder in Ordnung? Na? Dann streng dich an, sonst musst du dir einen Bart wachsen lassen.«

Alex ist unwillkürlich einen Schritt zurückgetreten. Für Martin sieht es so aus, als ob Alex Angst vor Romana hätte, und das findet er seltsam.

»Ich glaube, es liegt daran, dass ... wenn Rasierer und Mixer oder Bügeleisen gleichzeitig an sind ... dass dann die Sicherung rausfliegt«, sagt Alex mit einer Stimme, die um Vergebung bittet.

»Glauben ist nicht Wissen.« Romana verzeiht nicht und wendet sich demonstrativ an Martin. »Wollen wir bei mir oben einen Kaffee trinken? Oder was Stärkeres?«

Martin hätte lieber Alex' Zimmer und das Bild gesehen, doch er traut sich nicht, ihre Einladung abzulehnen, und so folgt er ihr über die Stufen in das oberste Stockwerk, in dem sie ihre Wohnung eingerichtet hat. Romana trägt eine blaue Hose und einen grünen Pullover. Es sind ihre zwei Farben, ganz selten zieht sie andere an.

Romanas Wohnzimmer ist eine wilde Stilmischung aus Biedermeier, Art déco und moderner Klassik. Martin, der auf »Schöner Wohnen« weniger Wert legt, findet den großen Raum gemütlich. Kein Bild seines Vaters, obwohl er sich erinnern kann, dass August ihr zwei geschenkt hat. Eines hängt offenbar in Alex' Zimmer. Und das andere?

»Setz dich irgendwohin«, sagt Romana. »Was magst du trinken?«

»Ein Glas Wein tät schon gehen.« Martin verstößt gegen seine Regel, vor Sonnenuntergang keinen Alkohol zu trinken. Daran hat er sich schon in Wien nicht immer gehalten, und jetzt ist er schließlich in Urlaub. Zwangsurlaub.

Er setzt sich auf das grüne Sofa, das so weich ist, dass er sich vorstellen könnte, darin zu versinken. Romana schenkt beiden Weißwein ein, einen Grünen Veltliner, der nach Zitrone schmeckt. »Mein Lieblingsweißer, der ist gut, gell? Und, was macht die Kunst? Und der Mord?«

»Weiß das jetzt schon jeder?«, fragt er zurück.

Sie zuckt mit den Achseln. »Der See ist ein Dorf. Habt ihr im *Paradies* was Neues erfahren?«

Sie will mich aushorchen, denkt Martin. »Nicht wirklich. Monika Linde war bei allen beliebt, sagt der Hausherr. Niemand kann sich vorstellen, dass ihr einer was angetan hat.«

Romana sieht aus dem Fenster auf Regenwolken, die sich über dem See zusammenziehen. »Es ist zu warm für die Jahreszeit«, sagt sie. »Und die Monika war zu nett, um echt zu sein. Die hatte was an sich, wo bei mir die Alarmglocken angingen.«

Sie stellt ein Glas mit Salzstangen auf den Couchtisch. Das ist so altmodisch, denkt Martin. Salzstangen fallen in die Kategorie Russische Eier oder Hawaiitoast. Trotzdem greift er zu, weil er Hunger hat. »Der Alex sagt nur Gutes über sie.«

Eine wegwerfende Handbewegung. »Ach, der Alex. Als Handwerker ist er spitze, aber sonst … Er ist nicht der Allerhellste, halt noch grün hinter den Ohren.«

»Wovon lebt er eigentlich?«

Romana zieht ihre Schultern hoch. »Von Hilfsarbeiten hier und da. Der Junge hat nach der Matura ein bisserle als Model gearbeitet. Tut er heute noch, aber so eine richtige Karriere ist daraus nicht geworden. Die blonden Typen sind zurzeit nicht so gefragt, was weiß ich. Ich lass ihn halt umsonst wohnen, weil er mir im Haus zur Hand geht und ich die teuren Handwerker spar. Ab und zu hilft er bei Richard aus – Dr. Landauf, der mit der Galerie, weißt eh. Ich hab ihm schon oft gesagt: ›Alex, such dir eine reiche Alte, von denen gibt es am See doch mehr als genug.‹ Aber was macht er? Hängt mit der Monika rum. Von der hat er keinen Schilling gekriegt, so hat die aufs Geld geschaut.«

»Euro.«

»Ich rechne immer noch alles in Schilling«, sagt Romana. In ihren grünen Augen liegt eine gewisse Verzweiflung, aber vielleicht, denkt Martin, bildet er sich das nur ein.

Romana hat das Fenster geöffnet, doch justament in diesem Augenblick ertönt Musik von nebenan, eine Art Polka, auf die sie mit einem heftigen Schließen der Fensterläden reagiert. »Ich kann's nicht mehr hören!«

»Ist doch ganz nett«, sagt Martin.

»Nicht, wenn du es seit Jahr und Tag hören musst. Ich bin wirklich froh, wenn diese Trachtentänzer weg sind, da kann sich der Richard noch so echauffieren.«

»Dann wirst du aber Baulärm kriegen, das ist viel schlimmer. Was sagt denn der Seeklatsch über Monika Linde?«

Romana sieht ihn an, als wäre er eine lästige Wespe. »Sie hat sich ja manchmal angezogen wie ein Flitscherl, die Monika. Vielleicht hat einer sie vergewaltigt und dann umgebracht. Das meinen die Leut.«

Es gab keine Spuren einer Vergewaltigung, denkt Martin, sagt aber nichts.

»Und dann meinen die Leut, dass diese Kontrollinspektorin ... dass die viel zu unerfahren ist für den Mord.«

»Ich bin doch da«, sagt Martin, halbherzig scherzhaft. Doch Romana lächelt nicht. Sie sieht auf einmal sehr alt und verletzlich aus, denkt er. »Hast was, Romana? Kann ich dir irgendwie helfen?«

Sie schaut ihn an mit ihren grünen Augen, die an diesem Tag trüb wirken. Öffnet den Mund und schließt ihn wieder. »Ach nein«, sagt sie. »Erzähl mir lieber, was in deiner Ehe läuft.«

Martin folgt ihrem Themenwechsel. »Ach, irgendwie sind wir seit langer Zeit nur noch am Streiten. Wir haben zu fast jeder Sache verschiedene Meinungen.«

»Hauptsach, der Sex stimmt.«

»Tja.« Mehr fällt ihm dazu auch nicht ein. Überhaupt hat er keine Lust, mit Romana über Sex zu reden.

Sie schenkt nach und prostet ihm zu. »Auf die Liebe, Martin. Sie ist komplizierter, als die Polizei erlaubt.«

»Haha.«

»Ihr solltet euch wieder versöhnen, das mein ich ernst. So lustig ist es nicht, im Alter allein zu sein.«

»Darauf gibt's eh keine Garantie.« Martin trinkt sein Glas leer. »Du hast es dir doch so ausgesucht, oder?«

Wenn sie nachdenkt, legt sie ihren Kopf zur Seite. »Nicht ganz, Martin. Den ein oder anderen hätt ich schon gern für länger gehabt. Den August zum Beispiel!«

»Meinen Vater?!«

Jetzt lacht sie, weil er so entsetzt ausschaut. »Nein, nein, da war nix. Aber er hätte mir gefallen, der August. Nur war ich Luft für ihn. Seine Malerei und die Familie, mehr hat ihn nicht interessiert. Das darfst du mir glauben.«

Er kann die Bitterkeit in der Stimme nicht ganz unterdrücken: »Deshalb hat er uns dann ja auch verlassen von einem Tag auf den anderen.«

Romana beugt sich vor und legt ihre Hand auf Martins. Ihr prächtiger Diamantring, ein Beutestück von Hugo Flock, blendet beinahe. »Daran hab ich nie geglaubt, Martin.«

»Aber meine Mutter ...«

»Papperlapapp. Nein, der August ist nicht einfach von euch weg. Da ist was passiert!«

»Was?«

Sie tätschelt seine Hand. »Wenn ich nur wüsste, was. Den Kopf hab ich mir zerbrochen und immer geglaubt, dass seine ... sterblichen Überreste irgendwo, irgendwann auftauchen.« Romana seufzt und streichelt ihm über die Wange. Der Ring kratzt. »Du darfst nichts Schlechtes über deinen Vater denken, Martin. Er war vielleicht nicht der ganz große Künstler. Aber ein großer Mann.«

»Du meinst, er hatte einen Unfall? Oder was Schlimmeres? Aber dann hätte man doch seine Leiche gefunden.« Er weiß wirklich nicht, warum ihm jetzt die Tränen kommen. Er kann sie einfach nicht zurückhalten, wischt sie mit dem Handrücken weg.

»Tut mir leid«, sagt er, und sie schüttelt nur den Kopf. »Ich weiß es nicht, mein Lieber. *Du* bist doch hier der Kriminaler. Ich bin bloß eine alte Frau in einem alten Haus.«

»Du warst immer die schönste Frau am See.«

Romana lächelt wie eine Sphinx. »Machen wir uns nichts vor, Martin. Ich hatte Spaß, aber am Ende ist mir nur die Villa Romana geblieben.«

»Für die du morden würdest.«

Romana erwidert nun sein leichtes Lächeln nicht. Ihr Gesicht wirkt eine Sekunde lang wie eingefroren. Aber dann verzieht sie ihren Mund, und Martin denkt, dass er sich getäuscht hat. Er nimmt ihre Hand und führt sie an seine Lippen. »Danke für den Wein. Und das Gespräch. Ich war immer in dich verliebt, Romana.«

»Ach geh, du Schlawiner. Geh malen oder schwimmen – und bring mir ja keine Leich mehr an Land.«

Kapitel 8

Die Dagobert-Duck-Theorie

Der *Seespitz*, Restaurant, Lounge und Beachclub des Schlosshotels in Velden, wäre ein Ort nach Larissas Geschmack. Kühl, mondän, hochpreisig und eher abweisend gegenüber Rucksacktouristen. Martin ist zwar keiner, aber so ganz wohl fühlt er sich nicht in seiner Haut, als die hübsche Kellnerin ihn fragt, ob er reserviert habe.

Als er mit Nein antwortet, sieht er, dass Lily Prokopp ihm zuwinkt. Sie sitzt an einem Tisch direkt am Wasser – in einem lila Kleid mit rotem Schal. So ganz der feinen Welt zugehörig schaut sie aus, während Martin schwarze Jeans, Hemd und Leinenjackett trägt.

»Sie sind ja doch gekommen«, sagt sie, als er vor ihr steht.

Auf ihre einladende Geste hin setzt er sich ihr gegenüber, den See zur Linken. »Bevor ich antworten konnte, waren Sie ja schon weg. Mit Karacho. Sie sehen schön aus heute Abend, wenn ich das sagen darf.«

Die grünen Augen behalten ihren freundlich-skeptischen Blick. »Aufg'mascherlt«, erwidert sie. »Weil ich noch zu einer Party geh später. Wollen Sie auch ein Glas Gelber Muskateller? Oder was anderes? Ein Bier?«

Martin ist nach Bier, doch er sagt »Wein«. Sie bestellt bei der Kellnerin eine Flasche Muskateller und Kaiserschmarrn mit Zwetschkenröster für zwei, was ihn ein bisschen wundert. »Ich hab Hunger«, sagt sie, »und wenn Sie keinen haben, ess ich halt für uns beide.«

»Respekt – eine Frau, die nicht Kalorien zählt.«

Lily Prokopp sieht der Kellnerin nach, die lang und schmal ist. »Ich kann essen, was ich will, ich bin immer gleich dick.«

Darüber muss er lachen: »Ich find Sie genau richtig.«

Sie erwidert nichts, und er fragt sich, ob das nicht zu plump war. Ehrlichkeit ist nicht immer die passende Wahl, und man muss sich vor Sätzen hüten, die andere missverstehen könnten. Lily nippt an ihrem Wein, und Martin stellt eine unverfängliche Frage: »Wie viel Geld war denn nun in der Kassette?«

»Sechsunddreißigtausendvierhundert Euro. Ein Batzen Geld für eine Studentin, die in einer Bar jobbt.«

Lily wartet, bis die Kellnerin sie mit Wein bedient hat. »Als Erstes fällt mir dazu ein, dass Monika Linde sich womöglich für Sex bezahlen ließ. In dem Edelpuff gab's ja sicher eine große Auswahl.«

Martin probiert von dem Wein. »Ich habe heute mit ihrem Freund gesprochen, dem Alex. Der findet diese Vermutung abartig. Monika Linde hatte fast ein halbes Jahr ein Pantscherl mit diesem Baulöwen, diesem ...«

»Andy Winzinger. Ich bin zu einer von Maresa Winzingers Partys eingeladen heute. Sie beginnt erst um zehn.« Lily lächelt verlegen: »Maresa und ich sind alte Schulfreundinnen, deshalb lässt sie sich manchmal herab, mir Zugang zu ihrer Welt zu gewähren. Stundenweise.«

»Nett«, sagt Martin. »Der Winzinger soll Monika Linde Geschenke gemacht haben, warum nicht auch Bargeld?«

»Oder die Monika hat seine schwarze Kasse geführt. Winzinger braucht doch immer Bargeld für diverse Bestechungen.«

»Dafür wären dann sechsunddreißigtausendvierhundert nicht viel«, sagt Martin. »Und sie hatte ihn doch längst für Alex verlassen. Vielleicht hat sie es im Spielcasino gewonnen?«

»Oder geerbt? Aber warum in einer Kassette lagern und nicht zur Bank bringen?«

Martin trommelt an sein Glas. »Alex sagt, dass Monika ein sehr inniges Verhältnis zu Geld hatte. Das Dagobert-Duck-Syndrom: Man muss die Scheine leibhaftig um sich haben.«

Die Kellnerin bringt den Schmarrn, und Martin langt zu, er hat ja doch Appetit.

»Das Essen hier ist nicht billig, aber gut. Und man hat halt den einmaligen Seeblick«, sagt Lily. »Gibt's das Syndrom wirklich?«

»Keine Ahnung. Aber eine Menge Dagobert Ducks. Mir schmeckt es auch – nur mag ich grundsätzlich nichts, was nach edlem Ambiente riecht.« Fast hätte er jetzt Larissa ins Spiel gebracht, aber er lässt es. Warum soll er Lily sagen, dass er verheiratet ist? Sie sind Kollegen, sie ist freundlich und isst wie ein Mann, das gefällt ihm. Mehr soll's nicht sein.

»Ach was, ab und zu muss man sich auch was Schönes gönnen. Ich ess ja nicht jeden Tag hier. Könnt ich mir auch gar nicht leisten. Ich habe ja noch eine Tochter zu versorgen. Und einen Hund. Obwohl, der ist ziemlich klein.«

Will er das wissen? Martin lächelt und greift nach seinem Glas, prostet ihr zu. »Dann sind Sie verheiratet?«

Sie schüttelt heftig den Kopf. »Naa. Es gab eine Art Vater, aber der hat sich nach Italien abgesetzt, und wir haben nie wieder von ihm gehört.«

»Wie traurig«, sagt Martin.

Sie hat wie Romana die Angewohnheit, den Kopf schräg zu halten, als ob sie ihre Gedanken auf einer Seite sammeln wollte. »Ach was, wir sind besser dran ohne ihn. Sophie ist jetzt fünfzehn und in einem Alter, in dem sie sowieso alle Erwachsenen blöd findet.«

Zu Kindern fällt ihm nie was Gescheites ein. »Und wie heißt der Hund?«

»Blau«, sagt Lily. »Ein Rauhaardackel.«

Zu Hunden auch nicht. Er fühlt sich wie eine Kuh auf dem Eis und rügt sich dafür, dass er persönlich geworden ist. Lily trinkt aus ihrem Weinglas und schaut auf den See, der mit dem dunklen Himmel eins wird. Martin bewundert ihr Profil. Er beugt sich vor und senkt seine Stimme: »Und was, wenn Monika Linde eine Erpresserin war?«

So leise, dass er es kaum versteht: »Daran hab ich auch schon gedacht. Schließlich hat sie im *Paradies* viel gesehen und gehört. Ich fahre morgen noch einmal hinauf und rede mit dem Personal. Vielleicht ist dann ja schon diese Grazer Freundin da, Tamara Sommer. Und Alex werde ich mir auch vorknöpfen. Womöglich war er ja ihr Komplize …«

»Falls die Theorie stimmt.« Martin nimmt das letzte Stück Schmarrn und lässt es im Mund zergehen. »Wär ein prima Mordmotiv.«

Lily greift nach den Zwetschkenresten. »Wohl wahr. Wir brauchen eine Liste der Stammkunden im *Paradies*.«

»Die wird der Hausherr ja wohl kaum freiwillig herausrücken.« Martin schenkt ihr nach, weil keine Kellnerin in Sicht ist, und Lily lächelt ihn an, als wäre er ihr Retter in der Not. »Außerdem hab ich das Gefühl, dass er uns was verschwiegen hat in Bezug auf Monika.«

»Genau *das* hab ich auch gedacht. Wenn nötig, werd ich beim zweiten Durchgang ein bisserl nachhelfen. An einer Razzia zur besten Geschäftszeit hat er sicher kein Interesse.«

»Böses Mädchen«, sagt Martin und bereut es sofort, weil er nicht – unter keinen Umständen – mit ihr flirten will. Außerdem denkt er, dass sie ziemlich schlau ist und dass Romanas Volksmund unrecht hat, wenn er ihr die Aufklärung eines Mordes nicht zutraut.

Lily Prokopp wiederum fühlt eine Heidenangst, bei ihrem ersten Mordfall Fehler zu machen. Weshalb sie sich an diesen Wiener Typen hängt, um von seiner Erfahrung zu profitieren. Glück ist länger beurlaubt worden, weil er sich mit seinem Chef angelegt hat – so viel hat sie mitbekommen, aber nicht, wie und warum. Die Wiener halten alle Kollegen außerhalb der Stadt für Dorfdeppen, mit denen man nur das Allernötigste kommuniziert. Glück tritt zumindest nicht arrogant auf, auch wenn er komische Stimmungsschwankungen hat. Mal ist er nett und zutraulich, und dann wieder macht er einen Schritt zurück, als ob es ihm leidtäte. Na ja, sie will ihn ja nicht heiraten.

Lily hat ihre letzte Beziehung nicht in bester Erinnerung: Hannes, der Besitzer eines Fitnessclubs in Pörtschach. Sex mit ihm war wie eine Trainingseinheit. Alles drehte sich nur um den perfekten Körper, seinen vor allem. Ihren wollte er so hart trainieren, dass alles Fett sich in Muskeln verwandelte. Das hat sie ein paar Wochen mitgemacht und ihn dann – völlig erschöpft – verlassen. Bei diesen Erinnerungen kommt Lily auf den Gedanken, dass Hannes womöglich auch bei der Party erscheinen könnte. Denn er ist Maresas Personal Trainer. Möglicherweise mehr, aber das wär ihr total egal. Inzwischen. Sie trinkt ihr zweites Glas leer und schaut auf die Uhr: zehn vor zehn. Sie sieht Martin Glück an, der selbstvergessen auf den dunklen See starrt.

»Mögen Sie nicht mitgehen zu der Party?«

»Was?«

»Na, mit mir zu den Winzingers. Maresa sagte, ich könnte jemanden mitbringen.«

Er hat nicht für fünf Groschen Lust auf eine Party. Andererseits könnte er sich da umhören und umschauen. Die Kellnerin schenkt den restlichen Wein nach, während er noch überlegt. Lily fragt nach der Rechnung.

»Nein, nein, das ist meine Einladung«, sagt Martin.

»Meine. Ich hab's ja schließlich vorgeschlagen.«

»Ich gehör zu den altmodischen Typen«, erwidert Martin. »Ich mag es nicht, wenn Frauen zahlen. Ich geh nur mit zur Party, wenn ...«

Er nimmt der Kellnerin die Rechnung aus der Hand und legt einen Hunderter auf den Teller. Lily seufzt und ergibt sich in ihr Schicksal. Sie mag altmodische Männer. Eigentlich.

Zum Haus der Winzingers fahren sie mit einem Taxi. In der Ortsmitte von Pörtschach biegen sie in Richtung See ab auf ein großes Tor zu, das sich automatisch öffnet.

»Is lei ka schlechtes Hauserl, des vom Winzinger«, sagt der Taxifahrer, als sie über die Kiesallee auf einen ultramodernen Bungalow zufahren. Glas und Stahl.

»Andy hat die alte Villa, die hier stand, abreißen lassen, um sich sein Traumhaus hinzustellen«, sagt Lily, als sie vor der eisernen Tür halten. »Angeblich irreparable Einsturzgefahr, sonst hätte er nie die Erlaubnis bekommen.«

Den Parkplatz säumen Wagen der obersten Preisklasse, und Martin denkt erst jetzt daran, dass er nicht wirklich passend gekleidet ist. Er registriert die Kamera oberhalb der Tür, die alle Besucher aufzeichnet. Sie treten ein in ein Foyer, das größer ist als Martins komplette Wiener Wohnung.

Purismus in Perfektion. Alles ist in blendendem Weiß gehalten: weißer Marmor, weiße Wände. Ein paar Skulpturen hier und dort, ein paar Bilder an der Wand. Der Besucher fühlt sich klein und unbedeutend in dieser Eingangshalle. So ist es wohl beabsichtigt, denkt Martin, als Lily sich bei ihm unterhakt.

Kapitel 9

Kunstsammler, Handküsser und Bodybuilder

Von Weitem hören sie Stimmen und das Klirren von Gläsern. Lily und Martin folgen dieser Spur und gehen an einem Bild vorbei, das einen Mann mit Sonnenhut vor dem See zeigt. »Sieht aus wie eins der Bilder meines Vaters«, sagt Martin.

»Oh nein«, widerspricht eine Stimme hinter ihm. »Das, mein Lieber, ist ein echter Herschel.«

Der Hausherr hat ein Filmsternchen im Schlepptau, das Martin aus dem Fernsehen kennt – den Namen hat er vergessen. Sie ist zu hübsch, um schön zu sein, doch Andy Winzinger scheint sehr von ihr eingenommen. Für Martins Geschmack ist sie zu dünn, und die Brüste quellen so herausfordernd aus dem Dekolleté, dass sie wie Silikon Valley ausschauen.

Martin hebt die Schultern. »Tut mir leid«, sagt er. »Mein Vater war ein Hobbykünstler, und er hat in diesem Stil gemalt. Natürlich ist das ein Herschel, hätte ich gleich sehen müssen.«

»Achtzigtausend«, sagt Winzinger, »und das war noch ein Schnäppchen. Hab ich dem Flock vor der Nase weggeschnappt. Der wollte nämlich alle Herschels aufkaufen und sich dann ein Museum bauen zum ewigen Ruhm. Da bin ich ihm aber gewaltig in die Quere gekommen.« Er zeigt stolz auf drei weitere Bilder an der gegenüberliegenden Wand. »Noch drei Herschels, man will sich ja nicht lumpen lassen. Daneben ein Walde und vier Gerstls. Zwei Bergs und zwei Mahringers. Das Prunkstück ist der Kokoschka im Wohnzimmer. Alles in allem hängen hier mindestens drei Millionen Euro. Ich sammle aber nur österreichische Künstler. Man ist ja Patriot.«

»Toll«, sagt das Filmsternchen mit Augenaufschlag.

»Beeindruckend«, murmelt Lily. Sie versteht von Kunst wenig bis gar nichts. In ihrer Wohnung kleben Poster von Museumsbesuchen. Bildung für das Kind, das in einem Alter ist, in dem es sich für nichts zu interessieren scheint außer Facebook und Jungs.

Andy Winzinger wendet sich von den beiden ab, als ein Veldener Hotelier mit Begleitung die Halle betritt. Er eilt auf das Paar zu, und das brünette Sternchen bleibt notgedrungen bei Lily und Martin stehen. Der Ausdruck von kritikloser Bewunderung ist völlig aus ihrem Gesicht gewichen.

»Der Andy versteht überhaupt nichts von Kunst«, sagt sie leise. »Das ist für ihn nur eine Geldanlage und was zum Herzeigen. Hat er je eine Lassnig gekauft, bevor sie berühmt wurde? Nein! Mein Vater hat zwei Bilder von ihr, und sie ist sicher die größte Kärntner Malerin, sogar ganz Österreichs, wenn ihr mich fragt.«

Martin stimmt ihr zu, Lily nickt und denkt sich, dass ihr erster Eindruck des Filmsternchens definitiv falsch war. Passiert ihr öfter bei Frauen, die so perfekt aussehen. Und einen Busen haben, der sich nicht den Gesetzen der Schwerkraft beugt. Oder halt unecht ist. Aber schon schön.

Das Sternchen entdeckt einen Filmproduzenten vor dem Walde-Bild und entschwindet mit einem strahlenden Lächeln.

»Viel zu dürr«, murmelt Martin, der mit Lily zum nächsten Bild geht. Ein Gerstl: *Männlicher Akt*. August Glück bewunderte den Expressionisten Richard Gerstl, der zeit seines Lebens nie ausgestellt hatte, sich dem Kunstbetrieb verweigerte und auf bizarre Weise Selbstmord beging. Hat Martins Vater, der sich mit Gerstl seelenverwandt fühlte, womöglich Selbstmord begangen, weil niemand seine

Kunst anerkannte? Martin hat das Gespräch mit Romana verdrängt. Die Geschichte ist so lange her. Er will keinen Schmerz mehr fühlen. Keine Wut. Keine Trauer. Einfach vergessen möchte er.

»Woran denkst du, pardon: Sie?«

»Bleiben wir doch gleich beim Du.« Martin zwingt sich zu einem Lächeln. »An nichts Besonderes. Was sind das für Leute hier? Ich kenn fast niemanden, außer diesem Sänger und zwei Schauspielerinnen. Und natürlich Romana und Dr. Landauf.«

Sie flüstert in sein Ohr, weil zu viele Leute um sie herumstehen. »Bestenfalls B-Promis. Ein paar Lokalpolitiker, Hotelbesitzer, Immobilienleute, die Filmbranche, ein paar Künstler zur Garnierung. Maresa würde ihre Extensions dafür opfern, wenn die A-Promis zu ihr kämen. Dem Andy ist das eher wurscht, der lädt danach ein, wer ihm nützlich sein könnte – oder wem er was schuldet.«

»Da pass ich ja gar nicht rein«, flüstert Martin zurück.

Sie schieben sich an den Bildern vorbei in Richtung Wohnzimmer, das sich halbrund und riesig ausbreitet und Fenster vom Boden bis zur Decke hat. Der Blick ist phantastisch, und der Garten, der zum See führt, mit Fackeln erleuchtet. Auch der Kokoschka über dem Kamin ist illuminiert. Über den weißen Teppich kommt ein Wesen in Goldlamé mit ausgebreiteten Armen auf sie zugestürzt: »Lily und Martin – ich freu mich ja soooo, dass ihr da seid! Habt ihr schon was zu trinken?«

Maresa schnippt mit den Fingern nach einem der weiß gekleideten Kellner, die mit arroganten Gesichtern Tabletts mit Getränken und Fingerfood durch das Gewimmel tragen. Lily und Martin nehmen jeweils Weißwein.

Maresa trinkt Schampus. Sie hebt ihr Glas: »Und, Lilyschatz? War der Gärtner der Mörder? Hilft dir der süße

Wiener bei der Arbeit?« Ohne eine Antwort abzuwarten, wendet sie sich an Martin: »Und wie gefällt dir unser Haus? Ist doch nett, oder? So eine bescheidene Hütte am See.«

»Wirklich nett«, erwidert Martin. Lilys Gesicht ist ausdruckslos, nur als Maresa ihn duzt, zieht sie eine Augenbraue nach oben.

Maresa erblickt einen Opernsänger mit großem Klangkörper. »Entschuldigt mich, ihr Lieben, ich bin gleich wieder da!«

Und weg ist sie. Lily geht ein paar Schritte hin zur Terrassentür, und Martin folgt ihr. »Anstrengend«, murmelt er, als sie ein wenig abseits von der Masse einen Platz finden.

»Sie war früher ein richtig nettes Wesen«, sagt Lily. »Mit Maresa konnte man Pferde stehlen. Aber Geld, du weißt schon, verändert die Leut. Seit sie mit Andy verheiratet ist, schwebt sie total an der Oberfläche. Vielleicht wäre es anders gekommen, wenn sie Kinder hätte. Aber irgendwas ist da schiefgegangen. Und Andy ist ein Schürzenjäger vor dem Herrn.«

»Na, mir kommt sie aber auch nicht wie ein Kind von Traurigkeit vor«, sagt Martin. Er hält Ausschau nach einem Kellner mit Biergläsern, sieht aber keinen.

Ein scharfer Blick von Lily. »Also, wenn sie ihn betrügt, dann nur, um es ihm heimzuzahlen. Maresa liebt Andy. Sie hätte ihn auch geheiratet, wenn er kein Geld gehabt hätte. Und sie ist rasend eifersüchtig auf all diese Weiber, die Andy anschleppt. Zurzeit ist es wohl das kunstsinnige Sternchen.«

»Und was ist mit Monika Linde? Hätte Maresa da nicht ein starkes Motiv gehabt?«

Lily senkt ihre Stimme: »Gedacht habe ich daran schon. Als sie draufkam, hat Maresa von Andy verlangt, dass er mit der Monika Schluss macht. Sie drohte ihm, irgendwas publik zu machen: Schwarzgeld wahrscheinlich oder Steuerhinterziehung. Jedenfalls hat Andy nachgegeben und sich von Monika getrennt. Woraufhin Maresa prompt ihre Liebschaft mit Alex beendete – die hatte sie sowieso nur begonnen, um sich zu rächen. Sie hatte also keinen Grund mehr, der Monika was zu tun. Die Geschichte mit Andy war ja seit Monaten vorbei.«

Martin ist unbeeindruckt. »Ja, und was, wenn der Andy wieder heimlich angefangen hätte, die Monika zu treffen? Und Maresa kommt drauf und erledigt die Sache ein für alle Mal. Wär doch möglich, oder?«

»Alles ist möglich«, sagt Lily ein wenig verärgert. Sie wendet sich von Martin ab, um jemanden zu begrüßen. Einen, den sie lieber nie mehr im Leben getroffen hätte: Hannes, ihr Ex. Er ist noch muskulöser geworden und ähnelt langsam seinem großen Vorbild Arnold Schwarzenegger. Seine Stimme ist zu laut.

»Lilymaus. Wenn das nit a Überraschung is. Ich vermiss dich im Fitnessclub.« Ein taxierender Blick: »Könnt lei nit schaden, oder?«

Blöder Affe, denkt Lily, während fremde Leute sie anstarren. Definitiv ein Fall fürs Fitnessstudio, sagen die Blicke der dünnen Frauen.

»Hannes«, zischt sie. »Ich hasse deinen Fitnessscheiß. Du solltest lieber dein Hirn trainieren.«

Martin beginnt zu lachen, ein paar Umstehende auch. Hannes läuft rot an, und seine Augen sagen ihr, dass er sie jetzt am liebsten hochstemmen würde wie eine Langhantel. Aber eine passende Antwort fällt ihm beim besten Willen nicht ein, weshalb er sich von ihr abwendet und in Richtung Maresa stapft. Seine Oberschenkel sind so muskulös geworden, dass er eine Art Watschelgang entwickelt hat.

»Gut gebrüllt, Löwin.« Martin nimmt zwei neue Gläser vom Tablett. »Ich bin ja selber begeisterter Sportler, aber alles in Maßen halt.«

»Ich spazier viel mit dem Hund. Im Winter Skifahren. Und natürlich Tanzen.«

»Tanzen?!« Martin ist überrascht, das hat er von ihr nicht erwartet.

»Na ja, alles halt so. Zurzeit mach ich einen Salsakurs beim *Marko,* das ist ein Gasthaus oberhalb von Velden. Vorher Tango. Was so angeboten wird bei uns – außer Volkstanz.«

Wie aufs Stichwort gesellt sich Richard Landauf dazu, Ehrenvorsitzender des Veldener Volkstanzvereins, der neben Romanas Grundstück probt. Landauf schreibt Artikel für die *Veldener Zeitung* und hat sogar schon einen kleinen Protestmarsch zum Grundstück angeführt. Auf den Plakaten stand: »Für unsere Kärntner Tradition. Unsere Musik gehört uns. Wir wollen Tanz, nit Arroganz.«

Martin hat darüber in einer alten Zeitung gelesen, die in der Villa herumlag. An die fünfzig Demonstranten skandierten mit den Plakaten vor dem Nachbargrundstück und solidarisierten sich mit den Musikern und Tänzern aus der Baracke. Romana gab giftige Kommentare ab, als Martin sie darauf ansprach. In der Art: »Die sollen sich mit ihrem Heimatschmarrn in die Berge verjodeln …«

»Zwei Polizisten auf einem Fleck, das verheißt nichts Gutes«, sagt Landauf zur Begrüßung, nachdem er sich vor Martin knapp verbeugt und Lily einen Handkuss gegeben hat. Ganz Kavalier der alten Schule, und sein Anzug aus nachtblauer Rohseide stellt alle anderen Anzugträger in den Schatten, Martins zerknittertes Leinenjackett sowieso.

»Wir sind ganz privat hier«, kontert Lily, die Landauf für einen der feinen alten Herrschaften hält, welche vom Aussterben bedroht sind. Handküsser sind am See selten geworden.

Landaufs weiße Mähne schimmert im Schein der Kerzen, und seine blauen, leicht wässrigen Augen funkeln belustigt. »Maresa hat wieder alles aufgeboten, was der See zu bieten hat – außer den wirklich wichtigen Leuten. Aber sie sollte den Caterer wechseln. Sushi ist ja nun wirklich out ...«

Maresa taucht so plötzlich auf, dass Landauf improvisieren muss: »... of this world. Viel zu gut für die Leute.«

Die Gastgeberin lächelt geschmeichelt. »Kostet auch ein kleines Vermögen, Richard. Aber ich bin ja soooo froh, wenn es meinen Gästen mundet.«

»Maresa ist eine wunderbare Gastgeberin«, fährt Landauf fort und küsst ihre Hand, was Martin langsam albern findet. Er war nie ein großer Handküsser, aber den Frauen gefällt es offenbar.

Maresa hakt sich jetzt bei Martin ein und bietet ihm einen Rundgang durch den Garten an. Augenzwinkernd. Er denkt, sie will eine rauchen und nicht allein sein, geht aber mit, um an die frische Luft zu kommen. Er war nie ein großer Partygänger – zum Leidwesen von Larissa, die den Small Talk so perfekt beherrscht.

Fackeln erleuchten den Kiesweg, der zum See hinunterführt. Maresa hat sich eine Zigarette angesteckt und inhaliert in tiefen Zügen. Die Regenwolken haben sich verzogen, der Abend ist warm, und sie scheint in ihrem Cocktailkleid nicht zu frieren. Dennoch hängt Martin ihr sein Jackett über die bloßen Schultern. Sie sieht zu ihm hoch. »Danke, Martin. Du bist so fürsorglich.«

Hinter ihm die hell erleuchtete Villa, vor ihm der dunkle See, neben ihm eine schöne Frau, die ihm Rauch ins Gesicht bläst. Im flackernden Licht der Fackel wirkt sie nicht mehr so fröhlich.

Ihre Stimme klingt schrill: »Oh, wie ich es hasse, dass er mich schon wieder lächerlich macht. Mit diesem Filmsternchen. Ina Schuster! Ich meine, wer hat denn von der gehört! Sie macht sich an ihn ran, weil Andy darüber nachdenkt, ins Filmgeschäft einzusteigen. Er will sich an einer Produktion beteiligen – bitte schön, soll er doch. Aber muss er mich ständig mit irgendwelchen Flitscherln demütigen? Vor allen Leuten!« Sie zerquetscht ihre Zigarette am Boden, als wäre es Andy, der unter ihr zerbröselt.

Maresa beginnt zu weinen, und Martin gibt ihr ein Taschentuch, mit dem sie sich vorsichtig die Wangen tupft. Das Make-up darf nicht verschmieren. »Danke«, flüstert sie und sieht ihn an. »Würdest du mich jetzt küssen. Bitte.«

Ihre Augen schimmern feucht, der Mund leuchtet rot, und Martin findet es schwer, Frauentränen zu widerstehen. Ist ja nur ein Kuss, denkt er sich, und ein paar Gläser Wein mögen an diesem leichtfertigen Gedanken schuld sein. Sie hebt ihm ihr Gesicht entgegen, ihre Lippen öffnen sich – und was hätt er schon tun können? Ganz kurz, ganz zart, ohne Zunge, dann zieht er sein Gesicht zurück, und sie hat vielleicht mehr erwartet, lächelt aber trotzdem dankbar. »Ist der Lippenstift verschmiert?«

»Nein, ich hab aufgepasst«, sagt Martin.

»Du bist ein sehr aufmerksamer Mann. Schade …« Sie vollendet den Satz nicht, gibt ihm sein Jackett zurück und wendet sich zum Gehen. Ihre Stöckelschuhe knirschen auf dem Kies, und Martin beschließt, noch ein bisschen draußen zu bleiben in dieser sternklaren Nacht.

Auch von der Seeseite aus betrachtet wirkt das Haus wie ein kalter Architektentraum. Martin mag die alten Wörtherseevillen viel lieber. Was vor allem die Baumeister Fuchs und Baumgartner um die Jahrhundertwende geschaffen haben, passt einfach besser zum See und der Berglandschaft.

»Na, haben sie dich ausgeschlossen?« Romana trägt ein blaues Seidenkleid mit grüner Seidenstola, eines ihrer Lieblingsstücke, ein Geschenk von Hugo Flock. Wahre Couture kommt nie aus der Mode, davon ist sie überzeugt und kann sich andererseits sowieso keine neuen Sachen leisten. Das junge Gemüse, das sich als die gegenwärtige Wörtherseegesellschaft begreift, ist ihr weitgehend unbekannt. Reiche Kinder, smarte Emporkömmlinge. Meine Welt ist versunken, denkt Romana.

»Ich bin eher der Partyschreck«, sagt Martin.

Romana ging nie ins Kino und versteht die Anspielung nicht. »A geh, ich hab doch gesehen, wie du die Maresa geknutscht hast. Nicht nur ich übrigens, diese Lily Prokopp stand neben mir. Nicht sehr g'scheit, dir die Maresa auszusuchen. Und sie macht es ja nur, um sich am Andy zu rächen. Sie liebt ihn abgöttisch, diesen Affen.«

Martin denkt jetzt auch, dass der Kuss blöd war, sagt aber: »Ach geh, es war nur ein Busserl. Ganz flüchtig. Ich wollte sie trösten, weil ihr Mann mit diesem Filmsternderl ...«

»Manchmal macht man Sachen aus Leichtsinn – und dann hat es böse Folgen. Du darfst Maresa nicht unterschätzen, nur weil sie blond ist. Die ist eine Ausg'fuchste, glaub's mir.«

»Warum?«

Sie zuckt die Achseln. »Ich spür das halt. Sie und die Monika standen sich in nichts nach, das darfst du mir glauben. Man soll ja über Tote nix Schlechtes reden. Aber die Monika hat ihrer Grazer Freundin ganz schön bös mitgespielt. Wie heißt die noch …?«

»Tamara.«

»Genau. Du weißt, ich tratsche nicht gern, aber unser Alex und die Tamara waren ein richtiges nettes Liebespaar, bis Monika ihn ihr ausspannte. Das gab großes Geheul, sag ich dir. Einmal hat die Tamara in der Villa so rumgeschrien, da hab ich sie rausgeworfen.«

Der lässt aber auch gar nichts anbrennen, denkt Martin mit einem Anflug von Neid: Tamara, Maresa, Monika. Freundschaften mit Sex. »Meinst du vielleicht, dass Tamara Sommer …?«

Romana fröstelt. »Was weiß ich. Dieser Liebesschmarrn interessiert mich gar nicht mehr. Lass uns reingehen, mir wird es zu kalt hier draußen.«

»Ich bleib noch ein bisserl«, sagt Martin. Er hat keine Lust auf Leute und Lärm. Hatte er eigentlich nie, er wollte Lily nur einen Gefallen tun. Die sieht er nun mit zwei Gläsern über den Kiesweg balancieren. Sie hat ihre Stöckelschuhe ausgezogen. Gefährlich schwankend kommt sie auf ihn zu.

»Outdoor-Roomservice?« Sie hält ihm ein Glas entgegen, das er vorsichtig annimmt.

»Danke schön.«

»Ich dachte, dass du dich vielleicht einsam fühlst, jetzt, da Maresa und Romana weg sind.«

»Eigentlich nicht«, sagt Martin. Er nimmt sanft ihren Arm und geleitet sie zu der Bank auf der Wiese. Vor allem, weil ihn ihre Instabilität irritiert.

Sie scheint die Intention zu erkennen. »Ich bin überhaupt nicht betrunken«, sagt Lily. »Wenn jemand besoffen ist, dann dieser Bürgermeister aus Gitsching. Versucht ständig, irgendwelche Frauen anzubraten, der Blödhammel. Als er mich am Hintern anfasste, hab ich ihm fast den Arm umgedreht. Polizeigriff.«

»Pass auf, ich ruf uns jetzt zwei Taxis, und dann gehen wir. Mir reicht's nämlich für heute.«

Lily denkt, dass ein gemeinsamer Abgang Tratsch auslösen wird, andererseits ist ihr schwindlig, und sie wäre froh um einen stützenden Arm. Also nickt sie, und nachdem Martin die Taxis bestellt hat, erhebt sie sich vorsichtig. An seinem Arm geht sie so kerzengerade, wie sie nur kann, zurück ins Haus.

Sie verabschieden sich nicht von den Gastgebern, sondern streben zum Ausgang. Aus den Augenwinkeln sieht Martin, wie Landauf und Winzinger heftig miteinander diskutieren. Er nimmt an, dass es um das Grundstück geht. Dann fährt auch schon das erste Taxi vor, und er hilft Lily in den Rücksitz. »Bist du sicher, dass du alleine …«

»Hundertpro. Gute Nacht.«

»Gute Nacht, Lily«, sagt Martin, doch das hört sie schon nicht mehr. Er hofft, dass sein Wagen bald kommt, damit er nach Hause fahren kann. Sein Kärntner Zuhause, ein anderes hat er eigentlich nicht mehr.

Kapitel 10

Männer im Paradies

Als Lotte via Skype auf seinem Laptop erscheint, muss Martin einen Seufzer unterdrücken. Seine Mutter hat sich als Späthippie neu erfunden. Stirnband, Creolen, bunte Muschelkette, psychedelischer Kaftan.

»Du siehst verkatert aus«, sagt Lotte milde in die Kamera lächelnd. »Denk mal darüber nach, mit dem Trinken aufzuhören. Es gibt anderes, du weißt schon.«

»Sag's nicht. Der Feind könnte mithören. Wie geht's dir, Mama?«

»Die Idee, in die Kommune zu ziehen, war die beste meines Lebens. Ganz wunderbare Menschen hier. Und so hilfsbereit. Robert hat mir alle möglichen Tricks mit dem Computer beigebracht.«

»Wer ist Robert?«

»Ein Informatikstudent, mein Junge. Robert ist Frühpensionist und studiert jetzt, weil er Hacker werden will. Du weißt schon: per Mausklick die Welt verändern.«

»Durch Hacken?«

Lotte behält ihr Dauerlächeln bei. »Na ja, wenn man sich die richtigen Objekte aussucht ...«

Martin seufzt laut. »Erzähl mir nichts, Mama. Ich bin Polizist. Und – hat Larissa dir was berichtet?«

»Nur, wie super es ihr in der Firma geht. Schaut aus, als fehlst du ihr überhaupt nicht. Wie geht's dir, Martin?«

»Gut, Mama. Sehr gut. Ich schwimme und lese und höre Musik. Und ich hab angefangen zu malen.«

Einen Moment lang entgleist ihr das Lächeln. Dann hat sie wieder diesen Ich-bin-im-Einklang-mit-der-Welt-Ausdruck im Gesicht. Sie zupft an ihren dunklen Locken. »A geh, willst du es vielleicht dem August nachmachen?«

»Nein. Romana meinte nur, ich soll es mal versuchen. Und ich finde es sehr ... meditativ.«

Ihr sanftes Lächeln – im Augenblick sieht es etwas gequält aus. »Da gibt's andere Methoden, Lieber. Yoga – oder ein Joint ...«

»Ich wollte mit dir über August reden, Mama.«

Einen Augenblick denkt er, dass sie ihn weggeschaltet hat, doch Lotte bleibt im Bild. »Warum ...?«

»Weil die Romana glaubt, dass Vater uns nicht verlassen hat. Sie ist ganz sicher.«

Lotte hebt ihren Finger und zeigt auf ihn. »Natürlich hat er das! Du warst doch dabei. Es war einen Tag vor deinem fünfzehnten Geburtstag. Wir haben wieder wahnsinnig gestritten, August und ich, und er sagte zu mir, dass es ihm endgültig reicht. Dass ihn die Familie von seiner Kunst abhält. Und dass er sich für den Rest seines Lebens nur noch darauf konzentrieren will. Das waren seine Worte, Martin. Ich weiß nicht mehr, was ich gesagt habe. Wahrscheinlich, dass er uns vernachlässigt wegen seinen blöden Bildern, die sowieso niemand kauft. Was Böses hab ich gesagt, und da hat er sich umgedreht und ist aus dem Zimmer. Und aus dem Haus. Und ward nicht mehr gesehen. Wer macht denn so was? Nur ein verrückter Künstler, oder? In seinem Brotberuf war er nämlich todunglücklich, der August. Und mit unserer Liebe war es auch vorbei. Ich glaub sogar, dass er was mit dieser Malerin aus Jugoslawien hatte.«

»Ja wie und wann denn?«, fragt Martin.

Lotte lacht, aber es klingt nicht fröhlich. »Sie haben korrespondiert, ich hab einen Brief von ihr gefunden. Und ich glaube, dass er zu ihr gefahren ist an diesem Tag. Vielleicht sitzt er jetzt irgendwo am Meer und malt seine depperten Bilder.«

»Romana meint, dass August was zugestoßen ist.«

»So ein Schmarrn! Die Romana war immer schon so eine Theatralische. Ein arrogantes Weibsbild war sie«, zischt Lotte. »Sie kam nie einfach in ein Zimmer. Es musste ein Auftritt sein! Und wehe, es gab keine Ovationen. Die will sich doch nur wichtig machen! August hat uns verlassen. Es war sein Wunsch, und ich habe ihm mittlerweile verziehen – und das solltest du auch tun.«

»Es fällt mir schwer, aber ich versuch's«, sagt Martin. »Singst du eigentlich noch? Hier nebenan ist eine Volkstanzgruppe. Die würde dir gefallen.«

Sie zieht eine Grimasse. »A geh, Volksmusik, ich bin doch nicht von gestern. Ich habe übrigens angefangen zu trommeln.«

»Wie schön, Mama. Dann kannst du mir was vortrommeln, wenn ich wieder in Wien bin.«

»Mach dich nicht über mich lustig, Martin. Ich bin zwar nicht mehr die Jüngste, aber noch lang nicht vertrottelt.« Lotte schaut auf ihre Armbanduhr. Sie trägt auch eine Reihe geflochtener Freundschaftsbänder. »Verdammt, ich muss zu meinem Yogakurs. Ciao, mein Lieber – und lass es dir gut gehen an den Ufern der Kapitalistenbadewanne.«

Bevor Martin etwas erwidern kann, hat sie sich weggeschaltet. Er sitzt vor seinem Laptop und versucht zu verstehen, dass seine Mutter sich im Alter neu erfindet. Er überlegt, ob er trotz des eher kühlen Wetters eine Runde schwimmen soll, entscheidet sich dafür und steht gerade nackt in seinem Zimmer, als es an der Tür klopft. Er greift noch schnell nach einem Handtuch, das er um die Hüften schlingt, bevor Lily Prokopp hereinkommt.

»Oh, Entschuldigung. Soll ich wieder …?«

Dass sie errötet, findet Martin lustig. »Nein, komm herein. Ich wollte gerade zum Schwimmen.«

Lily schaut krampfhaft woandershin, aus dem Fenster zum Beispiel. »Ist aber kein Badewetter heute. Ich war im *Paradies* und wollte dich auf dem Laufenden halten.«

Sie hat die Hände in die Jackentasche gesteckt. Eine rote Lederjacke, dazu trägt sie einen karierten Faltenrock. Flache Schuhe, ein bisserl sieht sie wie ein Schulmädchen aus, findet Martin. »Oh ja, das ist gut. Dann ziehe ich mich wieder an, und wir gehen irgendwo einen Kaffee trinken. Sonst würde Romana sich dazusetzen, neugierig, wie sie ist.«

»Gute Idee«, sagt Lily. »Ich hab auch ziemlichen Hunger. Heute früh konnte ich noch nichts essen, da war ich verkatert. Dann warte ich unten.«

Während sie die Treppe hinuntergeht, denkt Lily, dass Martin Glück einen ganz passablen Körper hat. Lang nicht so muskelbepackt wie der ihres Ex, aber insgesamt anziehender. Nicht so viel Behaarung. Oh, sind das böse, dienstfreie Gedanken. Sie sollte sich was schämen, tut sie aber nicht. Nur die letzte Stunde des letzten Abends macht ihr zu schaffen. Sie kann sich nämlich nicht mehr so genau erinnern. Ein weingetränkter Schleier liegt über dem Partyende. Schemenhaft die Fahrt mit dem Taxi nach Hause, wo ihr Sophie die Tür öffnete. »Du bist ja betrunken, Mama!« Empörung in der Stimme. Sie antwortete irgendwas, wankte ins Schlafzimmer und fiel in Unterwäsche ins Bett. Wachte heute mit Kopfschmerzen auf, und Sophie brachte ihr Wasser und Aspirin ans Bett. So fürsorglich, ihre Tochter. Aber vor allem schadenfroh! Lily schwor bei allen Kärntner Heiligen, nie wieder einen Schluck Alkohol zu trinken.

Als sie im Vestibül steht und ein Bild mit röhrendem Hirsch studiert, kommt Romana aus der Küche. Sie trägt eine grüne Schürze über blauen Hosen und blauem Pullover und sieht nicht erfreut aus.

»Ach, die Frau Kontrollinspektorin. Am Wochenende! Der arme Martin kommt ja kaum zum Verschnaufen.«

»Ich wollt ihn nur informieren«, sagt Lily und ärgert sich, dass ihre Stimme defensiv klingt.

Romana baut sich vor ihr auf, obwohl sie einen guten Kopf kleiner ist. »Also, was gibt's denn Neues? Den Mörder schon gefasst?«

Lily geht einen Schritt zurück, schüttelt den Kopf und hofft, dass Martin endlich kommt und sie erlöst. »Nein, das nicht. Wir verfolgen verschiedene Spuren. Einige sind recht heiß ...« Was für einen Blödsinn redet sie da?

»Romana, sei nicht so neugierig. Sie darf dir nichts sagen.«

»Dir eigentlich auch nicht«, erwidert Romana, aber sie lächelt dabei. Sie kann dem Jungen einfach nicht bös sein. Er hat auch Augusts gutes Aussehen geerbt, denkt Romana. Nur mit der Malerei scheint es nicht so hinzuhauen. Martin hat das Bild, an dem er arbeitet, zwar abgedeckt, aber sie hat natürlich nachgeschaut. Eine Kleckserei. Richtig grauslich. Doch nie würde sie es übers Herz bringen, ihm das zu sagen.

»Wir gehen einen Kaffee trinken«, sagt Martin und küsst Romanas Wange. Lily verabschiedet sich mit einem Ciao, das längst nicht so lässig klingt, wie sie beabsichtigt. Martin grinst, als sie über den Kies zu seinem Wagen gehen. »Sie kann schon recht herrisch sein, die Romana.«

»Furchterregend.« Lily greift sich an die Stirn. »Aber ich bin heut sowieso nicht in Form. Wohin? Nach Velden?«

»Warum nicht einmal nach Maria Wörth? Da war ich zuletzt vor dreißig Jahren.« Martin startet den Wagen und fährt Richtung Velden, um dann die Süduferstraße nach Maria Wörth zu nehmen. Das Südufer des Wörthersees hat sich seit Martins Jugendtagen weitaus weniger verändert als das Nordufer. Viele alte, teils versteckte Villen, zwischen Wasser und Uferstraße in den Hang gebaut. In Dellach ein paar neue Hotels, und dann biegen sie auch schon nach links hinunter ins Ortszentrum Maria Wörth ab. »Gehen wir in die *Linde*«, schlägt Lily vor. »Da gibt es jetzt neben dem Restaurant auch eine Seebar im Untergeschoss. Man sitzt dort total leger und noch näher am See.«

Als sie auf dem Steg direkt am Wasser Platz nehmen, fühlt Martin sich ans paradiesische Ende der Welt versetzt. Vor ihnen nur der See, links der Pyramidenkogel, und rechts ahnt man die Halbinsel von Pörtschach. Kein Touristenstrom, kein Bootslärm. Hier müsste man abends herkommen, wenn sich der Sonnenuntergang im See spiegelt, denkt Martin.

»Was haben Sie denn für Kleinigkeiten?«, unterbricht Lily mit ihrer Frage an den Kellner Martins Träumereien. Wenn sie einen Kater hat, ist sie erst recht hungrig.

Sie bestellen eine große Flasche Wasser und zweimal Garnelenrisotto, weil sie ihn angesteckt hat mit ihrem Appetit, und während sie auf das Essen warten, erzählt sie ihm von ihrem zweiten Besuch im *Paradies6*.

»Als ich Friedl Winkler nach seinen Stammkunden fragte, hat er erst so getan, als ob das unter die priesterliche Schweigepflicht fällt. Aber dann erwähnte ich die Kontrollen, die wir machen könnten. Die Papiere der Mädchen, die Hygienestandards, was es alles so gibt, wenn man seine Lizenz behalten will. Winkler nannte zwar Namen mächtiger

Menschen, die hinter der Holding stehen, doch ganz eindeutig wollte er sie nicht mit dem Kram belästigen. Also hat er geredet, und ich hab mitgeschrieben: jede Menge Politiker aus Klagenfurt und nicht wenige Veldener Honoratioren. Der Winzinger war einer der besten Kunden im *Paradies*, und er brachte auch oft Geschäftspartner mit. Dass Andy Winzinger was mit der Monika angefangen hat, das wusste Winkler. Zwar ist es dem Personal nicht erlaubt, mit den Kunden privat zu verkehren, aber weil Monika nur eine Aushilfe war, drückte er beide Augen zu. Sagt er. Und dass er natürlich keine Ahnung hat, woher Monika das Geld hatte. Erpressung kann er sich nicht vorstellen. Sie war doch so ein nettes Mädchen. Ach so, der einzige Stammgast, der mich echt überrascht hat, ist – du glaubst es nicht – Dr. Richard Landauf.«

»Warum soll ich es nicht glauben?«

»Na, weil doch alle wissen, dass Landauf homosexuell ist.«

»Eine Kärntner Spezialität«, sagt Martin, aber sie findet das nicht witzig. Bevor sie antworten kann, kommt das Essen. Wundervolles Risotto mit großen Garnelen, Knoblauch, Olivenöl, Parmesan. »Mmh«, sagt Lily und schweigt, bis das letzte Reiskorn von ihrem Teller verschwunden ist. »Jetzt könnte ich vielleicht doch einen Spritzer trinken. Nur einen.«

Martin bestellt für sich noch ein Glas Weißwein. »Also ist Dr. Landauf nicht schwul. Oder zumindest bisexuell – oder was auch immer ...«

»Sieht so aus«, sagt Lily. »Er kommt ein- bis zweimal im Monat. Isst im Restaurant, trinkt einen Absacker an der Bar und geht in die Krankenstation.«

»Wohin?«

»Na, so heißt ein Zimmer im Puff. Dort sind die Mädchen als Krankenschwestern verkleidet und hantieren ... was weiß ich ... mit allerlei Gerätschaften. Es gibt auch eine Folterkammer im *Paradies*, ein Schulzimmer, eine Anlage mit Wasserspielen ... der Phantasie sind wirklich keine Grenzen gesetzt.«

Martin registriert, dass sie leicht errötet, wenn ihr etwas unangenehm ist. »Und was bevorzugt der Winzinger?«

Lily holt ihren Notizblock aus der Handtasche. Sie blättert. »Der ging immer ins Spiegelkabinett. Ganz normaler Sex, bloß mit Spiegeln. Meistens nahm er zwei Mädchen mit, sagt der Geschäftsführer. Dafür gab es Mengenrabatt.«

»Ich hab eindeutig den falschen Beruf. Ich könnt mir wahrscheinlich nicht mal eine Dame leisten.«

»Du Ärmster«, sagt Lily spöttisch und bestellt sich ein Eis mit Früchten. »Ach so, und ich habe mit Tamara Sommer gesprochen. Sie kam gerade aus Graz und wollte wissen, ob sie in die Klagenfurter Wohnung kann, die sie sich mit Monika geteilt hat. Ich hab ihr gesagt, dass es okay ist, wir haben die Wohnung ja auf den Kopf gestellt und nichts gefunden. Sie hat mir Monikas Laptop übergeben, den sie aus der ebenfalls gemeinsamen Grazer Studentenbude mitgebracht hat. Auf den ersten Blick ist nix drauf außer Kunstgeschichte, Facebook und Mails. Er wird jetzt von unseren Computerexperten untersucht.« Oh, wie sie hofft, dass es endlich eine Spur gibt – irgendeine. Lily hat das Gefühl, auf der Stelle zu treten. »Ich habe den Teil des Sees, in dem sie angetrieben wurde, von Tauchern checken lassen. Sie haben nichts entdeckt. Auch nicht die Mordwaffe.«

»Den Schal?«

»Ja, wir nehmen an, dass sie mit einem Schal erwürgt wurde. Nein, nix. Tamara Sommer war übrigens nicht sehr auskunftsfreudig, ich musste ihr jedes Wort aus der Nase ziehen. Sie hat keine Ahnung, wer dahinterstecken könnte. Sagt sie.«

»Kann ich mir schwer vorstellen. Das waren schließlich Freundinnen. Sie teilten sich Appartements. Studierten gemeinsam. Jobbten gemeinsam. Sie teilten sich übrigens auch einen Liebhaber – beziehungsweise hat Monika Tamara den Winzinger ausgespannt.«

»Und wer hat dir das erzählt?«

»Romana, gestern bei der Party. Kurz bevor du auf mich zuwanktest.«

Sie errötet. Merkt es und geniert sich dafür. Ihre Stimme wird kratzbürstig:

»Na ja, vielleicht solltest *du* es einmal bei ihr versuchen. Mit Wiener Charme und so.« Lily konzentriert sich jetzt auf ihren Eisbecher, der von Schlagobers gekrönt ist. Langsam geht es ihr besser, und somit verliert der Satz »Nie wieder Alkohol« an Bedeutung.

Ironie? Vorwurf? Martin hält sich nicht gerade für einen Frauenversteher. »Warum nicht, vielleicht ist sie mir gegenüber offener? Ein Grund für ihr Mauern könnte vielleicht sein, dass sie unter Umständen Monikas Erbe antritt. In Sachen Erpressung, mein ich.«

»Glaubst du das?«

»Grundsätzlich glaub ich, dass alle Menschen zu allem fähig sind. Wir sind Polizisten, Lily. Wir haben es vorwiegend mit den Bösen zu tun.«

»Eigentlich wollte ich ja gar nicht Polizistin, sondern Tänzerin werden«, sagt Lily. »Aber die Eltern waren total dagegen – und dann wurde ich schwanger. Und vorbei war's mit dem Traum.«

»Es ist nie zu spät.«

»Red keinen Scheiß, Martin. Für eine Tänzerin bin ich inzwischen zu alt. Und zu schwer.«

Er denkt, dass sie recht hat, sagt aber nichts. Stattdessen nimmt er ihre Hand und drückt sie. Freundschaftlich. Ob sie es missverstehen würde, wenn er ihr jetzt sagt, dass er sie mag?

Kapitel 11

Tamaras Geschichte

»… klingt ja phantastisch! Ich sehe das Haus direkt vor mir. Alles weiß und aus Glas, sagst du? Und lauter wichtige Leute? Na ja, ich kann mir schon vorstellen, dass das kein Ambiente ist, in dem mein Mann sich wohlfühlt.«

Jetzt tut es ihm schon leid, dass er ihr von der Party bei den Winzingers erzählt hat. Als Martin schweigt, beschwichtigt Larissa: »Na, sei nicht gleich beleidigt! Aber vielleicht besuch ich dich wirklich da unten.«

Martin weiß, dass er sich eigentlich darüber freuen müsste. Aber eigentlich ist ein Wort, das alles relativiert. »Ja, das wär schön, komm doch vielleicht nächstes Wochenende her!«, sagt er in seiner zuversichtlichsten Tonlage.

Seine Frau scheint doch tatsächlich angefixt. »Da könnt ich ganz gute Kontakte für die Agentur knüpfen, was denkst du? Filmleute, Immobilienhaie – und alle warten auf meine grandiosen Werbeideen. Kannst du mir die Leute vorstellen? Was hältst du vom *Schloss Seefels*? Ich könnt uns dort ein ordentliches Zimmer buchen, und nachher kannst du ja wieder in die Bruchbude übersiedeln. Ich wohn sicher nicht in einer baufälligen Villa.«

»Schau ma mal«, sagt er und denkt, dass Romana zu Tode beleidigt wäre. »Weißt, ich fühl mich wirklich wohl in dem alten Haus.«

Plötzlich bekommt ihre Stimme einen tieferen und kehligen Ton: »Wir könnten dann doch unser Zimmer nicht absperren, weißt du …«

Ja, denkt Martin. Jajaja! Schließlich hat er seit einer Ewigkeit keinen Sex gehabt. »Dann verbringen wir also einen zweiten Honeymoon im *Seefels*?« Noch während er die Worte ausspricht, bereut er sie schon. Larissa kann so bösartig werden, wenn sie eine Schwäche wittert.

Tatsächlich beginnt sie am anderen Ende der Leitung zu lachen und legt dann einfach auf.

Martin spürt, wie die altbekannte Wut in ihm aufsteigt, dieses vertraute Gefühl der Hitze – es fühlt sich an wie ein Vulkan kurz vor dem Ausbruch. Er greift in seine Hosentasche und steckt sich schnell ein paar Gummibären in den Mund. Wie konnte er nur so blöd sein?! *Zweiter Honeymoon* – was Kitschigeres war ihm wohl nicht eingefallen?

»Stör ich dich beim Telefonieren oder beim Malen?« Alex ist auf dem Weg vom Haus hinunter zum See, wo Martin vor seiner Staffelei steht, in einer Hand den Pinsel, in der anderen das Telefon.

»Nein, nein, du störst nicht. Bin mit beidem fertig.«

»Ich wollt dir eigentlich nur sagen, dass ich für zwei Tage weg bin. Hab ein Fotoshooting in Salzburg. Gott sei Dank! Es ist nämlich eh schon Ebbe in der Bergmannschen Kassa. Also, falls was zu reparieren ist, fass besser nichts an. Warte lieber ohne Strom und ohne Wasser die paar Tage bis zu meiner Rückkehr. Die Romana ist übrigens auch fort, sie musste zu einer kranken Cousine nach Wien. Sagt sie. Du weißt ja, wie geheimnisvoll sie immer tut. Du hast also sturmfreie ...«

Alex bricht abrupt ab, als er Martins Werk auf der Staffelei zum ersten Mal sieht. Er starrt auf die Leinwand und versucht sein Entsetzen zu verbergen. Blau und blau und blau und blau. Wasser und Himmel und Wasser und Himmel, man weiß gar nicht, wo oben und unten ist.

»Na, was sagst du? Ich male abstrakt«, erklärt Martin stolz.

»Ja, ich – oh, also wirklich abstrakt, ja dann –, also ich bin dann mal weg. Ciao, Martin.«

Als Alex sich zum Gehen wendet, kommt wie aus dem Nichts Dr. Landauf auf die beiden zu. Er sieht sich um und fragt: »Können Sie mir vielleicht sagen, wo ich die Herrin des Hauses finde?«

Alex grinst. »Da müssen Sie ein Stück fahren, die Romana ist in Wien. Und ich muss jetzt auch los. Aber hier finden Sie vielleicht ein neues Talent für Ihre Galerie«, flüstert Alex dem Kunsthändler zu. »Martin Glück malt abstrakt.« Und schon ist er verschwunden.

»Darf ich einmal sehen?« Landauf nähert sich interessiert der Staffelei und bleibt wie vom Blitz getroffen vor dem Gemälde stehen.

»Das Bild heißt *Wörthersee*. Was halten Sie davon?«, fragt Martin.

»Darf ich ehrlich sein?«

»Ich bitte darum.«

»Sie malen so, wie Romana kocht.«

Oh, das war hart. In einer ersten Reaktion spürt Martin Wut, sieht zu Landauf und wieder auf sein Gemälde und beginnt dann zu lachen. Es ist ja wirklich unterirdisches Gekleckse, warum hat ihm niemand was gesagt vorher? »Sehr witzig, Herr Dr. Landauf – aber wenigstens müssen Sie es nicht essen.«

***

Zwei Stunden später sitzt Martin auf einer Seeterrasse am Veldener Südufer und genießt ein saftiges Stück Fleisch. Unangenehm vertraute Töne brechen die Stille. »Jö, die Sauhupferlpolka!«, ruft der Kellner, der ihm gerade das zweite Glas Rotwein bringt, erfreut aus.

»Von wo kommt der Lärm?«, fragt Martin streng.

»Des san die Volkstänzer vom anderen Seeufer. Do herüben hört ma nämlich alles, die Autobahn, die Kinder im Strandbad, Musik – das hallt alles über den See. Hupfale, Hupfale«, beginnt der Kellner mitzusingen.

»Zahlen, bitte!!«, ruft Martin verzweifelt.

Mit einem »Hat's passt?« präsentiert der Kellner die Rechnung, um seinen Gast dann mit einem leise gesungenen »Hupfale, Hupfale, Hu...« zu entlassen.

Die quälenden Klänge immer noch in den Ohren, spaziert Martin vom Südufer am Schloss vorbei zum Ortszentrum. Velden erscheint ihm weniger elegant als früher, dafür aber mit den vielen kleinen Bars und Cafés doch sympathisch und lebendig. In der Hauptsaison dürfte es hier dennoch höllisch voll werden.

Nach einer kleinen Runde beschließt Martin, im *Le Café* noch einen Espresso zu trinken. In der Trafik gegenüber kauft er sich die *Veldener Nachrichten*. Die Terrasse des Kaffeehauses ist für die Vorsaison bereits gut besucht. Er findet einen kleinen Tisch etwas abseits der Straße und lässt sich mit seiner Zeitung im gemütlichen Korbsessel nieder. Während er auf den Kaffee wartet, studiert er die sensationellen Lokalnachrichten des Blattes: »Sonntagszeitungsstand aufgebrochen! Beute: 93 Cent« oder »Radfahrerin gestürzt. Unverletzt«. Dann starrt ihm auf Seite fünf beinahe seitenfüllend das Gesicht von Landauf entgegen. Darüber die Schlagzeile: »Unser namhafter Kunstexperte Dr. Landauf fordert: ›Landler statt Landschaftsverschandelung!‹« Weiter geht es mit: »Erhaltet die Bräuche unserer Kärntner Heimat und gebietet dem Bauunwesen am See endlich Einhalt!«

Grundsätzlich stimmt Martin dem zu. Aber muss es direkt neben »seiner« Villa sein? Ein kombinierter Hotel- und

Appartementkomplex mit Wellnessoase, wie ihn Winzinger plant, ist natürlich auch nicht das Wahre. Vielleicht wär's doch am besten, Flock bekommt das Grundstück, denkt Martin. Sicher würde das Romana begrüßen.

»Was machen Sie denn hier?« Vor ihm steht auf einmal Tamara Sommer.

Velden ist ja wirklich ein Dorf. Martin schaut von der Zeitung hoch und spielt den Überraschten. »Ja, so was, meine Reisegesellschaft aus dem Waldviertler Tropenexpress. Ich mache hier Urlaub, in der Sommerfrische meiner Kindheit. Auf den Spuren der Vergangenheit. Was macht das Studium?«

Sie sieht gestresst aus, und er ahnt, warum. »Na ja, jetzt pausiere ich vier Tage. Ich habe in einem Lokal in der Nähe von Klagenfurt einen Nebenjob. Da komm ich zwischendurch immer wieder her, um Geld zu verdienen.«

Martin strahlt sie an. »Tja, als Student braucht man immer Geld. Und – haben Sie Ihre Freundin erreicht?«

Bambi angeschossen, so kommt sie ihm vor. Ihr Gesicht verzieht sich zu einer Grimasse und sieht gar nicht mehr hübsch aus. Als sie die Sonnenbrille abnimmt, zittert ihre Hand.

»Es ist so furchtbar, meine Freundin ist tot. Vielleicht haben Sie es in der Zeitung gelesen: das Mädchen im See!«

Martin nickt. Warum sollte er ihr gleich verraten, dass er Polizist ist. »Das tut mir schrecklich leid. Mögen Sie sich nicht setzen?«

Sie platziert sich auf den Stuhl, den er ihr hingeschoben hat. Ein Bild des Jammers, die blassblauen Augen sind verweint. Martin weiß nicht mehr, warum er sie damals im Zug hübsch gefunden hat. Ob die Trauer echt ist? Immerhin hat ihr die beste Freundin den Freund ausgespannt. Hat sie ihr das so ohne Weiteres verziehen, oder …?

Er reicht ihr ein Taschentuch und wartet ab. Verhörtaktik: freundliches Schweigen.

Tamara tupft sich die Augen, bestellt einen Eiskaffee und rührt so lange um, bis die Vanillekugel geschmolzen ist. »Wer macht denn so was? Am Wörthersee! Und ich hab zur Monika noch gesagt: Pass auf, hab ich gesagt, du spielst mit dem Feuer.«

Ihr Mitteilungsdrang kommt ihm sehr gelegen. Martin beugt sich vor. »Welches Feuer?«

Tamara findet ihr Gegenüber so sympathisch wie bei der ersten Begegnung. Ein netter, recht attraktiver Mann, und irgendwie braucht sie jemanden zum Reden. Sie rückt ein Stück näher und senkt ihre Stimme. »Monika war Barfrau in einem Laden hier, und sie hat so einiges aufgeschnappt. Was die Leut halt so reden, wenn sie getrunken haben. Und oft hat sie gesagt: ›Wenn ich die verpfeifen würde, wären die erledigt.‹ Sie mochte das, das Gefühl von Macht. Manchmal war sie mir schon ein bisserl unheimlich …«

Anteilnehmendes Schweigen, beruhigendes Lächeln.

Er ist viel zu alt für mich, denkt Tamara, aber manchmal hat sie das Bedürfnis nach väterlichen Typen. »Eigentlich waren wir nicht mehr richtig befreundet, seit sie … Monika hat sich meinen Freund gekrallt. Einfach so, weil ihr Lover sie abserviert hatte.«

»Das war nicht nett von ihr«, sagt Martin. Ein schlichter Satz, aber was Besseres fällt ihm nicht ein.

Tamara schüttelt den Kopf, und die blonden Haare fliegen. »Nein, überhaupt nicht. Ich war ganz schön sauer auf sie … Wir sind zusammen wohnen geblieben, weil das praktisch war mit den Jobs hier und so. Aber der Friedl wollte sie ohnehin rausschmeißen …«

Friedl? Friedl Winkler! Martin wartet.

»Der Boss. Der hat einen Riesenaufstand gemacht, weil sich wohl ein Kunde bei ihm über Monika beschwert hat. Friedl hat sie sogar bedroht und hochkant rausgeschmissen.«

»Wann war das?«

Ein misstrauischer Blick, doch sie redet weiter. »Na am Sonntag, da hat sie mich angerufen und es mir erzählt. Sie war stinksauer. Und sagte mir, dass ich aus ihrem Personalspind die Kassette mitbringen soll, weil der Friedl ihr Hausverbot erteilt hat. Ich hab ihr schwören müssen, dass ich das sofort mache, wenn ich nach Velden komme. Na ja, das hat sich nun erledigt.«

Ist ihr aufgefallen, wie herzlos dieser letzte Satz war?

Ihre Trauer ist wie fortgeweht, denkt Martin. Als ob sie einen Schalter umgelegt hätte. Tamara kann nicht nur Bambi, sondern auch böser Wolf. Und Friedl Winkler hat der Polizei eindeutig ein interessantes Detail verschwiegen.

»War das das letzte Mal, dass Sie miteinander gesprochen haben?«

Tamara nickt. »Sie sind ganz schön neugierig ...«

»Ja, das ist so ne Berufskrankheit. Ich bin Journalist.«

»Oh. Komm ich jetzt in die Zeitung?« Der Gedanke scheint ihr nicht unangenehm zu sein.

»Nein, das ist doch privat«, sagt Martin. »Außer, Sie wissen, wen Monika erpresst hat oder erpressen wollte.«

Da ist etwas in ihrem Gesicht, das ihm sagt, dass sie von nun an auf der Hut ist. Vielleicht hätte er die Lüge mit dem Journalisten lassen sollen. Tamara spielt mit dem Strohhalm. »Ich weiß von nichts. Nur dass sie den hiesigen Kunstobermacker aufsuchen wollte. Keine Erpressung. Monika hat eine Arbeit über Maler des Magischen Realismus am Beispiel von David Herschel geschrieben. Und Dr. Landauf hat einige Bilder aus dieser Zeit. Ob sie noch dazu gekommen ist, weiß ich nicht.« Tamara sieht auf ihre Uhr. »Jesus, jetzt hab ich mich verplaudert, ich muss zur Arbeit.«

»Ist schon gut, ich hab Sie eingeladen.«

»Sehr lieb«, sagt Tamara Sommer, bevor sie lossprintet. Martin greift nach seinem Telefon, um Lily Bericht zu erstatten.

***

Danach genießt er den ruhigen Abend auf der Seeterrasse. Nur ein Glas Grüner Veltliner leistet ihm Gesellschaft. Ganz allein im Haus, stellt er sich vor, eine Villa wie diese zu besitzen und mit ... ja mit wem eigentlich darin zu wohnen?

Morgen werden Lily und er Landauf einen Besuch abstatten. Das haben sie so vereinbart. Außerdem will sie nochmals ins *Paradies* fahren und Friedl Winkler ins Verhör nehmen. Wenn er Stress mit Monika hatte, vielleicht hat er die Beherrschung verloren und ...?

Monika Linde hatte sich einige Feinde gemacht, denkt Martin. Er fröstelt, es ist ein kühler Maiabend, und er geht in sein Zimmer, um einen Pullover aus dem Schrank zu holen. Nicht zum ersten Mal fällt ihm der altmodische Lavendelgeruch auf, der Romanas Schränke seit Jahrzehnten durchdringt und den nun auch seine Kleidung angenommen hat. Als er zweifelnd seine Nase in den Pullover steckt, hört er vom Erdgeschoss herauf das Knarren einer Tür. Dem Heimwerker Alex ist schon manches Kunststück zur Erhaltung dieses Hauses gelungen, das Knarren seiner eigenen Tür hat er aber bislang nicht in den Griff bekommen.

Ob Romana früher zurück ist als geplant? Martin entscheidet sich fürs Nachschauen. Vielleicht war das Fotoshooting ein Flop, und Alex ist zurück, weil ... um sich wieder an Tamara heranzumachen? Weiß Tamara etwas, das Alex nützen könnte? Martin schleicht die Treppe hinunter und sieht jemanden in Alex' Zimmer verschwinden. Also geht er auf die Tür zu und wartet. Nichts rührt sich. Martin klopft und öffnet zeitgleich die Tür ...

... und ertappt Andy Winzinger, der gerade die Schubladen einer Kommode durchwühlt.

Kapitel 12

Betriebsausflug ins Bordell

»Noch einen?« Martin ist mit Romanas grauenhaftem Gesöff großzügig, während Andy Winzinger sich nicht nur wegen des Likörs in seinem Sessel windet und mit heftigen Handbewegungen ablehnt. Zu zwei Stamperln hat er sich schon »überreden« lassen, aber jetzt ist Schluss. Gut, der Kieberer aus Wien hat ihn bei einer Art Einbruch erwischt, aber das rechtfertigt nicht die Folter mit diesem Brechmittel.

Sie sitzen im sogenannten Salon, und Winzinger versucht in verschiedenen Variationen, sein Eindringen zu rechtfertigen. Nach einem ersten »Ich hab den Alex gesucht« und Martins Frage »In den Schubladen?« schwenkt er um auf »Ich hab ein Werkzeug gebraucht, das ich ihm geliehen hatte« und landet schließlich bei »Ich wollte ja nur nachschauen, ob er gegen meine Geschäftspartner was in der Hand hat«.

»Und – haben Sie was gefunden?«

»Nein, bis jetzt nicht.«

»Was könnte er denn gegen Ihre Partner in der Hand haben?«

Winzinger bringt ein Zwinkern zustande. »Na, die Bordellbesuche halt. So was ist natürlich kein Verbrechen, aber die Frauen reagieren da durchaus empfindlich. Dadurch kann schon einmal eine Ehe flöten gehen.«

»Ihre auch?«

»Ach was, meine Frau weiß, dass das bei mir nur eine Businessstrategie ist, um ein gutes Gesprächsklima mit meinen Geschäftsfreunden herzustellen.«

»Bestechung?«

»So ein Blödsinn! Alle wissen, dass ich einen guten Draht zum *Paradies* hab. Da freuen sie sich dann halt, wenn ich sie manchmal mitnehm. Ich bin einfach gefällig, weil sich das, wie gesagt, gut auf das Verhandlungsklima auswirkt.«

Martin hat irgendwie Spaß daran, zuzusehen, wie Winzinger sich verbal windet. So schnell wird er ihn nicht vom Haken lassen. »Abgesehen von der Klimaverbesserung – wie war das mit dem guten Draht zum Mordopfer? Hatten Sie nicht ein Verhältnis mit Monika Linde?«

Der ansonsten so arrogante Baulöwe knackst nervös mit seinen Fingern und gießt sich nun zur Selbstbestrafung oder Beruhigung doch noch ein Stamperl ein.

»Verhältnis ist zu viel gesagt. Wir hatten Spaß miteinander. Monika war eine lustige Person, ich hab sie echt gemocht.«

»Bis Alex Bergmann sie Ihnen weggeschnappt hat.«

»Ha, weggeschnappt?! Blödsinn. *Ich* hab mit der Monika Schluss gemacht, weil sie ihre Finger tief in dieser Erpressergeschichte drinhatte. Mit so was will ich als seriöser Geschäftsmann nichts zu tun haben.« Während er sich verteidigt, kommt ihm immer wieder dieser grauenhafte Likörgeschmack hoch.

Martin versucht zu verbergen, wie sehr ihn die Bemerkung über die Erpressergeschichte alarmiert, und sagt ganz nebenbei: »Ja, ich hab da auch schon was läuten gehört. Wie war das genau mit den Erpressungen? Hängt da der Alex auch mit drin?«

Obwohl ihm inzwischen totenschlecht ist, erwachen in Winzinger neue Lebensgeister. Er ist enorm erleichtert, dass nicht mehr er das Thema des unangenehmen Gesprächs ist, und beginnt geradezu freudig zu erzählen:

»Also, die Monika, die war eine Geldgierige, das kann ich Ihnen sagen. An der Bar im *Paradies* hat sie ja an

Gesprächen viel mitgekriegt, und natürlich hat sie gesehen, wer zu den Huren gegangen ist, wer die strenge Kammer bevorzugt hat oder andere Spezialitäten. Und damit wollte sie die Leute drankriegen. Ich glaube, sie hat Fotos gemacht, sicher bin ich natürlich nicht.«

Das ist eine Lüge, beide wissen es. »Hat sie auch versucht, Sie zu erpressen, Herr Winzinger?«

Wahrheit oder Lüge? Diesmal entscheidet er sich für Ersteres: »Ja, so hat es nämlich zwischen uns angefangen. Sie hat mir schöne Augen gemacht, gesagt, wir könnten uns einmal treffen und so weiter. Und dann hat sie so Andeutungen fallen lassen, sie habe Beweise, dass ich ins Puff gehe.« Winzinger grinst. »Ich hab sie nur ausgelacht und ihr gesagt, dass meine Frau das ohnehin weiß und sie sich ihre Beweise sonstwohin stecken kann.«

Nun ist Winzinger auf dem Terrain, das er beherrscht: »Ich hab ihr klargemacht, dass ich ein Mann mit Power bin, dem eine Frau allein nicht genügt. Noch dazu eine wie die Maresa. Und so hat es dann angefangen mit uns. Sie war dankbar, endlich einen Mann zu haben, der ihr ebenbürtig ist. Wie gesagt, wir hatten dann ein paar Monate lang unseren Spaß.«

»Hat sie denn mit den Erpressungen bei anderen weitergemacht?«

Winzinger überlegt kurz. »Sie hat immer so geheimnisvoll getan und von einem USB-Stick geredet, auf dem sie einiges gespeichert hat. Den Landauf und einen Hotelier mit fünf Kindern hat sie unter anderem erwähnt, was mir egal war. Aber dann hat sie zwei meiner Geschäftsfreunde genannt und schließlich mit dem Gemeinderat von Gitsching angefangen – und da war für mich Schluss. Ich könnt mir schon vorstellen, dass dieser Nichtstuer Bergmann mit ihr unter einer Decke gesteckt hat. Darum dachte ich, dass jetzt, nach ihrem Tod, also dass er den Stick hat und mit den Erpressungen weitermacht. Nur um meine Freunde und Geschäftspartner zu schützen, hab ich danach gesucht.«

Als er merkt, dass er höchst ungeschickt selbst das Thema wieder auf seinen Einbruch zurückgeführt hat, wirkt er leicht verzweifelt. »Ich hab den Stick nicht gefunden, hier, bittschön, Sie sind mein Zeuge, aber ich bin mir fast sicher, dass Alex ihn hat. Vielleicht hat er sie deshalb sogar umgebracht?« Er atmet tief durch. »Was passiert jetzt mit mir?«

Martin genießt einen kurzen Moment der Macht, bevor er antwortet: »Das kann ich nicht sagen, ich bin hier ja nicht zuständig. Aber wenn Sie offen über die ganze Erpressergeschichte sprechen und der Polizei keine Informationen vorenthalten, wird die Kontrollinspektorin ja vielleicht von einer Anzeige absehen. Also, wer genau wurde von Monika Linde erpresst?«

Winzinger nimmt sich Zeit für die Antwort, um eine gute Balance zwischen Wahrheit und Lüge zu finden: »Sicher weiß ich es nicht, aber ich denke auf jeden Fall die Gitschinger Gemeinderäte und der Bürgermeister.«

Er überlegt kurz, ob er weiterreden soll. Martin nickt ihm ermutigend zu. »Schauen Sie, ich bin ja sehr interessiert an dem Grundstück, das derzeit von der Landlerpartie okkupiert wird«, fährt Winzinger fort. »Dort könnte man die exklusivste aller Wellnessoasen bauen. So was hat der Wörthersee noch nicht gesehen. Daher bin ich um gute Kontakte mit der Gemeinde Gitsching bemüht. Die entscheidet nämlich über den Verkauf.«

»Ja, und? Was hat das mit den Erpressungen zu tun?«, fragt Martin, obwohl er die Antwort schon kennt.

»Tja, wie das im Business eben so ist – nun, Sie als Beamter werden das nicht wissen –, tut man den potenziellen

Partnern, die man sozusagen in der Pipeline hat, den einen oder anderen Gefallen. Je erfolgreicher man ist, desto mehr Connections braucht man, und desto selbstverständlicher gehören diese kleinen Gefälligkeiten zum Businessalltag.«

»Korruption nennt man das! Sie werden es nicht glauben, aber mit dieser Art von Business kenn ich mich aus. Wie haben Sie die Gitschinger korrumpiert, und warum konnte Monika Linde sie erpressen?«

Der Gesprächsverlauf gefällt Winzinger nicht, aber jetzt gibt es kein Zurück mehr. »Ich hab den Bürgermeister Dobler einmal ins *Paradies* mitgenommen. Feines Essen, Champagner und einiges mehr.« Winzinger zwinkert verschwörerisch. »Zwei Dirndln im Landlerzimmer hab ich ihm verschafft. Na, da hat der vielleicht g'schaut! Er war mir so was von dankbar.«

»Und das haben Sie natürlich alles bezahlt!?«

»Das wollte ich, sicher. Er war ja mein Gast. Aber der Depp hat sein abgewetztes Geldbörsel herausgezogen und fragend mit hundert Euro g'wachelt. ›Das wird reichen‹, hab ich im Spaß gesagt, und er hat den Hunderter auf den Tisch gelegt. Ich hab dann diskret die restlichen vierzehnhundert Euro beglichen, und wir sind gegangen.«

»Und der hat wirklich geglaubt, dass hundert Euro reichen?« Martin kann so viel Naivität nicht fassen.

Winzinger grinst. »Zuerst hatte ich da auch meine Zweifel. Vielleicht weiß er eh, dass ich zahle, und hat den Hunderter quasi als Trinkgeld hingelegt, dachte ich mir. Aber dann kam die Sache mit dem Betriebsausflug.« Winzinger hat vom Erzählen einen trockenen Mund und greift unwillkürlich zu dem vor ihm stehenden Glas. Er nimmt einen großen Schluck von Romanas Gesöff und verzieht das Gesicht. »Könnte ich etwas Wasser haben?«

Martin hat Erbarmen, steht auf und holt aus der Küche ein Glas Leitungswasser. Er kehrt zum Tisch zurück und stellt es ihm hin. Während Winzinger gierig trinkt, fragt Martin: »Was war mit dem Betriebsausflug?«

»Drei Wochen nach der Sache mit dem Dobler läutet bei mir um vier Uhr früh das Telefon. Die Monika aus dem *Paradies.* Ich soll kommen, um den Bürgermeister und die Deppen vom Gemeinderat auszulösen. Der Dobler hatte bei der Gemeinderatssitzung nämlich allen von seinem Besuch im Puff erzählt und wie billig das dort war. Er habe für das volle Programm hundert Euro bezahlt. Daraufhin haben sie einen Betriebsausflug ins *Paradies* gemacht – jeder mit hundert Euro in der Tasche.« Winzinger kann bei der Erinnerung an die Geschichte ein Lachen nicht unterdrücken.

Auch Martin hat Schwierigkeiten, ernst zu bleiben. Korruption hin oder her, die Geschichte ist ein echter Witz. »Und ...?«

»Wie ich hinkomm, sitzen s' alle geknickt da im braunen Trachtenjanker wie die schlimmen Buben. So hab ich die Deppen dann halt ausgelöst und zu ihren Weibern heimgeschickt.«

»Und das haben Sie alles gemacht, weil Sie so ein Menschenfreund sind.«

Nein, nein, man habe ihm das Geld ja später zurückgezahlt, betont er mit einem Blick, der ehrlicher nicht gelogen sein könnte. Er sei ja kein Erpresser! Ausgerechnet er! Dass er trotzdem den Beweis für die Gitschinger Eskapaden in eigenen Händen haben wollte, verstehe sich von selbst. Geschäftsfreunde müsse man schließlich schützen. Der Ich-bin-ein-ehrlicher-Hund-Blick: »Ich hab alles gesagt, was ich weiß. Und gestohlen hab ich schließlich nichts. Die Tür war offen, ich bin ja nicht mal eingebrochen.«

Martin hält Winzinger nicht auf, als dieser aufsteht und zur Tür geht. Ein bisserl grün ist der Baulöwe im Gesicht, das muss vom Likör kommen, denkt Martin. Er stellt die Flasche zurück, holt sich ein Wasser aus dem Kühlschrank und beschließt, noch eine Runde zu schwimmen und danach zu malen. Eine Tätigkeit, die er entspannend findet. Hinterher kann er das Bild ja wegschmeißen. Oder Larissa schenken ...

Beim Pinseln kann er gut denken. Stell die richtigen Fragen, Martin, und du wirst die Antworten finden: Ob Andy Winzinger nur ein Gauner ist oder doch gemordet hat? Hat Alex mit allen Mitteln dafür gesorgt, dass er Monikas Erpressungen fortsetzen kann? Oder hat ein Erpressungsopfer dem Ganzen einen tödlichen Riegel vorgeschoben? Und wo ist der Stick?

Es ist weit nach Mitternacht, als er noch eine Weile allein im Salon sitzt und eine Flasche Veltliner aufmacht. Er ist zu aufgekratzt, um schlafen zu können. Schließlich treibt ihn die Neugierde ins Zimmer von Alex. Es ist winzig und erinnert an eine unaufgeräumte Abstellkammer. Das Fenster geht auf den Parkplatz, der sich immerhin in dem großen schönen Park zur Straße hin befindet. Man könnte es also »Zimmer mit Parkblick« nennen.

Zunächst sieht Martin sich den Inhalt der herausgerissenen Schubladen an, ohne etwas zu verändern. Nichts von Bedeutung. Fotos, die Alex als Model zeigen, Gebrauchsanleitungen für alle möglichen Geräte in der Villa, CDs mit Bands und Sängern, die Martin nichts sagen, Zeitschriften und zwei Reisekataloge. Hatte Alex etwa vor zu verreisen? Ist er gar nicht bei seinem Fotoshooting in Salzburg, sondern schon unterwegs in die Karibik?

Auf dem Schreibtisch steht ein Laptop, aber in der Umgebung findet sich kein einziger USB-Stick. Nach erfolgloser

Suche nimmt Martin das Wandgemälde in Augenschein. Ja, das dürfte von seinem Vater sein. Frau mit Sonnenhut an verfremdetem Strand. Er erinnert sich an die abstrakten, teils skurrilen Landschaften in den ungewöhnlichsten Farben, in die sein Vater dann meist eine Person hineingesetzt hat. Offenbar war das auch der Stil von Herschel, wie er bei Winzinger ebenfalls feststellen konnte.

Fast zärtlich streicht er über das Bild und hat dabei das Gefühl, seinen Vater zu berühren. Er nimmt es mit jedem Detail in sich auf und sucht nach dem Zeichen, das er schließlich in der Krempe des Sonnenhuts findet. »Daran wirst du meine Bilder erkennen, egal wo sie hängen«, hat sein Vater einmal zu ihm gesagt – in einer Zeit, in der August noch an seinen Erfolg als Maler glaubte. Daraus wurde aber nichts, und er malte nur noch zum eigenen Vergnügen. Ob er in der Zwischenzeit – in Kroatien, wie seine Mutter glaubt – eigene Motive geschaffen hat? Martin nimmt sich vor, während seiner dreimonatigen Beurlaubung einmal nach Kroatien zu fahren, dort alle Galerien zu besuchen und sich auf die Suche nach dem Vater und nach dem winzigen »g« in seinen Bildern zu machen.

Oder hat Romana recht, die nicht an Kroatien glaubt?

Es ist Zeit, ins Bett zu gehen, denkt Martin. Zeit, alles zu überschlafen. Morgen wird er sich mit Lily an die Arbeit machen. Landauf, Winzinger, Alex – praktisch jeder ist verdächtig. Außerdem wird er Lily bitten, ihm die Akte über seinen Vater zu besorgen.

Kapitel 13

Was weiß Alex?

»Blauuuu!!!« Martin ist der Verzweiflung nahe. Jetzt ist der Dackel schon wieder im Gebüsch verschwunden und kommt nicht, wenn man ihn ruft. Er hatte selbst nie einen Hund und versteht deshalb nichts von Hundeerziehung, aber eines kann er beurteilen: Lilys Blau hätte bei keiner Gehorsamkeitsprüfung eine Chance. Außerdem: Was ist das für ein blöder Name!? Den kann man ja nicht einmal richtig rufen. Hunde brauchen zweisilbige Namen, hat er einmal gelesen. Und jetzt weiß er auch, warum.

Als Lily ihn heute früh nach seiner Schilderung des Winzinger-Einbruchs gebeten hat, am Nachmittag Blau Gassi zu führen, während sie Andy Winzinger befragt, hat er sich das eigentlich anders vorgestellt. Gute Waldluft am schönen Saisser See, die Natur genießen, spazieren mit einem Hund, der ihm auf Schritt und Tritt folgt, zwischendurch einen Stock werfen und das gute Tier fürs Zurückbringen loben. Blau und Glück am Saisser See. Dass der Hund sich selbstständig macht und ihn komplett ignoriert, stand nicht auf dem Plan. Auch nicht, dass dieser Dackel mehr Bagger als Hund zu sein scheint. Martin kann die Löcher gar nicht zählen, die Blau auf dem Weg vom Parkplatz zum See und dann auf der großen Wiese vor dem *Gasthof Feidig* gegraben hat.

Er beschließt, die Suche nach dem Hund erst einmal einzustellen und stattdessen von einem gemütlichen Fixpunkt aus das Terrain zu überwachen. Der Garten des Gasthauses mit Blick auf Wiese und Wasser erscheint ihm da der geeignete Ort. Außerdem hat er Durst.

»Mei, ghört des siaße Hundale lei Ihnen?«, begrüßt ihn eine zarte Blondine im Dirndl, als er den Gastgarten betritt. »I bin die Traude. Und Hundalan san uns imma willkommen. Menschen natürlich ah. Wollen S' wos papperln?«

Martin traut seinen Augen nicht, als er unter einem Tisch des siaße Hundale sieht, das gerade seine Schnauze in eine Schüssel steckt. Kurz schaut der Vierbeiner zwischen zwei Bissen zu ihm auf und wirft ihm einen Ätsch-ausgetrickst!-Blick zu. Es ist eindeutig Blau. Martin muss lachen. »Na, da hast du dich also versteckt, du Verräter. Ich hab dich überall gesucht.« Grinst der ihn etwa an?

»Einen weißen Spritzer, bitte«, bestellt er bei Traude.

»Wollen S' wos papperln?«, wiederholt diese nun etwas resoluter.

»Vielleicht doch eine Kärntner Brettljause«, erweitert Martin sein Spritzer-Vorhaben um Hauswürstel, Schinkenspeck und Co. »Schön, da heroben!« Er setzt sich etwas entfernt von Blau an einen Tisch unter dem großen Kastanienbaum und lächelt der Frau im Dirndl zu, während er die Beine unter dem Tisch ausstreckt, die Hände im Nacken verschränkt und total entspannt den Blick auf das dunkle Wasser genießt.

»Des is unser Kleinod, da Saisser See«, knüpft Traude einige Minuten später nahtlos an seine Bemerkung an und stellt ihm Spritzer und Brettljause auf den Tisch. »Mecht nit mit n Wörthersee da unten in Velden tauschen«, erklärt sie stolz. »Hier ist es ruhig, ka Remmidemmi, den Mittagskogel seh ma ah, und unser See ist schließlich ein Moorsee. Des Wåsser heilt ålles – von Rheuma bis zur Prostata.« Dabei schaut sie ihn prüfend an.

Jetzt fühlt er sich gedrängt, seine Achillessehne ins Spiel zu bringen. Doch die Frau hat sich längst abgewandt und ist zu einem anderen Gast unterwegs. Eine auffällig gekleidete Larissa-Kopie hinkt in den Garten. An ihrem rechten Schuh befindet sich, wie vom Hersteller vorgesehen, ein etwa zehn Zentimeter hoher, bleistiftdünner Stöckel, der linke Schuh hingegen ist absatzlos. Das dazugehörige und offensichtlich abgebrochene Teil hält sie wie ein Beweisstück in der Hand und Frau Traude vorwurfsvoll unter die Augen. Da sinkt der verbliebene Stöckel tief in den weichen Boden des Gastgartens ein, und der elegante Schuh samt Trägerin steckt fest.

»Wollen S' wos papperln?«, wiederholt Frau Traude wenig einfühlsam ihre Lieblingsfrage.

Verständnislos blickt die Touristin auf die Frau im Dirndl. Dann entdeckt sie Blau unter dem Tisch und kreischt: »Gehört dieser Hund vielleicht Ihnen?«

»Des Hundale? Wieso?«

»Ich verlange Schadenersatz!« Die Stimme der Frau überschlägt sich jetzt. »Das muss das blöde Vieh sein, das auf der Wiese da vorn jede Menge Löcher gegraben hat. Der Köter stellt eine Lebensgefahr für Spaziergänger dar. Ich bin doch glatt in eine dieser Fallen getappt und habe meinen Stöckel verloren. Das sind immerhin Manolo Blahniks!«

»Plassnik?« Traude versteht nur Bahnhof und mustert mit unverhohlener Verachtung die Touristin, die eher ins Schickimickitreiben unten am See passt als in die ländliche Idylle ihres Gasthauses.

Martin wirft währenddessen einen diskreten Blick unter den Nebentisch. Blau hat sich hinter der Schüssel noch kleiner gemacht und scheint wohl zu spüren, dass er der Bösewicht in dieser Geschichte ist. Kluger Hund. Oder er mag die schrille Stimme nicht, denkt Martin, der noch etwas weiter von Blaus Tisch abrückt. Ist ja wirklich nicht sein

Hund, was soll er sich einmischen? Abgesehen davon geht man mit solchen Schuhen nicht spazieren. Das sind – wie Larissa ihn gelehrt hat – Schuhe zum Sitzen und Minutenstehen. Hoffentlich verrät die Wirtin nicht, dass der Hund zu ihm gehört.

Traude kann wohl seine Gedanken lesen und erklärt der empörten Stöckellosen: »Des waß i net, wem der g'hört. Der kummt immer her auf a Suppal mit Rindfleisch und macht dann an Verdauungsspaziergang um den See. Zahlen tut er nie, unser Stammgast«, lacht sie.

Die Touristin kann Traudes Humor nicht teilen. »Aber er muss doch jemandem gehören. Jemand muss doch schuld sein!«

»Wern S' hold net einitreten.« Kopfschüttelnd wendet sich die Wirtin ab und tritt an Martins Tisch: »Sie werd'n doch sicha noch a Nachspeis essen!« Es ist mehr eine Feststellung als eine Frage.

»Nein, danke, ich kann wirklich nicht mehr«, antwortet Martin, der nicht mit dem beinharten Kärntner Charme gerechnet hat.

»Jetzt in der Vorsaison is des G'schäft eher flau, und wenn dann so a fremder Hund a no die Gäste vergrault ...« Vorwurfsvoll blickt sie von Blau zu ihm.

Martin versteht. Er bestellt einen weiteren Spritzer und das teuerste Dessert auf der Karte: Feidigs süßes Geheimnis. Der Dackel klopft wie zur Bestätigung freudig mit dem Schwanz auf den Boden. Und Traude geht zufrieden auf ein altes Knusperhaus zu, während Martin den Hund weiterhin ignoriert.

Die Touristin versucht indessen vergeblich, mit ihrem Mobiltelefon die örtliche Polizeidienststelle anzurufen. Am Saisser See gibt es keinen Empfang.

***

Fair war das nicht von mir, denkt Martin später, als er übervoll und mit Blau an der Leine gemächlich den See Richtung Parkplatz entlangschlendert. Aber die Frau hat ihn zu sehr an Larissa erinnert. Die Larissa, mit der er nicht mehr kann.

Es ist Zeit, Lily von den Winzingers abzuholen.

Das Gespräch mit Landauf mussten sie verschieben, weil der bei einer Auktion in Graz und erst morgen wieder in Velden ist. Außerdem denkt Martin, dass es vielleicht besser ist, wenn Lily allein zu Landauf geht. Er will nicht den Eindruck eines Schnüfflers ohne Befugnisse erwecken – schon gar nicht bei diesem präpotenten Kunstexperten.

Als er mit seinem alten Käfer Cabrio die protzige Winzinger-Einfahrt passiert hat und neben Andys Maserati einparkt, hört er von drinnen ein Gekreische, das den Auftritt der Touristin locker in den Schatten stellt. Da auf sein mehrmaliges Läuten niemand öffnet – kein Wunder, wer soll das bei dem Lärm auch hören –, geht er um das Haus herum und betritt über den Garten und die Terrasse das Wohnzimmer.

Dort findet er Lily. Und Maresa, die auf seine Kollegin verzweifelt einschreit. »... eine Ungerechtigkeit, eine Gemeinheit!«, sind die ersten Worte, die er beim Eintreten mitbekommt.

»Entschuldigung, auf mein Läuten hat niemand reagiert, daher bin ich über die Terrasse gekommen«, versucht er sich bemerkbar zu machen.

Lily wirft ihm einen verzweifelten Blick zu und verdreht die Augen, während Maresa fortfährt, ohne ihn zu beachten: »Jahrelang hab ich darauf gewartet. Jahrelang. Nur deshalb habe ich alles ertragen. Und dann, endlich, endlich kommt eine Einladung, und er lehnt sie ab. Dieser Idiot, dieser Analphabet, dieser Soziopath lehnt eine Einladung von Flock ab.«

»Warum hat er sie abgelehnt?«, fragt Lily.

»Weil der Herr Flock angeblich sein Rivale bei dem Kampf um das blöde Grundstück ist, sagt er. Ein Rivale! Ha! Der Herr über den Wörthersee, Hugo Flock, der hier alles bestimmt – der Rivale von meinem Andy!! Statt dass er sich geehrt fühlt von so einer Einladung, dieser Arsch.«

»Warum bist du nicht allein hingegangen?«

»Weil die Party *vorgestern* war und er mir erst heute davon erzählt hat.«

In der Zwischenzeit ist Andy Winzinger ins Zimmer gekommen, nickt Martin kurz zu und überreicht Maresa eine Karte. »Da hast du die Einladung. Wenigstens kannst du sie bei deinen Freundinnen herzeigen«, sagt er spöttisch. Als Maresa sich wie von Sinnen auf ihn stürzt, geht er gleichmütig aus dem Zimmer. Wütend wirft sie ihm ein Weinglas hinterher.

Lily und Martin flüchten über die Terrasse. Für heute hat Martin genug von hysterischen Frauen. Larissa wird er daher sicher nicht mehr anrufen. Lilys Gelassenheit tut ihm hingegen richtig gut. »Wie war's mit dem Winzinger?«

Während sie zum Parkplatz gehen, berichtet Lily ihm von der Befragung. »Skrupellos mag er ja sein, aber ein Mord? Wer Leute kaufen kann, muss sie doch nicht umbringen.«

»Aber er war wie der Teufel hinter dem Stick her. Ich bin mir ziemlich sicher, dass Monikas Erpressungen und ihre Ermordung miteinander in Verbindung stehen. Und wenn sie Alex gegenüber erwähnt hat, dass sie sich in die Südsee oder Karibik oder was weiß ich absetzen will, dann muss sie etwas gewusst haben, das sehr viel Geld wert ist.«

»Denkst du denn, dass Alex jetzt den Stick hat?«

»Nein, ich glaub nicht. Wieso sollte sich der von Romana herumkommandieren lassen oder zu einem Fotoshooting fahren, wenn er wüsste, dass er in Zukunft viel Geld machen kann? Aber natürlich gilt für ihn dasselbe wie für Winzinger: Die Vermutung, dass er den Stick nicht hat, beweist gar nichts.«

»Was ist eigentlich mit Romana? Irgendwie trau ich ihr nicht«, meint Lily, während sie zu seinem Wagen gehen.

»Na, was sollte denn die Romana für ein Motiv haben? Und in ihrem Alter weiß die wahrscheinlich nicht einmal, was ein USB-Stick ist.« Andererseits – wenn er da an seine Mutter denkt ...

»Es könnte ja auch jemand vom Gitschinger Gemeinderat gewesen sein oder der Bürgermeister selbst«, lenkt er von Romana ab. »Oder einer von Winzingers Geschäftspartnern, die von Monika vielleicht erpresst wurden.«

»Ich weiß«, seufzt Lily verzweifelt und fühlt sich einmal mehr überfordert. Aus Martins Auto dringt ungeduldiges Bellen. »Ich bin ja schon da, Süßer!«, beruhigt Lily ihren Hund. »War er denn brav?«, fragt sie heuchlerisch, als sie den Dackel aus dem Auto holt.

»Na ja, geht so«, antwortet er lachend. »Eine Hundeschule hat er wohl nie besucht.«

»Dazu hatte ich nie Zeit. Aber du hast mich wirklich gerettet. Sophie ist auf einem Geburtstag, und ich will den Hund nicht schon wieder allein lassen. Ich möchte mich irgendwie revanchieren.«

»Nein, nein, lass nur«, antwortet Martin, doch dann fällt ihm doch noch was ein. »Na ja, vielleicht ... Könntest du eventuell einen Blick in eine alte Akte werfen? Es geht um meinen Vater.«

Auf der Rückfahrt zur Villa Romana, die ihm im Moment allein gehört, freut er sich schon darauf, eine Runde im See zu schwimmen, sich dann gemütlich auf die große Terrasse vor dem Salon zu setzen und in seinem Science-Fiction-Buch zu schmökern. Morgen früh könnte er es dann mit langsamem Joggen oder mit Walken versuchen, denn das tägliche Schwimmen hat seiner Achillessehne sehr gutgetan, er fühlt sich schon beinahe wiederhergestellt.

Als er vor der Villa ankommt, steht der schwarze Renault Clio von Alex auf dem Parkplatz. Er ist also schon zurück? Eigenartig.

»Hast du mein Zimmer durchwühlt?« Alex stürmt wütend auf Martin zu, als dieser das Haus betritt.

»*Ich* nicht. Andy Winzinger hat was gesucht – und ich hab ihn dabei erwischt.«

»Was hat er denn gesucht?«

»Monikas USB-Stick natürlich.«

Alex reißt Augen und Mund gleichzeitig auf. Nach viel zu langer Zeit fragt er mit belegter Stimme: »Wieso Monikas Stick? Was meinst du damit?«

»Das solltest *du* mir erklären.«

Alex denkt und zieht dabei seine glatte Stirn in Falten. »Es könnte sein, dass die Monika ein paar Fotos gespeichert hat, mit denen sie Gäste aus dem *Paradies* zu einer Geldspende überreden wollte. Wie gesagt, könnte sein. Aber wenn, habe ich damit nichts zu tun. Und diesen Stick hab ich nicht, Ehrenwort. Da hat sich der Winzinger aber so was von verrechnet.«

»Warum bist du schon nach einem Tag von deinem Shooting zurück?«

Sichtliche Erleichterung über den Themenwechsel. »Ach, das war ein totaler Reinfall. Hätte ich mir gleich denken können bei dem Batzen Geld, den sie geboten haben. Das waren Nacktfotos, aber nicht die ästhetischen, wenn du verstehst, was ich meine.«

»Hast du denn andere Einnahmequellen in Aussicht, wenn du so leicht auf das Geld verzichten kannst? Vielleicht Geldspenden? Jetzt, wo die Monika tot ist?« Martin setzt sich auf die koreanische Truhe, die unter einem großen Spiegel in der Eingangshalle steht. Ein Mitbringsel von Romanas letzter Fernreise.

Alex steigt nun tatsächlich eine zarte Verlegenheitsröte ins Gesicht. Er fingert eine Zigarette aus der Packung und zündet sie an, Romanas Rauchverbot ignorierend.

Martin baut sich vor ihm auf und redet leise, aber sehr eindringlich. »Was ist los? Wofür schämst du dich? Hast du etwas mit Monikas Tod zu tun?«

Alex tritt einen Schritt zurück. Die Verteidigungsstellung, seine Stimme klingt schrill: »Wie kommst du denn auf die Idee? Ich hab die Monika ehrlich gemocht, und ich hab deiner Kollegin eh am Anfang schon alles erzählt.«

»Das mit den kompromittierenden Fotos hast du aber nicht erwähnt, Alex.«

»Es war mir peinlich.«

»Sie war eine gottverdammte Erpresserin!« Romana steht in der Halle, die Reisetasche in der Hand. »Und hier herrscht Rauchverbot, das solltest du inzwischen wissen, Alex.«

Martin fährt herum. »Was machst du denn hier? Ich dachte, du bist in Wien.«

»Falsch gedacht.« Romana sieht müde aus, abgekämpft. Er nimmt ihr die Reisetasche aus der Hand. »Komm, ich trag sie dir hoch ...«

»Nein, ich mach das.« Alex will nach der Tasche greifen, doch Martin lässt sie nicht los. »Du wusstest von den

Erpressereien, Alex. Liegt doch nahe, dass du daran beteiligt warst.«

Romana lacht kurz auf. »Na, für so was ist unser Alex einfach nit schlau genug. Aber ich würd zu gern wissen, worüber du und Monika miteinander gestritten habt am Dienstagabend. Und zwar so laut, dass ich bis in die Wohnung hinauf gehört hab, dass was nicht stimmt.«

Das ist Martin neu, und er könnte wetten, dass Romana es auch der Polizei gegenüber noch nicht erwähnt hat. Er sieht von ihr zu Alex. »Ja, ich ebenfalls. Spuck's aus, Alex.«

»Sie ist direkt von Landaufs Haus herübergekommen«, sagt Romana. Zu Alex, der seine Zigarette inzwischen gelöscht hat: »Das war so zwischen sieben und halb acht. Ich wollt grad den Fernseher einschalten für die Nachrichten.«

Alex schlägt sich mit der Hand auf die Stirn. »Ja richtig, sie war bei Landauf und hat anschließend kurz hier vorbeigeschaut, war vielleicht eine halbe Stunde hier und ist dann nach Velden zu einer Verabredung. Das hab ich der Polizistin aber erzählt. Und Romana kann bestätigen, dass sie gegen acht wieder weg ist.«

Romana wirkt müde und ein bisserl angewidert. »Ich hab sie nur kommen sehen und Lärm gehört. Aber ob und wann sie weg ist, hab ich nicht mitbekommen. Bestätigen kann ich da gar nix.«

Bevor Martin etwas sagen kann, geht sie die Treppe hoch zu ihrer Wohnung.

»Jaja, nix mitbekommen. Wahrscheinlich hat sie wieder verloren«, zischt Alex ihr hinterher. Martin stutzt, will aber beim Thema bleiben: »Worum ging's bei dem Streit zwischen dir und Monika?«

Alex winkt ab. »Ach, Streit kann man das nicht nennen. Es war eine kleine Meinungsverschiedenheit.«

Martin hat keine Lust, über die Definition eines Streits zu diskutieren. »Wolltest du bei den Erpressungen mitmachen, und sie hat dich abblitzen lassen?«

Alex sieht so aus, als hätte Martin einen Volltreffer gelandet. »Lass uns rausgehen, ja? Ich brauch eine Zigarette. Und was soll dieses Verhör überhaupt? Ich denk, du bist hier im Urlaub und gar nicht zuständig!«

Martin stellt Romanas Tasche wieder ab. »Ja, da hast du recht. Ich kann halt meine Neugier nicht zügeln. Polizistenkrankheit.«

Alex zündet sich einen Tschick an. »Kritik konnte sie nie vertragen, da ist sie einfach laut geworden. Ich wollte der Monika bloß ausreden, den Landauf zu erpressen. Das bringt ja nichts, hab ich ihr gesagt. Landauf lebt allein und ist niemandem Rechenschaft schuldig. Wen kümmert's da schon, ob er schwul ist oder bi oder dass er mit besonderen Vorlieben hin und wieder ins Bordell geht?«

»Welche Vorlieben denn?«

Alex sieht ihn treuherzig an. »Weiß ich nicht. Aber es hat ja fast jeder besondere Vorlieben, der zu Huren geht. Warum sollte er sonst für Sex zahlen?«

»Hat sie dir von allen Erpressungen erzählt?« Martin kann es sich kaum vorstellen. Monika Linde war doch sicher nicht so blöd, ihrem Lover alles zu sagen.

Alex zuckt mit den Achseln. »Ab und zu hat sie halt eine Andeutung gemacht, beim Landauf zum Beispiel. Aber die Monika hielt sich für oberschlau und allen anderen überlegen. Da war ich keine Ausnahme. Und das ist gefährlich, wenn man denkt, keiner kann einem was, weil man allwissend ist.«

»Du meinst, es war jemand noch schlauer als sie.« Martins Blick folgt einer Wolke ganz hoch oben. Sie hat die Form eines Wolfs.

Kapitel 14

Eine letzte Chance

»Gegen neun Uhr fahre ich morgen in Wien weg, bin dann also um die Mittagszeit bei dir. Eigentlich wollte ich ja erst am Wochenende kommen, aber jetzt hab ich mir morgen und Freitag freigenommen und bleibe bis Sonntag. Außerdem bin ich ja gewissermaßen auch auf Kundenfang, also halb dienstlich am Wörthersee. Sollen wir uns gleich im *Seefels* treffen? Ein Zimmer habe ich reserviert.« Seine Frau verschwendet am Telefon nie viel Zeit für eine Begrüßung oder andere Höflichkeiten, sondern kommt stets direkt zur Sache.

»Wie du willst«, antwortet Martin einsilbig.

»Hab ich dich geweckt? Tut mir leid, aber ich sitze seit einer Stunde im Büro, um vorzuarbeiten. Bin also schon voll auf Touren.«

»Nein, du hast mich nicht geweckt, ich wollte grad …«

»Freust dich denn gar nicht?«

»Doch, natürlich.«

»Oder bist du noch eingeschnappt, weil ich über den *zweiten Honeymoon* gelacht habe? War nicht bös gemeint, Martin, ehrlich.«

»Na geh. Ich kenne doch deine Scherze.«

»Wird sich die Gelegenheit ergeben, dass ich ein paar wichtige Leute treffe?«

Martin verdreht die Augen, bemüht sich aber um einen netten Ton. »Ich werde sehen, was sich machen lässt. So wichtig sind die aber alle nicht.«

»Für die Agentur vielleicht schon. Auf jeden Fall werden wir uns ein paar schöne Tage machen. So wie früher.«

»Ja, sicher.«

»Du, Martin! Ich freu mich auf dich«, beendet Larissa plötzlich verunsichert das Gespräch und legt auf.

Martin schaut auf die Uhr. Es ist kurz nach sieben, und er hatte gerade vorgehabt, in den morgendlich-jungfräulichen See zu springen, als Larissas Anruf kam. Eigentlich ist er kein Morgenmensch, auch wenn er durch seine Arbeit oft zu nachtschlafender Zeit unterwegs sein muss. Aber hier in Kärnten genießt er die frühen Stunden. Der See zu seiner besten Zeit: sanfte Wellen, keine Motorboote, keine kreischenden Badenden oder Volksmusikklänge von nebenan. Er muss das Wasser nur mit Fischen, Enten, Haubentauchern und Blesshühnern teilen.

Irgendwie erscheint ihm der See heute beinahe pastellfarben – samtenes türkis-blau. Das muss er malen.

Als er vor der Staffelei steht, braucht er nicht zu überlegen, womit er anfangen, welche Farbe er wählen soll. Der Pinsel gleitet geradezu von selbst über die Leinwand, alles fließt aus ihm heraus, das Bild hat ein Eigenleben bekommen. Ist es das, was Künstler fühlen? Und warum stehen Gefühl und Ergebnis im Gegensatz zueinander? Er hätt doch so gern ein bisschen Talent vom Vater geerbt!

»Martin!! Magst du auch ein afghanisches Omelette? Ich mach grad welche für Alex und mich«, ruft ihm Romana von der Terrasse aus zu – eine kulinarische Schreckensbotschaft.

»Nein, danke! Ich muss dann noch weg. Möchtest du sehen, was ich gemalt habe?«

Romana verschwindet im Haus, ohne zu antworten. Martin denkt, dass sie ihn vielleicht nicht gehört hat. Er räumt seine Malutensilien und das Bild in sein Zimmer und überlegt, wohin er gehen könnte, um dem Frühstückshorror zu entwischen. Da kommt ihm eine Idee.

***

Während Martin auf der Terrasse des *Porto-Bello-Restaurants* im *Schlosshotel Seefels* in Pörtschach über seine Ehe nachdenkt, beobachtet er auslaufende und anlegende Motorboote sowie deren mehr oder weniger prominente Insassen. Ein FPÖ-Politiker aus Wien mit Sixpack und Freundin, der berüchtigte Wiener Baumeister mit seinem aktuellen Maskottchen, die deutsche Fernsehmoderatorin, deren Name ihm im Moment nicht einfällt ...

Selbst in der Vorsaison ist das *Porto Bello* belebter Anlegeplatz der Reichen und Schönen, die dort mit ihrem Motorboot vor Anker gehen. Wer kein eigenes Boot besitzt, mietet eines. Denn ohne bist du nichts in der Wörtherseegesellschaft.

Amüsiert erinnert er sich an einen Typen seines Alters auf Winzingers Party, dessen Small Talk darin bestanden hatte, die Anwesenden zu fragen: »Haben Sie auch ein Boot?« Wer verneinte, den ließ er einfach stehen. Romana, die gerade mit Martin plauderte, antwortete: »Ja, ein Tretboot, warum?« Das ist also die Gesellschaft, nach der Larissa lechzt! Welche Reichen und Schönen könnte er ihr ab morgen bieten, wo er doch eine Kirchenmaus in diesem Präpotentenstadl ist? Die Winzingers natürlich, den Landauf zähneknirschend, Romana kennt auch den Chef einer Filmproduktionsfirma, und hier im *Schloss Seefels* würde Larissa sicher den einen oder anderen Promi treffen. Vielleicht könnten sie auch gemeinsam über einige Möchtegern-VIPs lachen. Am Samstag wäre dann noch der Saisoneröffnungsball. Eigentlich hat er geplant, mit Lily hinzugehen, die genauso gern tanzt wie er. Langsame Tänze kann er mit seinem nicht mehr so lädierten Fuß schon wagen. Aber jetzt? Warum hat er Lily nicht schon längst von Larissa erzählt? Es hat sich schlichtweg nie die rechte Gelegenheit ergeben, versucht er sich selbst zu überzeugen. War ja auch nicht notwendig, Lily ist einfach eine harmlose Kollegin. Aber heute, ja, heute wird er es ihr sagen. Martin weiß schon, dass er ein rechter Feigling ist – wie die meisten Männer, wenn es um Gefühlssachen geht. Ist aber schon interessant, dieses alte Spiel: Bemüht man sich um den Partner, hat man verloren. Zieht man sich aber zurück, zeigt der andere plötzlich wieder Interesse.

Seine Überlegungen werden durch die Ankunft eines knallroten Ferrari-Bootes unterbrochen. An Land geht Andy Winzinger. Mit ihm – Martin traut seinen Augen nicht: Tamara Sommer! Galant hilft Winzinger der jungen Frau aus dem Boot, fasst sie am Ellbogen unter und geleitet sie zur Bar. Martin setzt sich so, dass die beiden ihn nicht sehen können, er aber in Hörweite ist. Was ihm allerdings wenig nützt. Denn kaum stehen sie an der Bar, gesellt sich der Bootfanatiker von der Party dazu. Alles, was Martin aufschnappt, sind Wortfetzen wie »Welches Baujahr?«, »Wie viel PS?«, »... meines gerade überholen lassen«, »... für einen See wie diesen fast ein bisschen zu ...«. Schließlich entschuldigt sich Winzinger und geht mit Tamara nach drinnen.

Martin zahlt und bricht auf. Sein in die Jahre gekommenes Käfer Cabrio wirkt auf dem Parkplatz zwischen den Porsches, Ferraris und Maseratis ganz schön verloren, was seine Zuneigung zu der alten Kiste noch verstärkt. Leider wird sie heute wieder einmal auf die Probe gestellt, da der Käfer sich weigert zu starten. Das Gekrächze, das aus dem Motorraum kommt, klingt unterirdisch. »Keine Sorge, wir kriegen dich schon wieder fit«, redet er beruhigend auf den Käfer ein und greift zum Telefon, um den ÖAMTC anzurufen.

»Jo mei, bei so an alten Herrn sind die Ersatzteile nit lagernd. Die müss ma erst bestellen. Und das kann dauern«, sagt kurze Zeit später der Mechaniker in Velden mit dieser Mischung aus Wurstigkeit und Sadismus. »Mobilitätsgarantie habn S' ja sicher kane mehr bei dem Auto«, lacht er. »Aber i kann Ihnen zu am günstigen Preis an neuen Audi leihen. Solides Auto, sag i Ihnen. Vielleicht wollen S' den nachher kaufen, falls Ihrer jetzt endgültig hinüber is? I könnt Ihnen preislich sehr entgegenkommen.«

Martin hat keinesfalls die Absicht, seinen Käfer abzuschreiben und einen neuen Audi zu kaufen, nimmt das Mietangebot aber dankend an.

Als er mit dem neuen Audi das Gelände des VW-Händlers verlässt, ist es bereits vier Uhr vorbei. Keine Zeit mehr für Malen am See. Um sechs ist er mit Lily in der *Strandbar* verabredet. Sie will ihm von der Befragung Landaufs berichten. Also fährt er die paar Hundert Meter ins Ortszentrum, parkt auf dem Casino-Parkplatz, bummelt ein wenig durch die Gassen und schlendert dann zur *Strandbar* am Kurpark.

Während er auf Lily wartet, beobachtet er die Wasserskifahrer, die hier starten. Die *Strandbar* gab es schon in seiner Kindheit, damals hieß sie *Rudis Strandbar* und war die größte Wasserskischule am Wörthersee. Bei Rudi hat auch Martin Wasserskifahren gelernt. Jetzt, da sein Fuß wieder halbwegs in Ordnung ist, könnte er doch einen Versuch wagen. In einer Woche vielleicht.

Wie sollte er bei Lily das Thema Larissa am besten anschneiden? *Morgen kommt meine Frau?* Oder doch besser: *Hab ich eigentlich erwähnt, dass ich verheiratet bin? Würde es dir etwas ausmachen, wenn wir zu dritt auf den Ball gehen?*

Noch während er nach der geeigneten Formulierung sucht, steuert Lily bereits in kniekurzem Rock und weit ausgeschnittenem T-Shirt fröhlich winkend auf seinen Tisch zu. Sofort nach der Getränkebestellung erzählt sie ihm von ihrem Besuch bei Landauf.

»Im Grunde hat er mir über sich genau das Gleiche gesagt wie Alex: Er sei sexuell offen, gehe halt manchmal auch ganz gern ins Bordell und sei in keiner Weise erpressbar.«

»Warum war Monika an dem Tag bei ihm? Hat sie es dennoch versucht?«

Lily schlürft genussvoll an ihrem Bier, bevor sie antwortet. »Er sagt Nein. Sie sei wegen einer Seminararbeit über die Herschel-Brüder zu ihm gekommen, weil er doch einige Herschels besitzt und viel über die Maler weiß.«

Martin ist nicht ganz bei der Sache. »Glaubst du ihm?«

»Keine Ahnung«, seufzt Lily. »Aber ich nehm ihm ab, dass er nicht erpressbar ist.«

Martin erzählt ihr von Alex und dem Streit und dass Romana ebenso überraschend verschwunden wie wiederaufgetaucht ist.

»Ich hab Tamara Sommer heute Mittag übrigens im *Porto Bello* mit Winzinger gesehen, der sich augenscheinlich sehr um sie bemüht hat. Könnte sein zweiter Versuch sein, an den Stick zu kommen. Falls sie ihn hat. Ich möcht nicht wissen, wer sonst noch hinter diesem Teil her ist.«

»Ich glaub nicht, dass Monika ihn so einfach mit sich herumgetragen hat«, sagt Lily. »Andererseits haben wir alles auf den Kopf gestellt und nichts gefunden.«

»Du solltest noch einmal danach suchen lassen.« Martin dreht sich nach der Serviererin um und glaubt zum zweiten Mal an diesem Tag an eine Fata Morgana: Im Kurpark vor der *Strandbar* sieht er Tamara und Alex im intensiven

Gespräch. »Zu Mittag sehe ich sie mit Winzinger, jetzt mit Alex. Komische Spielchen. Ihre Freundin hat ihr den Alex ausgespannt, und jetzt bandelt sie wieder mit ihm an? Oder steckt was anderes dahinter?«

Lily dreht sich ebenfalls um. »Tamara und Alex knöpf ich mir morgen nochmals vor. Magst du mitkommen?«

»Morgen kann ich leider nicht, da hab ich was vor«, windet sich Martin. Jetzt wäre die optimale Gelegenheit, Larissas Ankunft zu erwähnen. Stattdessen sagt er: »Außerdem hat mich Alex mit Recht auf meine fehlenden Befugnisse hingewiesen. Es ist also besser, wenn ich nicht dabei bin. Wann kommt übrigens dein Chef zurück?«

»Angeblich in einer Woche. Derzeit ist er noch in Afrika verschollen. Ich hab ihm Mails und mehrere SMS geschickt, keine Reaktion. Man merkt, dass er bald in Pension geht, sonst hätt er sich bestimmt gemeldet.«

»Vielleicht hat ihn ein Löwe gefressen, und du wirst Chefinspektorin?«

»Niemals«, lacht Lily. »Die hohen Posten kriegen immer noch die Männer. Apropos Löwe, bist du nicht hungrig?«

»Du denkst immer nur an das eine«, sagt Martin und könnte sich ohrfeigen.

Lily schaut kurz von der Speisekarte auf: »Ja, ich bin wirklich verfressen.« Kein Wunder, dass sie immer mit Männern scheitert, wenn sie sich derart blöd anstellt. »Ich glaub, ich nehm die Kasnudeln. Solltest du auch probieren.«

Martin richtet seinen Blick auf Lilys grüne Augen. Nach einem kurzen Räuspern sagt er: »Ja, warum nicht.«

Beide sind erleichtert, dass in dem Moment die Kellnerin an ihren Tisch kommt, um die Bestellung aufzunehmen.

»Weißt, ich bin nicht nur eine Genuss-, sondern auch eine Frustesserin«, gesteht Lily grinsend, als sich die Bedienung entfernt. »Und bei einer pubertierenden Tochter kriegt man da oft frustbedingten Appetit. Hast du auch Kinder?«

Die nächste Gelegenheit. Eine bessere kommt nie wieder. Doch Martin hat Angst, die schöne, heitere Stimmung zu verderben, und umgeht die Frage. »Nein, aber eine pubertierende Mutter.«

Während sie dann beide eine ordentliche Portion Kasnudeln essen, berichtet Lily von ihren Problemen mit Sophie, und er erzählt von Lotte und deren neuem Hippieleben und landet schließlich beim Verschwinden des Vaters.

»Richtig, hätt ich fast vergessen, ich hab ja was für dich.« Lily öffnet ihre Tasche und holt eine dünne Mappe heraus. Eine Kopie der Akte August Glück. »Lies es dir in Ruhe durch, aber du wirst nichts Sensationelles darin finden.«

»Das schau ich mir zu Hause an. Danke dir. Willst du noch was Süßes?«

Zu seinem Erstaunen lehnt sie ab.

»Oder sollen wir noch ins *Börserl* oder ins *Stamperl* auf einen Drink gehen? Der Abend ist noch jung.«

»Weißt du, wonach mir wirklich der Sinn steht?«

Martin denkt an das eine, sieht sie forschend an, und sie wird rot.

»Ich möchte gern herausfinden, ob ich im Spiel das Glück habe, das mir in der Liebe fehlt.«

Ist er enttäuscht oder erleichtert? Er schiebt den Gedanken in die Ecke *unerledigte Gefühle* und sagt: »Warum nicht, wenn wir es schon vor der Haustür haben. Auf ins Casino!«

***

Martin ist kein Spieler, aber eine Partie Blackjack mit moderatem Einsatz macht ihm hin und wieder schon Spaß.

Doch heute schaut er lieber Lily über die Schulter, die hundert Euro in Jetons umgewechselt hat und am Roulettetisch kontinuierlich auf die Zahl fünfzehn setzt – und verliert.

»Warum immer auf fünfzehn? Deine Glückszahl kann das ja nicht sein.«

»Sophie ist fünfzehn, an einem Fünfzehnten ist sie zur Welt gekommen, und der Mann, dem ich sie zu verdanken habe, war damals zweimal fünfzehn.«

»Und ich bin dreimal fünfzehn«, erwidert Martin und kann es nicht fassen, dass er hier mit Lily flirtet, obwohl morgen Larissa vor der Tür steht.

Während Lily ihn mit dem Blick einer Sphinx bedenkt, bevor sie sich wieder dem Roulette zuwendet, hat Martin die dritte Erscheinung dieses Tages: Mit starrem Blick steuert Romana auf einen Pokertisch zu, eine Schachtel voller Jetons in den Händen.

»Romana?!«, ruft er, doch sie ist offenbar in ihrer eigenen Welt und hört ihn nicht. Romana eine Spielerin? Hat Alex *das* gemeint? Und hat sie deshalb kein Geld, die Villa renovieren zu lassen? Jedenfalls weiß er jetzt, warum sie diesmal das Mittwochabendessen abgesagt hat.

»Fünfzehn!!«, schreit Lily auf. »Jetzt hab ich doch glatt Glück im Spiel – was ja auch was ist.« Die Kugel liegt auf ihrer Zahl, und sie streicht den sechsunddreißigfachen Gewinn in Jetons ein – immerhin hundertachtzig Euro. Lily umarmt ihn, und Martin freut sich für sie und meint, dass sie jetzt aufhören sollte. Nicht uneigennützig, er denkt an Larissas Ankunft. Und da er mehr getrunken hat als Lily, nimmt er ihr Angebot an, ihn auf dem Rückweg bei der Villa Romana abzusetzen.

Der Golf rast mit hundertzehn Stundenkilometern auf der Uferstraße den See entlang.

»Hier ist siebzig«, wirft Martin ein.

»Pro Person«, kichert Lily. »Da müsste ich eigentlich hundertvierzig fahren.«

So aufgekratzt hat er sie noch nie erlebt. Das Glas Wein zum Essen? Oder ihr Roulettegewinn? Oder ...?

Mit Schwung biegt sie in die herrschaftliche Einfahrt der Villa Romana ein und bleibt vor dem Hauseingang abrupt stehen, sodass der Kies unter den Rädern des Golf knirscht. »Es war ein schöner Abend, Herr Chefinspektor.«

Bevor Martin etwas sagen kann, beugt sie sich zu ihm und küsst ihn auf den Mund. Gerade als er mit gewisser Leidenschaft ihren Kuss erwidert, klopft jemand ans Fenster. Martin löst sich von Lily und schaut schräg nach oben. In Larissas Gesicht.

Kapitel 15

Wutanfälle sind nicht gratis

Die Rücklichter von Lilys Golf und Larissas Jaguar sind schon eine Weile aus der Einfahrt verschwunden. Martin steht immer noch wie paralysiert vor der Haustür, unter dem Arm die Akte August Glück. Langsam, ganz langsam spürt er richtige Wut in sich aufsteigen. Wut auf Lily, Wut auf Larissa, Wut auf sich selbst, Wut auf den blöden Zufall. Eine Wut, gegen die auch Gummibären nicht helfen.

Warum musste Lily ihn ausgerechnet jetzt küssen? Warum ist Larissa heute schon da? Sie wollte doch erst morgen kommen ... Am meisten ärgert er sich aber über sich selbst. Musste er mit Lily flirten? Musste er den Kuss erwidern? Warum ist er nicht mit dem Taxi heimgefahren? Und vor allem: Warum war er zu feige, Lily von Larissa zu erzählen?

Ich muss Larissa nachfahren und den Rest meines Lebens retten, denkt er und greift in die Hosentasche nach dem Autoschlüssel, da fällt ihm ein, dass der Mietwagen beim Casino steht.

In diesem Moment biegt Romana mit ihrem Pick-up in das Grundstück ein. »Hallo, Martin, bist du auch grad gekommen?« Romana wirkt leicht beschwipst und sehr aufgekratzt. Wahrscheinlich, denkt er, hat sie im Casino gewonnen.

Er antwortet nicht, sondern faucht nur in ihre Richtung.

»Was is los? Komm mit, ich mach uns noch den Rest Omelette in der Mikrowelle warm, und dann trink ma gemeinsam einen Likör«, fordert sie ihn auf.

Ihre aufgesetzte Fröhlichkeit empfindet er geradezu als Provokation, das Omelette und den Likör sowieso. »Scheiß auf deinen grauslichen Fraß und deinen Sautrank!«, schreit er. »Glaubst du, ein Mensch würgt dein Essen freiwillig hinunter? Ich hab jetzt andere Probleme.«

Romana, keineswegs beeindruckt, stemmt die Arme in die Hüften. »Ja, spinnst du? Wie redest denn mit mir? Bist total narrisch wordn? Aber wenn du mir so kommst ... kannst gleich ausziehen! Morgen um elf bist du weg, verstanden? Zahlen tust mir aber die vollen drei Monate, die du gebucht hast«, funkelt sie ihn zornig an und stapft dann ins Haus. Martin folgt ihr. In der Halle schleudert er die dünne Mappe mit der Akte August Glück auf den Boden und boxt auf eine unschuldige Engelsstatue ein.

»Wenn du die hinmachst, bezahlst du das auch.« Romana dreht sich weg, wirft den Autoschlüssel auf die koreanische Truhe und macht sich auf den Weg in ihre Privatwohnung. »Morgen um elf!«, ruft sie ihm von oben noch zu. Als sie außer Sicht ist, greift Martin sich den Schlüssel von der Truhe und stürmt damit aus dem Haus. Ernüchtert und nüchtern ist er inzwischen ja allemal.

Während er Romanas Wagen in Richtung Pörtschach lenkt, wird ihm langsam bewusst, was er angerichtet hat. Ausgerechnet Romana, die mit der ganzen Sache nichts zu tun hat, die absolut nichts dafürkann. In Wahrheit müsste sich seine Wut nur gegen sich selbst richten, das weiß er. Jetzt muss er versuchen zu retten, was noch zu retten ist.

***

»Frau Glück möchte nicht gestört werden«, erklärt man ihm freundlich an der Rezeption des *Seefels*.

»Aber ich bin ihr Mann, ich sollte ebenfalls hier einziehen.«

»Tut uns leid, die Buchung ist auf Larissa Glück, sie ist unser Gast.«

Martin weiß, dass es sinnlos ist, es in dieser Situation auf Larissas Mobiltelefon zu versuchen. Sie wird bestimmt nicht abheben. »Kann ich sie von Ihrem Telefon aus auf dem Zimmer anrufen?«, fragt er die Rezeptionistin.

Diese bejaht, und Larissa hebt tatsächlich nach zweimaligem Läuten ab. »Gut, Martin, komm herauf – Zimmer 324«, sagt sie ganz ruhig. Damit hat er nicht gerechnet.

***

Auf dem Rückweg zur Villa Romana hat er die Gewissheit, dass sein bisheriges Leben vorbei ist. Larissa hat sich seine Sicht der Dinge geradezu verständnisvoll angehört, ohne jeden Vorwurf und die üblichen sarkastischen Bemerkungen. Dann sprach sie von Scheidung. Einvernehmlicher Scheidung. Sie wollte nicht einmal Geld von ihm haben, schließlich verdiene sie selber genug. Über die Möbel in der Wiener Wohnung werde man sich schon einigen. Sie war so verdammt ruhig und sachlich wie selten zuvor. Als sie sagte, dass man doch als Freunde scheiden könnte, spürte Martin den dringenden Wunsch, sie zu erwürgen. Stattdessen drehte er sich auf dem Absatz um und verließ das Zimmer.

Vor ihm liegt ein gewaltiger Scherbenhaufen, und den hat er weitestgehend selbst zu verantworten. Behutsam parkt Martin den Pick-up, schließt leise die Eingangstür zur Villa auf, legt den Autoschlüssel auf die Truhe und hebt die Akte seines Vaters auf, die immer noch auf dem Steinboden der Halle liegt. Dann geht er nach oben in sein Zimmer.

Automatisch greift er zur nachgesendeten Post auf seinem Schreibtisch. Das Öffnen der Werbebriefe und Rechnungen empfindet er jetzt als Handlungen, mit denen er sich noch ein wenig an seinem Leben festhalten kann. Bis er den Umschlag mit dem Absender »Rehabilitationszentrum Waldviertel« aufmacht. Sechstausendsechshundert Euro will man von ihm, weil er die Kur vorzeitig abgebrochen hat. Damit gehen alle Kosten zu Lasten des Patienten, teilt man ihm mit.

Martin lacht laut und bitter auf. Für einen Wutanfall hat er keine Kraft mehr. Stattdessen wählt er die Telefonnummer seiner Mutter. Er denkt, dass sie längst schläft, aber Mütter sind für ihre Söhne zu jeder Tages- und Nachtzeit da, das erwartet man von ihnen. Und was er jetzt braucht, ist jemand zum Reden.

Lotte hört ihrem Sohn zunächst schweigend zu, während Martin sein Selbstmitleid über sie ausgießt. Er weiß es zu schätzen, dass sie ihm keine Vorwürfe macht. Auch Floskeln wie »Das hab ich dir doch gleich gesagt« spart sie sich. Hingegen stellt sie sachlich fest, dass Larissa nie zu ihm gepasst habe – oder er zu ihr; und dass das Ende seines bisherigen Lebens doch auch einen vielversprechenden Neuanfang in sich trage.

»Geh es aber langsam an mit dieser Polizistin. Triff keine voreiligen Entscheidungen, bevor du nicht sicher bist, dass sie die Richtige ist.«

Über die Rechnung aus dem Rehazentrum kann Lotte nur lachen. »Auch Wutanfälle sind nicht gratis«, ist ihr einziger Kommentar – abgesehen von dem mütterlichen Rat, sich doch in Zukunft besser zu beherrschen. »Und mach dir wegen der Romana keine unnötigen Sorgen. Die ist selber auch nicht zimperlich, sondern geht über Leichen, wenn es zu ihrem Vorteil ist. Bevor der reiche Flock aufgetaucht ist, hatte Romana eine Liebesgeschichte mit einem Kellner aus dem *Schlosshotel* in Velden. Angeblich war sie von dem schwanger, und die zwei wollten heiraten. Das Aufgebot war schon bestellt. Dann hat sie aber den Flock, der ja damals mit seiner ersten Frau verheiratet war, kennengelernt, und die Hochzeit wurde abgesagt. Für eine Abtreibung soll es zu spät gewesen sein. Daher ist sie ein paar Monate untergetaucht. Offiziell war sie wegen einer Lungenbehandlung auf der Stolzalm. Das Kind soll sie dann nach der Geburt weggegeben haben. Den Kellner hat der Flock mit einer ordentlichen Summe abgefertigt. Der soll sich dann noch einmal mit der Romana getroffen und ihr das Geld hingeschmissen haben, danach hat er sich umgebracht. Die Romana hat das Geld genommen und auf seinen Selbstmord völlig ungerührt reagiert. Sagt man. Bei seinem Begräbnis hat sie auch keiner gesehen. Wenig später hat ihr der Flock die Villa geschenkt.«

»Geh, du hast sie doch nie gemocht. Das sind doch alles nur Gerüchte, Mama.«

»Ich hab die Geschichte sofort geglaubt. Die Romana ist berechnend und eiskalt. Außerdem: In jedem Gerücht steckt ein Körndl Wahrheit. In ihrem Fall ist das sicher ein Riesenkorn. Auf jeden Fall ist sie hart im Nehmen. Mach dir also keine Gedanken, entschuldige dich morgen, und du wirst sehen – sie verzeiht dir. Hatte schon immer eine Schwäche für dich – wie für deinen Vater, das falsche Herzerl.«

Damit legt Lotte auf und überlässt ihn seinen ungeordneten Gedanken. Immerhin ist Martins Wut etwas verraucht, und die Verzweiflung hält sich schon in Grenzen. Er wird Romana um Verzeihung bitten. Gleich nach dem Schwimmen wird er morgen früh zu ihr gehen und zu Kreuze kriechen. Martin weiß auch schon, was er ihr als Versöhnungsgeste überreichen wird: sein erstes Bild.

Kapitel 16

Martins Frauen

Erstens mag sie ihn, zweitens kennt sie ihn als Zornpinkel, und drittens weiß sie selbst, dass ihre Kocherei ziemlich exotisch und nicht jedermanns Geschmack ist. Trotzdem fällt es Romana nicht leicht, Martins Entschuldigung anzunehmen. Ein Handicap ist sein Versöhnungsgeschenk: *Wörthersee*, das erste Machwerk des Künstlers Martin Glück. Was soll sie nur mit diesem Bild anfangen? Martin hat in die grässliche Blauorgie nachträglich eine explodierende Sonne hineingemalt – soll das vielleicht die Rache für die Mittwochabendessen sein?

Wenn sie es annimmt und damit ihre Versöhnungsbereitschaft zeigt, muss sie es auch irgendwo aufhängen. Jedenfalls kann sie das Bild nicht verschwinden lassen, solange Martin hier im Haus wohnt. Romana ist zwar nicht das Feingefühl in Person, aber derart verletzen will sie ihn auch nicht, ihren zornigen, nicht mehr so jungen Mann. Sie hat jedenfalls zunächst einmal pikiert reagiert und offen gelassen, ob sie Entschuldigung und Geschenk annimmt. Damit gewinnt sie etwas Zeit.

***

Während Romana von solchen Überlegungen geplagt ihren Frühstücksespresso trinkt, ist Larissa einige Kilometer entfernt schon abreisebereit. Kurz hat sie überlegt, trotz allem noch wie geplant bis Sonntag zu bleiben, sich dann aber doch entschieden, nach Wien zurückzufahren. Es war dumm von ihr, einen Versöhnungsversuch mit

Martin zu starten, und im Grunde ist sie ganz froh, dass sie ihn gestern Abend mit dem dicken Kärntner Trutscherl erwischt hat. Wenigstens kann sie jetzt ihm die Schuld für das endgültige Scheitern ihrer Ehe zuschieben! Die Abnützungsspuren dieser Beziehung hätten sich auf Dauer nicht weiter schönfärben lassen. Es wäre nur eine Frage der Zeit gewesen. Eine Spur von Wehmut ist trotzdem da.

Schade außerdem, dass aus den Treffen mit der Wörtherseesociety nichts geworden ist. Sie hätte bestimmt den einen oder anderen interessanten Kontakt geknüpft. Jedenfalls will sie sich diesen See und die dazugehörigen Leute noch einmal anschauen, bevor sie abreist. Das Gepäck kann sie bis Mittag im Zimmer lassen, also beschließt sie, das Hotel mit seiner näheren Umgebung in Augenschein zu nehmen. Die Seeterrasse mit dem Restaurant *La Terrasse* hat sie ja beim Frühstück schon gesehen. Jetzt spaziert sie um das Gebäude und die angrenzenden Appartementhäuser herum und landet beim Bootsanlegeplatz. Wie Martin einen Tag zuvor setzt sie sich auf die *Porto-Bello*-Terrasse und beobachtet das Treiben auf dem See.

Besonders beeindruckt ist sie von einem knallroten Ferrari-Motorboot, das soeben anlegt. Ein gut aussehender Mann in mittleren Jahren steigt aus, lässt das Boot von einem Hotelangestellten vertäuen und betritt selbstsicher die Terrasse. Sie begleitet ihn mit ihrem Blick auf seinem Weg zur Bar. Ob das einer der wichtigen Leute ist, die Martin ihr vorstellen wollte? Offenbar spürt der Typ, dass sie ihn anschaut, dreht sich erstaunt zu ihr um, ändert die Richtung und kommt auf ihren Tisch zu.

***

Lily sitzt in ihrem Klagenfurter Büro, kaut an einem Bleistift herum und ist froh, dass sie viel zu tun hat. Ganz kann sie die Gedanken an den gestrigen Abend aber nicht aus ihrem Kopf vertreiben. Saublöd ist diese Küsserei gelaufen. Beschwipst war sie von dem Abend mit diesem ... Ehemann. Dass es eine Frau in seinem Leben gibt, hätte er ihr aber auch früher sagen können. Dann hätt sie sich nicht so blamiert.

Man sollte als Frau eben nie den ersten Schritt machen, wenn man mit einer Abfuhr nicht umgehen kann. Andererseits war es ja nicht wirklich eine Abfuhr, schließlich hat er zurückgeküsst. Aber mit diesem blonden Modeltyp kann und will sie natürlich nicht konkurrieren. Hätte sie ihm gar nicht zugetraut, so eine, wo er doch dauernd von schönen Rundungen schwärmt. Alle Männer sind Lügner, hat ihre Mutter schon gewarnt – als ob das eine Frau davon abhalten würde, sich ihnen an den Hals zu werfen.

Also wieder einmal ein amouröser Fehlgriff. Nichts Neues in ihrem Leben. Diesmal hat die Ernüchterung zumindest schon vor dem eigentlichen Anfang eingesetzt, noch bevor sie viel an Gefühl investiert hat. Natürlich ist sie traurig über das, was hätte sein können und nicht sein wird. Aber als inoffiziellen Ermittlungspartner möchte sie ihn wenigstens behalten, den Glück aus Wien. Das kriegt sie schon hin, sie ist ja kein Teenager mehr.

»Wie geht es Ihnen, liebe Frau Kollegin?«

Das hat ihr gerade noch gefehlt – ihr Verehrer aus der Gerichtsmedizin am Telefon. »Danke, gut«, antwortet sie knapp und lenkt das Gespräch gleich in dienstliche Bahnen. »Gibt's was Neues zu Monika Linde?«

»Nein, nein. Deswegen rufe ich nicht an. Das ist aus meiner Sicht abgeschlossen, den Bericht haben Sie ja. Mein Anruf ist eher, wie soll ich sagen, na ja, ähäm, privater Natur.«

Gott steh mir bei, das kann ich heute grad noch brauchen, denkt Lily und schweigt.

»Ich wollte Sie fragen, also eher bitten, na ja, in Wahrheit also, weil wir ja sozusagen leichentechnisch immer am selben Strang ziehen, also ... einladen vielleicht zu einer Tasse Kaffee ... oder Kakao, wenn Ihnen das lieber ist. Oder natürlich auch Tee, beziehungsweise gern etwas Stärkeres«, lacht er nervös. »Darf ich hoffen?« Er schließt den Satz mit einem erleichterten leisen Seufzer, den Lily aber sehr wohl hört.

Der arme Mann, denkt sie. Er tut ihr richtig leid. »Ja, also im Moment ist es nicht so leicht für mich. Jetzt ganz unter uns: Meine fünfzehnjährige Tochter ist in einer sehr, sehr schwierigen Phase, und da schaue ich, dass ich jede arbeitsfreie Minute mit ihr verbringe. Sie hat ja nur mich und keinen Vater.«

»Eine Vaterfigur täte ihr sicher gut«, erwidert der Leichenbeschauer hoffnungsfroh. »Melden Sie sich einfach bei mir, wenn es Ihnen zeitlich besser ausgeht?«

»Ja, das mache ich«, antwortet Lily und hofft, dass man ihr die Erleichterung nicht anhört. »Danke für Ihr Verständnis. Jetzt muss ich aber zum Oberst, Bericht erstatten über den Fortgang der Ermittlungen.«

»Ich drück die Daumen.«

Kaum hat Lily den Hörer aufgelegt, kommt ein uniformierter Kollege, der ihr mehrere Notizzettel mit Nachrichten bringt. Da waren einige Anrufe von angeblichen Zeugen, die sich bereit erklären, bei der Mordermittlung zu »helfen«. Und dann noch ein Anruf von Alex Bergmann, der wissen möchte, wie lange er sich heute zur Befragung in der Villa Romana zur Verfügung halten soll.

»Können Sie einmal alle angeblichen Zeugen, die da angerufen haben, checken und die ernst zu nehmenden herausfiltern?«

»Alles klar, mach ich. Einen hab ich eh schon ausgeschlossen, Frau Kontrollinspektorin. Der hat nämlich behauptet, er habe gesehen, wie Monika Linde *erschossen* worden sei.«

Sie lächelt nach innen. »Gut gemacht, Herr Kollege.«

Der Polizist salutiert andeutungsweise und verlässt Lilys Büro. Das mit dem Salutieren kommt ihr ein bisschen wie eine Verspottung vor, aber was soll's, vielleicht ist es ihm ein Herzensanliegen.

Als Nächstes ruft sie Alex Bergmann an, um das Gespräch mit ihm um einen Tag zu verschieben und ihn dafür ins Kommissariat zu bestellen. Einen Besuch in der Villa Romana, noch dazu heute, kann sie unter den gegebenen Umständen nicht brauchen. Anschließend muss sie zum obersten Boss und über den Verlauf der Ermittlungen Bericht erstatten. Dann wird sie zu Tamara Sommer ins Puff fahren und ihr auf den Zahn fühlen.

Als Lily nach der Beichte beim Oberst – »Ich ermittle in alle Richtungen« – und dessen Befehl, binnen einer Woche den Täter zu fassen, das Kommissariat verlässt, beschließt sie, Blau von zu Hause abzuholen und ins *Paradies* mitzunehmen. Erstens hat Sophie heute den nachmittäglichen Blau-Dienst verweigert, weil sie angeblich Wichtigeres zu tun hat, und zweitens fühlt Lily sich in dieser männlichen Begleitung etwas wohler.

Blau ist dann auch außer sich vor Freude, als Lily unverhofft am frühen Nachmittag auftaucht. Von Sophie keine

Spur. Auf dem Küchentisch liegt immer noch der Zettel mit der Nachricht »Rechne heute nicht mit meinen Hundesitterdiensten!«, den Lily in der Früh vorgefunden hat. Am Vorabend ist Sophie viel zu spät heimgekommen und hatte auf Lilys Vorwürfe nur freche Antworten parat. Danach verschwand sie in ihrem Zimmer. Ihre Tochter ist im Moment noch verschlossener und abweisender als sonst und selten zu Hause. Jeder Kommunikationsversuch schlägt fehl. Lily dringt mit nichts zu ihr durch und fühlt sich mittlerweile als Mutter auf dem Abstellgleis. Ob mit einem Mann im Haus alles einfacher wäre? Nutzlose Spekulationen. Sie ist auf sich allein gestellt, und so wird es wohl bleiben. Alles, was sie im Augenblick tun kann, ist Schadensbegrenzung.

***

Als Lily gemeinsam mit Blau das *Paradies* betritt, sieht sie sofort Tamara hinter der Bar. Sie ist allein und spielt mit ihrem Telefon. Erst als Lily vor ihr steht und die Dienstmarke zückt, legt sie ihr Handy weg. »Hunde sind hier verboten!«

Lily lächelt zuvorkommend. »Ach kommen Sie, es ist ja noch kein Gast da. Er stellt auch bestimmt nichts an, der Kleine.« Wenn sie nur selbst daran glauben würde. Sie schaut Blau tief und drohend in die Augen, und er legt sich mit Hundeblick zu ihren Füßen.

Tamara scheint sich von dem Schock der ersten Tage erholt zu haben. Sie sieht hübsch aus, mit perfekter Schminke, hochgesteckten Haaren und einem verführerisch engen schwarzen Kleid. Allerdings lächelt sie nicht. »Der Boss ist noch nicht da. Mögen S' einen Espresso? Geht aufs Haus.«

»Was ist das für eine Geschichte mit Alex Bergmann? Sie waren doch mit ihm zusammen, bevor Monika Linde ihn ...«

»... mir vor der Nase weggeschnappt hat. Ja, die Monika hat sich immer genommen, was sie wollte.« Tamara bedient die Espressomaschine und stellt eine Tasse vor Lily auf die Bar. »Natürlich war ich bös auf sie damals, aber irgendwann hab ich ihr verziehen. Der Alex ist zwar hübsch, aber nicht sehr helle. Ein selbstverliebter Beau. Wegen so einem bringt man nicht die beste Freundin um.«

Grundsätzlich ist Lily ihrer Meinung. Sie nickt, trinkt und stellt die Tasse behutsam zurück. »Seit dem Tod Ihrer Freundin haben Sie keinen Kontakt mehr zu ihm?«

»Nein.«

Lily studiert das hübsche, abweisende Gesicht. Das Mädchen lügt. Aber weshalb?

»Wissen Sie, Velden ist wirklich ein Kaff, Pörtschach auch. Sie wurden mit Alex Bergmann gesehen. Gestern erst ...«

Schweigen. Tamara zündet sich umständlich eine Zigarette an, dann bläst sie Lily Rauch ins Gesicht. »Ach ja, gestern. Wir sind uns zufällig über den Weg gelaufen, Alex und ich, und haben ein paar Worte gewechselt. Wie Sie schon sagten: Die Welt ist klein am Wörthersee.«

Lily greift nach der Schale mit Nüssen. Nervennahrung. »Und worüber haben Sie geredet?«

»Ach, dies und das. Wirklich nichts Besonderes.«

Lilys Ton wird um einen Grad schärfer. »Ach ja? Ich denke, Sie beide haben über den Stick geredet, auf dem die Fotos sind, mit denen Monika Gäste aus dem *Paradies* erpressen wollte. Weil ja offenbar jeder hinter diesem Stick her ist. Kennen Sie Monikas vorigen Freund, Andy Winzinger?«

Tamara sieht an Lily vorbei auf den überlebensgroßen weiblichen Akt, der an der Wand hängt. »Sicher kenn ich den. Er ist ja quasi Stammkunde hier.«

»Und wie genau kennen Sie ihn?«

Tamara schüttelt den Kopf. Sie vermeidet Blickkontakt und greift sich an die Nase, wenn sie lügt. Lily weiß, dass viele Leute sich mit Gesten verraten, wenn sie die Unwahrheit sagen. Irgendein Psychokurs in der Polizeischule.

In diesem Augenblick ertönt ein gellender Schrei aus einem der Separees. Während Tamara überhaupt nicht reagiert, rennt Lily instinktiv in die Richtung, aus der der Schrei kam. Blau hinterher. Als sie die erste Tür aufstößt, bietet sich ihr ein bizarres Bild. Ein nacktes männliches Hinterteil, das von einer Frau in altmodischer Lehrerinnentracht gerade mit der Peitsche bearbeitet wird. Mitten im Geschehen ist Blau, der wie wild nach der Peitsche springt.

»Oh Gott, tut mir leid, weitermachen ...« Lily zerrt den widerspenstigen Dackel aus dem Separee und schämt sich gründlich.

Tamara lächelt jetzt, es ist ein schadenfrohes Lächeln. Sie sieht auf ihre Uhr. »So kann man sich täuschen, was? Es kommen bald mehr Gäste. Und die wollen Sie sicher nicht so erschrecken. Sind Sie fertig mit Ihren Fragen?«

Lily versucht den nackten Hintern aus ihrem Gedächtnis zu verbannen. Diese Geschichte wird sie bestimmt niemandem erzählen. »Gleich. Wir gehen davon aus, dass Ihre Freundin wegen dieses Sticks beziehungsweise wegen der kompromittierenden Fotos darauf ermordet wurde. Weil Monika entweder vorhatte, Leute zu erpressen – oder das bereits tat. Wenn Sie diesen Stick haben, Tamara, beschwöre ich Sie, ihn mir zu geben. Weil es für Sie verdammt gefährlich ist, wenn er in Ihrem Besitz wäre. Das wissen Sie doch, Sie sind ja nicht dumm.«

Tamara greift schon wieder zur Zigarettenpackung. Ihre Hände zittern ein wenig. »Nein, ich bin nicht dumm. Ich weiß, warum Alex und Andy sich an mich ranschmeißen. Weil sie denken, dass sie ihn mir gegeben hat. War aber nicht so, ich schwör es. Monika war meine Freundin, aber mit ihren Geschäften hatte ich nichts zu tun. Da hat sie niemandem getraut.«

Das klingt aufrichtig, obwohl Tamara sich jetzt am Handgelenk kratzt. »Wo könnte sie ihn deponiert haben? Irgendeine Idee?«

Tamara lächelt jetzt über Lilys fast flehenden Ton. »Der Scheißstick ... vielleicht liegt er am Grund des Sees? Vielleicht hat sie ihn bei ihrer Großmutter gelassen. Die ist schon ziemlich gaga und lebt in einem Heim irgendwo in der Südsteiermark. Monika hat sie ab und zu besucht. Wär doch ein ideales Versteck, so eine Gruftiburg. Obwohl, keine Ahnung, das Ding könnt ja überall sein ... so, jetzt muss ich mich aber wirklich aufs Abendgeschäft vorbereiten. Der Kaffee geht aufs Haus.«

Lily dankt und legt trotzdem einen Fünfeuroschein auf die Theke. »Wenn Ihnen noch was einfällt, Tamara, rufen Sie mich an. Und passen Sie auf sich auf. Da läuft noch einer rum ...«

»... oder eine«, sagt Tamara und lächelt so verdammt geheimnisvoll, dass Lily sie schütteln möchte, bis die Wahrheit aus ihr herauskommt wie Äpfel, die vom Baum fallen. Doch sie geht schweigend, nachdem sie Blau an die Leine genommen hat. Friedl Winkler wird sie noch mal ins Präsidium bestellen und ausquetschen. Am Tor begegnen ihr zwei Männer, die sie aus der Zeitung kennt. Lily senkt den Kopf, als sie an ihnen vorübergeht.

Auf dem Heimweg erledigt sie noch ein paar Einkäufe und lässt Blau im Auto bellen. Sie wird Sophie heute ihre Lieblingsspeise kochen. Vielleicht ergibt sich beim Essen doch noch ein Gespräch. Aber als sie in die Wohnung kommt, ist es beinahe Abend, und Sophie ist immer noch nicht zu Hause. Ein Blick auf das Telefon zeigt keinen Anruf in Abwesenheit, und auch nach einer SMS ihrer Tochter sucht sie vergebens.

Verdammte Ängste um ein Kind, das von sich denkt, dass es erwachsen ist. Lily weiß, dass es ein Vertrauensbruch ist, aber jetzt kann sie nicht anders: Sie durchstöbert Sophies Schreibtisch, startet den Computer, dessen Passwort sie per Zufall kennt, und schaut im Terminplaner nach, ob für heute Abend etwas eingetragen ist. Tatsächlich findet sie dort eine kryptische Anmerkung: »20.00 Uhr P. C.«

Wer ist P. C.? Sie durchforstet ihr Gedächtnis nach Namen von Sophies Freunden und muss erkennen: Sie weiß nicht mehr, mit wem ihre Tochter verkehrt. Lily loggt sich in den Mailordner ein und beruhigt ihr schlechtes Gewissen mit »Gefahr im Verzug«. Schließlich ist sie Mutter und Polizistin, und vielleicht muss es Sophie ja nie erfahren.

Eine Mail von Jutta. Jutta Kopeinig ist ihr noch ein Begriff. Eine Freundin Sophies aus Kindheitstagen, mit der sie offenbar immer noch Kontakt hält. Jutta musste vor zwei Jahren die Schule verlassen, es wurde von Drogen gemunkelt und dass die Eltern sie in einem Internat untergebracht hätten. Jutta ist jedenfalls kein Kontakt, der Eltern ruhig schlafen lässt.

Die beiden sind heute Abend bei einer »coolen Party mit allem Drum und Dran, E. und sonstiges, du weißt schon« in Reifnitz eingeladen. Gastgeber ist der polizeibekannte Wiener Peter Christian ... P. C.! ..., der schon wegen Drogenhandels und Verführung Minderjähriger vor Gericht stand, doch die Beweise reichten nie für eine Verurteilung. Auch Lily war einmal in eine Ermittlung gegen ihn involviert. Christian dürfte jetzt um die sechzig sein, besitzt in Reifnitz eine protzige Seevilla und fährt einen Bentley. Und er ist Gastgeber ihrer minderjährigen Tochter. Lily greift zum Telefon.

***

Martin ist heilfroh, dass Romana schließlich doch noch seine Entschuldigung angenommen hat, und nach einem weiteren Gespräch mit seiner Mutter fühlt er sich auch in Bezug auf Larissa ein bisschen besser. Am Vormittag haben sie noch einmal miteinander telefoniert, und er hat Lotte den nichtssagenden Inhalt der Akte August Glück erzählt: Es schien wirklich keinen Grund zu geben, am freiwilligen Abgang des Mannes zu zweifeln. Keine weiteren Ermittlungen, Akte geschlossen.

»Na siehst du«, bekräftigte Lotte. Sie schien sich in diesem Punkt immer so sicher zu sein.

Dennoch blieben ihm Zweifel. »Ich weiß nicht, ich kann ja ein bisserl herumrecherchieren, wenn ich schon hier bin.«

»Wenn du nichts Besseres zu tun hast«, sagte sie schnippisch und legte auf.

»Recht hast du! Roll die Sache neu auf. Deine Lily soll dir dabei helfen. Dem August ist was passiert, das spür ich«, stimmt hingegen Romana seinen Plänen zu.

Sie sitzen bei Kärntner Schinkenspeck und südsteirischem Veltliner auf der Terrasse und schauen auf den durch die untergehende Sonne orangerot gefärbten See. Martins Handy klingelt und stört die Idylle. Es ist Lily. Ihre Stimme klingt hysterisch. Sie braucht seine Hilfe.

Kapitel 17

Party am See

Lily fährt, als ob der Teufel hinter ihr her ist, und Martin, eigentlich kein gläubiger Mensch, bekreuzigt sich.

»Er ist ein perverses Schwein, verstehst du?! Einer, der auf ganz junge Mädchen steht und sie vorher mit Drogen vollpumpt. Alkohol. Marihuana, Crack, Kokain. Peter Christian hat alles im Angebot. Einmal, vor zwei Jahren, hat ihn ein Mädel angezeigt wegen Vergewaltigung. Ich war bei den Ermittlungen dabei – und was war? Nach ein paar Monaten hat sie einen Rückzieher gemacht. Behauptet, dass alles nur erfunden war. Mit den Drogen und mit der Vergewaltigung. Kurze Zeit später haben ihre Eltern in Villach ein schönes Haus gekauft. Er war Verkäufer, sie Krankenschwester. Mit welchem Geld also, frage ich dich!«

»Pass auf, die Ampel ist rot!!!!!!!!!!!!!!«

Sie rammt den Fuß ins Bremspedal. »Seh ich doch, ich bin ja nicht blind.«

Martin, dem Erfinder des Sitzgurts dankend, schaut sie von der Seite an. Lily sieht aus wie eine Furie, und ihre Hände umklammern das Lenkrad wie einen Rettungsring. »Soll nicht besser ich fahren?«

»Nein, du schleichst wie eine Schnecke.« Sie tritt aufs Gaspedal und überholt einen Porschefahrer.

»Woher weißt du, wo er wohnt, dieser ...?«

»Christian. Wir haben damals sein Haus observieren lassen. Eine Woche lang. Als nichts passierte, wurde alles wieder abgeblasen. Der Dreckskerl hat Verbindungen – ich wette, der hat davon gewusst.«

Martin wünscht sich vor allem, wieder lebend aus diesem Auto rauszukommen. »Woher hat er das Geld?«

»Der Typ ist hauptberuflich Erbe. Meines Wissens hat der nicht einen Tag in seinem Leben gearbeitet. Jetzt geht er auf die sechzig zu. Seine Partys werden noch wilder – und die Mädchen noch jünger. Scheißkerl!«

»Und wie kommt deine Tochter ins Spiel?«

Lily wirft ihm nur einen kurzen Blick zu, doch er wünscht sich, er hätte nicht gefragt. Dann sieht sie wieder auf die Straße, ihre ganz persönliche Rennbahn.

»Woher soll ich das wissen? Sie redet ja kaum noch mit mir. Eine von Sophies Freundinnen, glaub ich, kennt Peter Christian. Die hat Sophie zu der Party mitgenommen.«

Schweig, Martin! Doch er fragt: »Und woher weißt du das?«

Lily fährt in Reifnitz ein und bremst tatsächlich runter. »Ich hab ihre Mails gelesen. Ja, das tut man nicht. Aber alle tun es – auch die Amis. Und ja, ich schäm mich dafür. Aber *das hier* ist schlimmer!« Lily zeigt auf das Haus, das vor ihnen liegt. Das Tor ist offen, als ob noch Partygäste erwartet würden. Musik ist schon von Weitem zu hören, und vor dem Haus stehen die üblichen Verdächtigen unter den Wörtherseeautos sowie eine Reihe von Oldtimern, die Martin einen sehnsüchtigen Seufzer entlocken. Die Auffahrt ist mit Fackeln erleuchtet.

Lily sperrt den Wagen ab und fühlt mit einer Hand nach der Waffe. Sie gibt ihr ein gutes Gefühl, obwohl sie – außer bei Schießübungen – noch nie benutzt wurde. Dass Martin dicht neben ihr zum Haus geht, fühlt sich ebenfalls gut an.

»Du erschießt ihn doch nicht, oder?«

Er lächelt, Lily versucht es auch. Ein Kellerlächeln. In diesem Augenblick taucht ein Riese auf, schwarz gekleidet und mit verspiegelter Sonnenbrille. Er baut sich vor ihnen auf, als gäbe es keinen Weg an ihm vorbei.

»Haben Sie eine Einladung?«

Lily blickt in die Spiegelgläser. »Nicht direkt.« Sie zückt ihren Ausweis und hält ihn nach oben. »Ich will nur meine Tochter abholen. Und jetzt mach Platz, du Schrank.«

»Seien Sie nicht unhöflich«, sagt er und tritt zur Seite. Lily und Martin laufen zur Eingangstür. Der Geräuschpegel steigt, die Beleuchtung wird intimer. Ein Hauch von Cannabis liegt in der Luft, und auf einer ganz in rotem Lack gehaltenen Bar befindet sich ein überdimensionaler Eisbehälter, in dem Dutzende Champagnerflaschen schwimmen.

In dem riesigen Raum mit den Fenstern bis zum Boden stehen, sitzen, liegen an die fünfzig Partygäste. Am roten Klavier in der Mitte des Raumes sitzt ein Typ im Bademantel, der *Merci, Chérie* singt.

»Der Sound ist ätzend«, sagt ein sehr junges Mädchen zu ihrer Freundin.

»Es ist eine Udo-Jürgens-Mottoparty, du Dummerle«, erwidert die Freundin. »Was mich mehr stört, sind die vielen Gruftis.«

Martin lächelt in sich hinein, bis er im Gesicht des Mädchens liest, dass er für sie auch zu den Gruftis zählt. Lily gibt ihm einen unsanften Rippenstoß. »Ich kann Sophie nirgendwo sehen.« Ihre Stimme klingt ziemlich hysterisch.

»Sicher ist sie draußen im Garten. Beruhige dich, Lily, wir finden sie schon.«

»Dort – siehst du den Weißhaarigen: Das ist Peter Christian.« Sie zerrt Martin in Richtung Garten.

Am Eingang taucht der Schrank auf, offenbar auf der Suche nach seinem Chef. Er teilt die Menge durch schiere Größe.

Der Mann am Klavier spielt seine letzte Note und wartet dann auf den Applaus, der gedämpft ausfällt. Peter Christian klatscht begeistert. Die Menge folgt ihm, weil sie seinen Champagner trinkt. Martin denkt, dass der Gastgeber aus der Nähe nicht mehr so imposant aussieht. Eher wie ein alter Mann mit zu viel Geld und Laster. Wellige, mit Gel in Form gehaltene weiße Haare, ein gebräuntes Gesicht und Zähne, die mit dem blütenweißen Hemd über den Designerjeans konkurrieren. Keine Socken natürlich und italienische Slipper. Die Arbeitskleidung der Wörtherseeplayboys. Doch das Gesicht ist aufgeschwemmt, und die blauen Augen sind trüb.

Lily ist auf einmal nicht mehr neben ihm, Martin schätzt, dass sie in den Garten ist, um ihre Tochter zu suchen. Der Garten, den er nun betritt, ist ebenfalls mit Fackeln erleuchtet und führt zum See. Martin kennt Lilys Plan nicht. Zuerst die Tochter, vermutlich, so würde auch er handeln. Und dann sieht er sie neben dem Bootshaus: Lily, Sophie, ein unbekanntes Mädchen und ein Mann mit Glatze.

Als er näher kommt, fällt die Ähnlichkeit zwischen Mutter und Tochter auf. Nur dass Sophie viel dünner ist und ihre dunklen Haare streichholzkurz trägt. Ein androgyner Typ. Die gleichen Augen. Es riecht nach Cannabis, und im Gras steht eine Flasche Champagner.

»Wer hat *Sie* denn reingelassen?« Der Glatzenmann – weißes Hemd, Designerjeans – stellt sich vor die jungen Mädchen.

Lily schubst ihn unsanft weg. »Ich hole Sophie ab. Ich bin ihre Mutter, und ...« – sie weist auf Martin – »... das ist ihr Vater. Meine Tochter ist minderjährig, und du Drecksack solltest dich schämen, den Mädchen Rauschgift zu geben.«

Sie schnuppert. Es riecht nach Marihuana. Zu Sophie: »Was hast du genommen?«

Sophie sieht ihre Freundin an, doch die zuckt mit den Achseln, von ihr ist keine Hilfe zu erwarten. Sophie ist high, sie hat Angst und ist wütend, also presst sie ihre Lippen zusammen und schweigt. Der Glatzkopf findet die Situation unglaublich uncool und entfernt sich mit samtweichen Schritten in Richtung Haus. Dort singen Partygäste den Refrain von *Griechischer Wein* mit.

Lily bückt sich und hebt einen Joint auf. »Dope. War ja klar.« Sie steckt ihn in die Tasche ihrer Lederjacke.

»Na und?«, zischt Sophie. »Ich bin doch kein Kind mehr. Du gönnst mir gar nichts, Lily. Und wie du mich vor den Leuten hier blamierst!«

In Gegenwart von anderen kommt ihr das Wort »Mutter« nicht mehr über die Lippen, denkt Lily. Das ist okay, aber der Rest eben nicht. »Wir müssen keine große Show abziehen, Sophie. Du kommst jetzt mit uns – und du, Jutta, besser auch. Ich kann dich nach Hause fahren.«

Jutta, die stark geschminkt ist und älter aussieht als ihre Freundin, verzieht das Gesicht. »Nein, lieber nicht. Meine Alten sind ohnehin in Wien. Ist eine echt geile Party.«

»Ich will auch hierbleiben.« Sophie stampft mit dem Fuß auf, doch die Geste wirkt verlangsamt, und ihre Stimme schlurrt ein bisschen. Sie fühlt sich schwindlig und beschämt und könnte Lily umbringen.

»Keine Diskussion.« Martin nimmt Sophie vorsichtig am Arm und schiebt sie in Richtung ihrer Mutter. Zu Jutta: »Du solltest auch mitkommen, gleich wird es hier von Bullen wimmeln.«

»Wie hast du mich überhaupt gefunden?«, fragt Sophie ihre Mutter.

Martin kann sich vorstellen, wie Lily sich jetzt windet. »Das können wir später klären«, sagt er und schaut auf die Uhr. »Wir verschwinden erst einmal durch den Garten.«

»Wer ist das denn überhaupt? Mein Vater doch nicht!? Ich dachte, der ist vor Urzeiten abgehauen.« Sophie lässt sich von Lily ziehen und sieht Martin an.

»Das ist bloß ein Freund, der mir geholfen hat. Er wusste von der Party«, sagt Lily.

Als sie um das Haus herumgehen, erklingt das Lied *Ein ehrenwertes Haus*. Lily muss lachen, vielleicht aus Hysterie und Erleichterung. Martin stimmt ein, und am Ende auch Sophie. Bei Lilys Auto steht der Schrank und tritt höflich zur Seite. »Haben Sie gefunden, was Sie suchten?«

»Ja«, erwidert Lily, während sie den Wagen öffnet. »Danke der Nachfrage.«

Martin steigt hinten ein. »In der Tat. Und nichts für ungut, Sie machen auch nur Ihren Job.«

»Ich hab Ihnen bereits verziehen.« Der Riese lächelt und winkt ihnen zu, bevor er zurückspringt, weil Lily mit Karacho losbrettert.

»Du bist ihm beinah über den Fuß gefahren«, kichert Sophie. Ihre Laune wechselt von Zorn zu Heiterkeit. Die Welt ist jetzt ein lustiger Wattebausch. Sie dreht sich zu Martin um: »Lily ist eine verhinderte Rennfahrerin. Ein Wunder, dass ich noch lebe. Und da regt sie sich wegen ein bisschen Dope auf.«

»Hat euch der Glatzkopf damit versorgt?«

»Das Zeug lag in den Klos herum. Koks auch und irgendwelche Pillen. Die wollt ich aber nicht nehmen.« Sophie lacht. »Peter sagt, damit spart er am Champagner. Er ist ein witziger Typ, aber natürlich uralt. Der könnte mein Großvater sein, haha.«

Lily fährt deutlich langsamer als bei der Hinfahrt. »Eben. Da waren viele alte Männer auf der Party. Und lauter junge

Mädchen. Was denkst du, was die von euch wollen, die Säcke?«

»Sex???« Sophie kann nicht mehr aufhören zu lachen, und das Ganze endet in Schnackerlstoßen. »Glaubst du ... hicks ... im Ernst ... hicks ... dass ich mit solchen ... hicks ... Typen in die Kiste steige ... hicks ...«

»Luft anhalten«, sagt Martin.

»Ich weiß nicht, was du daran so witzig findest.« Lily fährt in die schmale Straße ein, die steil nach oben zu ihrem Wohnhaus führt, und parkt auf ihrem Stellplatz vor dem Haus. »Der Typ hatte schon einmal eine Anzeige wegen Vergewaltigung. Das Mädchen war so zugedröhnt, dass sie sich nicht mehr wehren konnte. Ist das vielleicht zum Lachen?«

Sophie hält die Luft an. Dann lässt sie sie raus. »Mutter und Polizistin«, murmelt sie. »Das ist einfach zu viel.«

Martin steigt zuerst aus und hilft Sophie aus dem Auto. Sie schwankt ein bisschen, und er hält sie fest. Alkohol und Dope sind keine gute Mischung, er weiß es aus Studententagen.

»Mir ist schlecht.« Sophie schafft es an seinem Arm bis zur Wohnung und flieht sofort in die Toilette. Würgegeräusche. Lily geht in die Küche und setzt Teewasser auf. Martin steht unentschlossen im Flur.

»Bleib noch ein bisschen, bitte. Ich fahr dich nach Hause, wenn ich Sophie ins Bett gebracht habe.«

Die Situation ist ihm jetzt unangenehm, er würde lieber gehen. Aber weil Lilys Stimme so flehend klingt, bleibt er. Setzt sich auf einen der beiden Stühle auf dem kleinen Balkon und trinkt aus der Bierflasche, während Lily ihre Tochter zu Bett bringt, ihr Tee einflößt und einen Eimer neben das Bett stellt.

Die Nacht ist lau und sternenklar, und der Mond beleuchtet den See. Kleiner Balkon, großer Blick, und die Wohnung, zumindest das, was er davon gesehen hat, entspricht seinen Erwartungen. Sie ist ebenso wenig durchgestylt wie Lily. Das findet er wunderbar. In Larissas Wiener Wohnung hat er sich überwiegend wie ein Besucher gefühlt. Na ja, auch erledigt, irgendwann demnächst wird er seinen Kram aus der Wohnung holen müssen. Panta rhei. Alles fließt.

Lily setzt sich zu ihm, auch eine Flasche Bier in der Hand. »Sie schläft«, sagt sie. »Danke für alles. Wir kennen uns nicht lange, aber du bist ein guter Freund geworden.«

»Danke auch.« Martin hat keine Ahnung, was er jetzt sagen soll, und beschließt, das Thema zu wechseln. »War das jetzt alles mit Peter Christian? Nur Sophie rausholen und basta?!«

Lily sieht ihn überrascht an. »Aber nein. Natürlich hab ich die Drogenfahndung informiert, die sind gleich nach uns angerückt.«

»Sie ist nett, deine Tochter«, sagt Martin.

Lily wischt sich Bierschaum von den Lippen. »Findest du? Ja, manchmal lieb ich sie sehr.«

»Du bist keine schlechte Mutter. Und auch keine schlechte Polizistin. Soweit ich das beurteilen kann. Küssen kannst du auch.«

»Den Kuss«, sagt Lily mit belegter Stimme, »wollen wir vergessen. Hat dieser Drecksack nicht ein wundervolles Haus? Es sind immer die Falschen ...«

»Ja. Richtig schön. Und im Wohnzimmer hängen zwei Herschels – wie bei Winzingers. Ich hab sie nicht aus der Nähe gesehen, aber der Stil ist unverkennbar. Erstaunlich, wie viele Herschels es hier am See gibt. Die Brüder sind doch von den Nazis verfolgt und ihre Kunst beschlagnahmt worden – vieles wurde vernichtet.«

Lily sieht ihn gelangweilt an. »Da musst du Landauf befragen, der ist doch ein Herschel-Spezialist oder jedenfalls für die Künstler dieser Stilrichtung. Ich bin nicht ganz sicher, aber ich meine, er hat das Werkverzeichnis der Brüder verfasst. Frag ihn doch, wenn du ihn triffst. Geht er nicht bei Romana ein und aus? Wo ist Romana überhaupt?«

»Wieder hier. Sie war bei einer Verwandten in Wien. Wusstest du vorher, dass sie eine Spielerin ist?«

Lily steht auf. »Eins noch? Ja, man munkelt, dass Flock ihre Spielsucht finanziert.« Sie verschwindet in der Küche und kommt mit zwei Bierflaschen zurück. »Viele ältere Frauen gehen ins Casino, weil das der einzige Kick ist, den sie noch kriegen. Die Frage ist nur, was Romana macht, wenn Flock aufhört, sie zu finanzieren. Oder stirbt. Andererseits: Ist nicht mein Problem.«

»Nein«, sagt Martin. »Du bist noch jung. Du wirst bestimmt noch den Mann deines Lebens finden. Du weißt schon, die zweite Hälfte, die irgendwo existiert.«

Ihr Blick ist unergründlich grün. »Ach ja? Alle Erfahrungen sprechen dagegen.«

Martin schweigt. Er trinkt sein Bier und schaut auf den schwarzen See und die Lichter, die rundherum langsam ausgehen. »Ich glaub, es wird Zeit, Lily. Du musst nicht mehr fahren, ich ruf einfach ein Taxi.«

»Aber …«

»Aber nein. Geh schlafen. Es war ein langer Tag. Und morgen solltest du mit Sophie reden, ganz entspannt. Vielleicht raucht ihr den Joint zusammen, den du eingesteckt hast …«

Bevor sie etwas sagen kann, ist er aus der Tür. Ruft per Handy ein Taxi und geht die steile Straße hinunter dem Wagen entgegen. Er ist müde, sein Fuß schmerzt ein wenig, und seine Gedanken schlagen Purzelbäume.

Kapitel 18

Die Goldader

»Ehrlich gesagt war mir diese Erpressungsnummer immer unheimlich. Die Monika war jung, hübsch und gescheit, die hätt ihr Geld auch ehrlich verdienen können.«

Lily misstraut Zeugen, die ihre Sätze mit »Ehrlich gesagt« beginnen. Alex Bergmann sitzt ihr im Büro gegenüber und spielt mit einem Ring, den er an der rechten Hand trägt. Eine Art Siegelring – soll der ihn etwa interessanter machen? Er schaut wirklich gut aus. Er ist nervös. Und er lügt.

»Womit verdienen Sie eigentlich Ihr Geld, Herr Bergmann?«

Geht dich nichts an, du blöde Kuh, denkt Alex. »Gelegenheitsjobs, Frau Kontrollinspektorin. Modeln hier und da, manchmal helf ich auch als Kellner aus. Ich bin da bei so einer Agentur registriert und ganz flexibel. Bei der letzten Flock-Party zum Beispiel, da hab ich Getränke serviert. Es gibt ja einen Haufen Feten in der Saison.«

»Nennen Sie mich einfach Frau Prokopp. Und davon können Sie leben?«

Alex lächelt schief. »Na ja. Ehrlich gesagt könnt es besser sein. Aber bei der Frau Petuschnigg wohn ich so gut wie umsonst, weil ich in dem alten Kasten alles Mögliche reparier. Man kommt so über die Runden.«

Lily klopft mit dem Bleistift auf ihren Schreibtisch. Direkter Blickkontakt. »Und Sie waren nicht in Versuchung, sich an Monikas Nebenerwerb zu beteiligen? Bestimmt interessant für jemanden, der von der Hand in den Mund lebt.«

Er dreht die Augen zum Himmel. »Wie oft hab ich es schon gesagt: Ich hatte nichts mit Monikas Geschichten zu tun. Für die war ich ein hübsches Betthaserl, mehr nicht. Sie hat nicht gern geteilt …«

»Auch nicht mit ihrer besten Freundin? Tamara Sommer?«

Alex wünscht sich weit weg. Zum Beispiel auf die Bahamas. Das Büro ist klein und stickig, und er hat es nicht gern, wenn er schwitzt. Das zerstört den Gesamteindruck und hinterlässt Flecken auf dem weißen T-Shirt. Es ist tailliert, damit man seinen Waschbrettbauch bewundern kann. Die Kontrollinspektorin hat auch schon draufgeschaut, er hat es genau gesehen. »Woher soll ich das wissen? Eher nicht, würd ich schätzen. Wie gesagt: Monika teilte nicht gern.«

»War Tamara sehr eifersüchtig?«

»Na ja, schon. Sie war stinksauer wegen Monika, aber komischerweise mehr auf mich. Auf Monika ließ sie nichts kommen, die beiden waren wie Pech und Schwefel. Weshalb jetzt auch jeder denkt, dass Tamara diesen blöden Stick hat.«

»Wie haben Sie von dem Stick erfahren? Von Monika?«

»Nein. Der Andy Winzinger ist doch bei mir eingebrochen und hat ihn gesucht. Und natürlich nicht gefunden. Also dacht ich mir, dass die Tamara ihn hat. Aber die sagt logischerweise Nein.«

»Wieso logischerweise?«

Alex grinst jetzt eine Spur überheblich. »Na, weil sie, wenn sie ihn hätte, das nicht zugeben würde, oder? Weil sie das erstens verdächtig macht, und zweitens könnt sie das Material, das auf dem Stick ist, ja auch selber nutzen. Das Kunststudium, das wusste Monika, ist brotlos, wenn man nicht die besten Beziehungen hat …«

»Wie war das ganz genau an ihrem letzten Abend? Monika war, wie Sie ja zugeben, noch bei Ihnen. Sie kam von

Dr. Landauf herüber in die Villa Romana. Frau Petuschnigg hat Monika in der Halle gesehen, wie sie in Ihr Zimmer ging. Erinnern Sie sich, wann genau das war?«

Alex sieht auf seine Uhr. »Auf die Minute kann ich's nicht sagen. Es war kurz nach sieben Uhr. Die Monika war total aufgekratzt. Sie wollte Champagner trinken, aber ich hatte nur Bier im Kühlschrank. Dann hatten wir Sex. Sie hat sich zurechtgemacht und ging wieder. Weil sie eine Verabredung in Velden hatte. Das muss nach halb acht gewesen sein, ich hab nicht auf die Uhr geschaut.«

Schneller Sex, denkt Lily, beugt sich vor und fixiert ihn mit den Augen. »Eine Verabredung mit wem und wo?«

Achselzucken. »Wie gesagt, ich weiß es nicht. Ich hab sie auch nicht gefragt an dem Abend. Ich konnt ja nicht wissen, dass sie umgebracht wird.«

»Warum war sie so aufgekratzt?«

Alex legt seine Stirn in Denkerfalten, was nicht ganz gelingt. »Sie sagte irgendwas von einer Goldader, auf die sie gestoßen ist. ›Goldader‹ – an dieses Wort kann ich mich genau erinnern. Aber wer und was, das wollte sie mir nicht verraten. Wenn's ums Geld ging, kannte Monika keine Liebe.«

»Schade«, sagt Lily. »Wenn wir das wüssten, wären wir schon ein gutes Stück weiter.«

»Oder wenn Sie Monikas Stick hätten.« Alex lächelt wie ein kleiner Bub, der seine erste Rechenaufgabe gelöst hat. »Wissen Sie, was ich glaube, Frau Kontrollinspektorin?«

Nein, aber du sagst es mir gleich, denkt Lily.

»Ich glaube, dass der Mörder ihn hat, diesen Stick.« Alex sieht sie triumphierend an.

Lily rollt mit ihrem Stuhl ein Stück nach hinten und öffnet das Bürofenster. Der Zeuge hat genug geschwitzt, und ihr wird langsam ebenfalls warm. »Da sind wir auch schon draufgekommen, Herr Bergmann. Der Stick ist ja wirklich das perfekte Mordmotiv, nicht wahr? Er könnte viel Geld wert sein. Mord hat fast immer mit Geld oder Liebe zu tun.« Außer bei Psychopathen. Aber im Fall Monika Linde tippt sie eher auf Geld. Und falls Alex Bergmann den Mord begangen hat, hätte er viel mehr im Kopf, als sie ihm zutraut. »Eine Frage hab ich noch: Was wollte Monika bei Dr. Landauf?«

Alex seufzt. »Sie hat eine Seminararbeit über Herschel geschrieben, dazu wollte sie ihn interviewen. Der Mann ist doch selbst ernannter Herschel-Experte. Fast alle Bilder, die verkauft wurden, gingen durch seine Hände.«

»Und? Hat er ihr weitergeholfen?«

»Keine Ahnung. Über Kunst hat sie nie mit mir geredet. Monika hielt mich für ziemlich blöd. Was wiederum damit zu tun hat, dass sie sich für sehr gescheit hielt. Sie hat ganz schön unter Selbstüberschätzung gelitten, die Monika.«

»Sie wollte Dr. Landauf nicht erpressen? Der war doch auch relativ häufig im *Paradies* ...«

Alex lacht. »Na und? Der ist Junggeselle und niemandem Rechenschaft schuldig über seine Vorlieben. Hab ich ihr auch gesagt. Nein, nein, es ging ihr wirklich um ihre Arbeit – und diesen Maler. Monikas Traum war es, nach einer Weltreise eine Galerie aufzumachen. In Wien.«

Lily schließt das Fenster wieder, weil der Straßenlärm nervt. »Für beides braucht man einen Haufen Geld.«

»Schon. Aber Monika war ganz sicher, dass sie es schafft. Und dann – *päng* – ist alles vorbei.«

Ein *Päng* war es nicht, denkt Lily. Erdrosseln ist leise, viel schmerzvoller, und du versuchst noch, dich zu wehren, aber nur kurz, weil dir die Luft fehlt und du schnell die Besinnung verlierst. Monika hatte nur ein paar Sekunden, um zu begreifen, was mit ihr geschah.

»Das war's vorerst, Herr Bergmann. Ich lass das jetzt schnell abtippen, dann unterschreiben Sie Ihre Aussage und können gehen.«

***

Alex fährt Autostopp von Klagenfurt nach Velden und lässt sich an der Tankstelle nahe der Villa Romana absetzen. Sein in die Jahre gekommener Clio hat heute früh gestreikt, Taxifahren kann er sich nicht leisten, und Öffis hasst er. Er ist froh, die Vernehmung hinter sich gebracht zu haben. Die Prokopp stellte blöde Fragen, die er meisterlich pariert hat. Viele Leute denken, dass schöne Männer schlichte Gemüter sind. Na, vielleicht ist er nicht der große Intellektuelle, aber ein Depp sicher auch nicht. Und manchmal ist es ganz praktisch, wenn die Leut einen unterschätzen.

Als er in die Villa Romana kommt, hält er für einen Augenblick die Luft an. Das Bild von Martin Glück, das er an prominenter Stelle in der Halle anbringen musste, schockt ihn aufs Neue. Das hat der Wörthersee nicht verdient. Romana muss verrückt geworden sein, es dort statt auf dem Klo oder im Keller aufzuhängen. Er dreht den Kopf weg, als er vorbeigeht, holt sich ein Bier aus dem Kühlschrank und schlendert in den Garten. Unten am Bootshaus sitzen Romana und Martin, und – ob sie wollen oder nicht – er gesellt sich dazu.

»Na, hat sie dich g'scheit gegrillt, die Kontrollinspektorin?«, fragt Romana.

»Na ja, war schon okay«, brummt Alex. »War nur blöd, dass ich so früh aufstehen musste nach der Party beim Flock.«

Martin wendet sich ihm zu, er sieht überrascht aus. »Warst du eingeladen?«

»Na geh! Ich hab gekellnert. Musst nicht denken, dass irgendeiner von den reichen Säcken mir ein Trinkgeld gegeben hätt. Das Salär für sechs Stunden, das war's.«

Romana sieht ihn mitleidslos an. »Musst dir halt a reiche Alte suchen, Alex. Gibt doch genügend Witwen am Wörthersee.«

»Ich hab eh schon mit dem Golfspielen angefangen.«

»Und wie war das beim Flock?«, fragt Martin neugierig. »Ich kenn bisher nur den Palast vom Winzinger.«

»Zweimal so groß und dreimal so protzig«, sagt Alex. »Überall Kameras, und über zehn Leibwächter waren es bestimmt bei der Party. Hugo Flock hat eine Scheißangst, dass er entführt wird.«

»Ist ja nicht unberechtigt.« Romana mag es gern, Alex herunterzuputzen. »Und protzig würd ich die Villa nicht nennen. Es stehen halt viele Antiquitäten herum, die er in aller Welt gesammelt hat. Aber davon verstehst du nichts.«

»Und Bilder«, ergänzt Martin. »Er hat doch die größte Herschel-Sammlung überhaupt, oder?«

»Die hat ihm der Richard aufgeschwatzt«, unterbricht ihn Romana. »Hugo hat es mehr mit den Alten Meistern, aber Richard meinte, dass die Herschels eine gute Investition sind. Außerdem hat er sie damit dem Winzinger vor der Nase weggeschnappt, solche Sachen haben ihn immer schon erfreut.« Zu Alex: »Und was sagst du zu Hugos Frau, dieser ... Krankenschwester?«

An ihrem Tonfall erkennt Alex, dass er jetzt mit Bedacht antworten sollte. »Na ja, ist halt so eine Funzn. Das Gewand, das sie anhatte ... ehrlich, Romana, das war das Letzte: lauter Rüschen, oben und unten, vorn und hinten, in so einem blassen Lila, das jede Haut fahl macht, und auf der

Lockenfrisur hat sie ein Diadem getragen ... die sah aus wie Dornröschens ältere Schwester ...«

Romana lächelt auf den See hinaus. Martin hat Alex durchschaut, der ihm zuzwinkert. »Wie man sich bettet, so liegt man«, sagt Romana mit einem abschließenden Seufzer. Offen bleibt, wen sie damit meint, und die beiden Männer wagen nicht zu fragen.

Sie alle hängen Gedanken nach, die das Licht des Tages scheuen. Der See schimmert grün, und die Sonne zaubert glitzernde Punkte auf die Wasseroberfläche. Die Ruhe der Vorsaison liegt noch über allem, eine wundervolle Stille – bis die Polkaklänge einsetzen, Ramtata und Tätarä; Romana reckt die Faust gegen das Nachbargrundstück.

Sie flüchten ins Haus, alle drei, und Martin überlegt, einen Spaziergang zu machen, irgendwohin, wo er keine Volksmusik hören muss. Er holt seine Jacke aus dem Zimmer und geht vor die Tür, als ein scheußliches Geräusch die Musik übertönt. Martin sieht einen gelben Maserati, der gegen den linken Pfeiler des Gartentors knallt, zurücksetzt und dann den rechten touchiert – mit einem Knirschen von Blech auf Stein. Den Fahrer scheint es nicht zu stören, er gibt Gas und rast auf Martin zu, der sich mit einem Sprung in die Büsche rettet. Danach hört Martin quietschende Bremsen.

»Was zum Teufel ...« Er rappelt sich auf.

Im Auto sitzt Maresa Winzinger. Sie lässt das Fenster heruntersurren, als er auf den Wagen zugeht.

Martin wischt sich Blütenstaub von der Jacke. »Bist du komplett wahnsinnig geworden. Du hättest mich beinah umgebracht.«

»Hab ich aber nicht«, faucht sie zurück. »Ich bin dieses depperte Auto nicht gewohnt. Meins ist in der Werkstatt.«

Kein Wunder, denkt Martin, so wie die fährt. Maresa sieht aus wie eine Furie, und das Augen-Make-up ist vom Weinen verschmiert. Ihre Stimme klingt mehr als hysterisch: »Ist Tamara zufällig da? Ich such die Schlampe!«

»Nein, ist sie nicht. Warum?«

Maresa greift auf den Beifahrersitz und drückt Martin die Kärntner *Krone* in die Hand. Sie zeigt auf das Farbfoto. »Da – erkennst du das Luder? Und daneben meinen Mann, diesen ... Oberbetrüger? Aber was noch viel schlimmer ist: Wohin hat er sie mitgenommen, die Hure? Jawohl! Zur Party bei Flock. Nicht seine Frau, oh nein ... diese kleine Schlampe ... Das wird er mir büßen! Aber sie auch! Die Monika war nicht die Letzte ihrer Art, die in den See gefallen ist.«

Nach diesen Worten tritt sie aufs Gas, und Martin einen vorsichtigen Schritt zurück. Mit quietschenden Reifen fährt Maresa Winzinger in Richtung Tor und passiert es diesmal ohne Blechschaden. Weg ist sie, und er steht da mit einer Zeitung in der Hand. Ein schönes Foto: Tamara lächelt strahlend in die Kamera, während Andy Winzinger eher überrascht aussieht.

Er geht zum Tor und macht mit seinem Handy Fotos von den Schäden auf beiden Seiten. Eine Nahaufnahme von dem gelben Lack, der auf der Mauer klebt. Maresa hat Unfallflucht begangen. Er wird es Romana erzählen und ihr überlassen, ob sie Maresa anzeigt oder ihr nur die Reparaturrechnung präsentiert. Vermutlich Letzteres – mit einem saftigen Aufschlag.

Merkwürdig: Winzinger muss doch damit gerechnet haben, dass da jemand fotografiert. Wie konnte er nur so dumm sein, Tamara auf diese Party mitzunehmen anstelle seiner Frau. Das muss eine furchtbare Demütigung sein, und Martin kann verstehen, dass Maresa vor Wut außer sich ist. Ihr abschließender Satz war dennoch seltsam: Nicht die Letzte ihrer Art im See? War das eine Art Geständnis?

Martin gibt den Spaziergang auf und geht zurück zum Haus, begleitet von Kärntner Volksmusik. Er schließt die Tür. In der Eingangshalle, unter seinem Erstlingswerk, ruft er Lily an. Vielleicht kann sie sich einen Reim auf Maresas Satz machen.

Kapitel 19

Die Last mit der Lust

Vorsichtig setzt Martin einen Fuß vor den anderen. Es ist mehr Walken als Joggen, aber immerhin ein Anfang. Und es tut fast nicht weh. In gemächlichem Tempo trottet er auf diese Weise den Weg zwischen Eisenbahn und See dahin und fühlt sich großartig. Er freut sich ungemein, dass er ab sofort sein morgendliches Sportprogramm mit Schwimmen und Hanteltraining um eine gemütliche Laufrunde ergänzen kann. Das Schwimmen im seidigen Seewasser bedeutet Streicheleinheiten für Körper und Seele, mit dem Hanteltraining spürt er seine Muskeln auf angenehme Weise, und das Laufen macht den Kopf frei. Genau das braucht er jetzt. Einen klaren Kopf.

Lily scheint überfordert. Immerhin ist Maresa ihre Schulfreundin, außerdem ist ihr Nervenkostüm im Moment ohnehin hauchdünn. Die Probleme mit Sophie, der Druck durch die Vorgesetzten, und überhaupt der ganze Fall, der ihr ein bisschen über den Kopf wächst. Also hat er vorgeschlagen, im Alleingang aktiv zu werden. Heute wird er Tamara befragen. Da er sie kennt, wird sie sich ihm vielleicht eher öffnen als einer offiziellen Ermittlerin. Die Befragung durch Lily hat ja nicht sehr viel gebracht. Er muss schnellstens herausfinden, ob Monika oder Tamara je von Maresa bedroht wurden.

Am Vormittag stehen die Chancen gut, sie – schlafend oder schlaftrunken – zu Hause anzutreffen. Überraschungsbesuch.

Als er wenig später frisch geduscht auf dem Weg nach Klagenfurt ist, fühlt er sich wie neugeboren. Sein Körper gehört wieder ihm! Vielleicht kann er demnächst sogar mit Lily den Salsakurs besuchen? Beim Gedanken an sie und ihren zarten Kuss setzt sein Herz einen kurzen Schlag aus. Soll er? Jetzt, da die Trennung von Larissa sozusagen fix ist?

Er ist so in seine Gedanken versunken, dass er an dem Haus in der 10.-Oktober-Straße glatt vorbeifährt. Obwohl es davor einen Parkplatz gegeben hätte. Also dreht er noch eine Runde, und wie nicht anders zu erwarten, ist der Parkplatz bei seiner Rückkehr besetzt. Schließlich stellt er den Wagen in der Nähe des Benediktinermarktes ab und beschließt, später dort noch einzukaufen. Zum Wohl aller Bewohner der Villa Romana könnte ja er mal das Kochen übernehmen.

Superlage mitten im Zentrum, aber ein sehr renovierungsbedürftiges Haus, stellt er fest, als er die morsche, unverschlossene Holztür, die in einen ungepflegten Flur voller Gerümpel führt, aufstößt. Da ist die Villa Romana ja top in Form dagegen! Die alten Treppen knarren, als er in den ersten Stock hinaufsteigt. Neben der Wohnungstür bröckelt der Putz von der Wand. Wäre sie nicht ermordet worden, wäre Monika aufgrund ihrer außertourlichen Einkünfte hier vermutlich bald ausgezogen. Da es keine Türglocke gibt, klopft er. Zuerst höflich und sachte. Dann etwas lauter. Schließlich schlägt er mit der Faust gegen die Tür. Keine Reaktion.

Also wählt er Tamaras Handynummer und hört aus der Wohnung die Melodie von *Over the Horizon*. Das Telefon ist also da, Tamara nicht. Oder will sie nicht öffnen? Vielleicht hat sie nur das Handy daheim vergessen ... Trotzdem macht sich ein ungutes Gefühl in ihm breit. Aber ein Aufbrechen der Türe ist natürlich nicht gerechtfertigt. Vielleicht ist sie nur schnell zum Markt frühstücken gegangen? Dort könnte er sie ja sogar »zufällig« treffen.

Martin kauft beim Fleischhauer auf dem Markt einen Tafelspitz, an den Gemüseständen Wurzelgemüse, Kartoffeln, Zwiebel und »Strankalan«, wie grüne Bohnen in Kärnten genannt werden, dann noch Kren und Äpfel. Anschließend bummelt er an den Fressstandeln vorbei, entdeckt aber nirgends eine Spur von Tamara. Nachdem er seine Einkäufe im Auto verstaut hat, startet er einen neuerlichen Versuch an Tamaras Wohnungstür. Wieder vergeblich.

Er nimmt sich vor, abends im *Paradies* anzurufen. Vielleicht hat Tamara ja Dienst.

***

Das Fleisch köchelt gemeinsam mit dem Gemüse in der Suppe vor sich hin, Martin hat die »Strankalan« bereits geputzt, und die Kartoffeln stehen gekocht und grob gehobelt zum Rösten bereit, ebenso die gehackten Zwiebel. Um halb acht sollte gegessen werden. Sowohl Alex als auch Romana waren begeistert, als er ihnen von seinem heutigen Kochvorhaben erzählte. Er ist gerade dabei, die gerissenen Äpfel für den Apfelkren mit Zitronensaft zu beträufeln, um zu verhindern, dass sie sich braun verfärben, als es von der Decke direkt auf den Küchentisch tropft – und zwar genau in die Schüssel mit den Äpfeln.

»Aaalex!!!«

Der Retter in häuslichen Notsituationen meldet sich nicht auf den Hilferuf. Auch Martins lautes Klopfen an dessen Zimmertür bleibt unbeantwortet. Welches Zimmer befindet sich genau über der Küche?, fragt sich Martin. Es muss Zimmer vier sein, in dem das Berliner Ehepaar gewohnt hat. Er geht zu Romanas Büro, an dessen Tür allerdings das Schild »Bitte nicht stören« hängt. Es könnte Flock bei ihr sein, also wird er sie lieber in Ruhe lassen. Er will es sich mit ihr nicht verderben, immerhin braucht er ihre Fürsprache, um in Flocks Anwesen die Herschels besichtigen zu dürfen. Das hat er nämlich vor, sobald er Tamara befragt hat.

Da es im Hause Romana keine Schlüssel und somit keine versperrten Türen gibt, ist es ohnehin leicht, das Zimmer über der Küche zu begutachten. Auch ohne Romanas Einverständnis. Oben angekommen, genügt ihm ein Blick, um die kritische Stelle zu eruieren: Es ist das WC, das sich genau über dem Küchentisch befindet. Tja, unter diesen Umständen wird er a) den angefangenen Apfelkren wegwerfen und b) Romana doch bei ihrem möglichen Tête-à-tête mit Flock stören müssen.

Er klopft leise an die Tür. Als von drinnen keine Antwort kommt, zählt er bis drei und öffnet sie. Romana sitzt mit dem Rücken zu ihm. Auf dem Computerbild vor ihr laufen Sexbilder. Erst jetzt hat sie ihn bemerkt und dreht sich um. Hastig versucht Romana, die Seite zu wechseln, drückt auf die falsche Taste und gerät zum nächsten Bild. Und das überrascht ihn doch: Auf dem Bildschirm sitzt Landauf, wie Gott ihn schuf, und vor ihm kniet eine »Krankenschwester«, die ihm an höchst sensibler Stelle eine »Spritze« verabreicht. An der Wand hinter den beiden ein Poster mit dem Mohnblumenlogo des *Paradies*.

Der Stick, denkt Martin! Er traut ihr ja einiges zu, aber *das* überrascht ihn doch.

***

»Ich schwöre, Martin, ich habe mit dem Mord an Monika Linde nichts zu tun!«, beteuert sie so kleinlaut, wie er sie noch nie erlebt hat. Sie sitzen in ihrem Büro, Romana am

Schreibtisch, Martin auf dem Fensterbrett. Sie mit einem Stamperl ihres schrecklichen Kräuterlikörs vor sich, Martin mit einem Glas Whisky in der einen und Gummibären in der anderen Hand.

»Ich hab halt zufällig den USB-Stick gefunden, hinter dem alle her sind.« Ein Anflug von Stolz schwingt in ihrer Stimme mit.

Martins Sarkasmus ist unüberhörbar: »Und wo, bitte schön, willst du ihn zufällig gefunden haben? Erzähl mir jetzt kein Märchen! Bitte.«

Romana überlegt, welche Wahrheiten zumutbar sind. »Also gut. Ich hab gehört, wie die Monika dem Alex bei dem Streit vorwarf, er habe ihre Handtasche nach dem Stick durchsucht. Ich bin ja nicht taub, und sie hat schwer gebrüllt.«

»Und dann hast du danach gesucht. Warum eigentlich?«

Romana versucht ein Lächeln. «Aus Liebe, aber das verstehst du nicht.«

»Komm mir nicht mit solchen Sprüchen, Romana. Hast du ihn bei Alex gefunden?«

»Nein, der hatte ihn nicht.«

Jetzt wird Martin böse. »Lass dir nicht jedes Wort aus der Nase ziehen! *Wo* war der Stick, verdammt noch mal?«

»Bei der Oma«, sagt Romana leise.

»Bei welcher Oma, zum Teufel?«

»Na, bei der Großmutter von Monika. Im Altersheim. Dort hab ich ihn in einer kitschigen Muschelschatulle gefunden. Du weißt schon, so eine, wie man sie in den Ferienorten an der Adria kaufen kann, grässliches Ding.«

Da hätten sie eigentlich auch draufkommen können! »Wie hast du das wieder rausgekriegt?« Er erinnert sich, dass Tamara diese Oma Lily gegenüber erwähnt hat.

Romanas Stimme wird fester und klingt beinahe so, als wäre sie stolz auf sich. »Also, ich geh ja hin und wieder in Velden ins Casino, und dort treffe ich öfter die Frau Lackinger, eine Pflegerin, die in einem Altersheim in der Südsteiermark arbeitet. Bei unserem letzten Treffen ist sie auf den Mord zu sprechen gekommen und hat erzählt, dass sie die Monika Linde gekannt hat. Die sei so eine nette Enkelin gewesen, die ihre Großmutter sogar im Heim besucht hat. Besonders in letzter Zeit, und da haben sie immer gemeinsam Fotos und Andenken angeschaut, die in einer Muschelschatulle aufbewahrt waren. Da ist mir dann spontan die Idee gekommen, dass sie den Stick vielleicht dort versteckt hat.«

»Hat dir nicht vielleicht die Tamara von der Großmutter erzählt?«

»Wer?«, fragt Romana ehrlich erstaunt.

»Lassen wir das. Dann bist du also in die Südsteiermark gefahren, als du offiziell bei deiner kranken Cousine in Wien warst!«

Romana windet sich ein bisschen in ihrem Bürosessel und streicht mit leicht zittrigen Händen unsichtbaren Staub vom Schreibtisch.

»Na schön, ich war bei der Oma. Die ist schon reichlich gaga und hat gar nicht gemerkt, dass ich den Stick aus der Schatulle genommen hab. Es war wirklich ganz einfach.«

»Soll ich dir jetzt gratulieren? Das ist Diebstahl, Romana. Und was wolltest du mit dem Teil? Monikas Erpressungen weiterführen?«

Jetzt wirft sie ihm einen beleidigten Blick zu. »*Das* glaubst du von mir? Ich und Erpressung? Pfui, Martin Glück. So was hätte ich nicht von dir gedacht.«

Als sie sieht, dass es ihr gelungen ist, Martin mit diesem Vorwurf zu irritieren, fährt sie gelassener fort: »Ich hab es für den Hugo getan, was denn sonst? Aus Liebe eben.«

»Hugo Flock ist auch auf dem Stick?«

Romana schwimmt rettenden Ufern entgegen. »Nein, natürlich nicht. Aber der Bürgermeister von Gitsching, der Dobler. Das hab ich früher einmal bei einem Gespräch zwischen Monika und Alex gehört, wie die sich lustig gemacht haben über den Dobler. Der Hugo hätte mit den Fotos vom Dobler halt ein Argument in der Hand gehabt, um den Zuschlag für das Grundstück zu kriegen. Erpressung wär das natürlich keine gewesen.« Romana lacht plötzlich laut auf. »Den Dobler musst du dir anschauen, Martin. Im Landlerzimmer, wo die Jagdtrophäen von der Wand aus zuschauen und zwei Mädels im Dirndl ihn …«

Martin will sich gemeinsam mit Romana keineswegs Pornografisches ansehen, sondern verlangt den Stick. Kategorisch, als Romana zögert. »Soll ich die Kontrollinspektorin anrufen? Her damit, sonst kann ich für nichts garantieren!«

Romana sieht ihn beinah hasserfüllt an, er wusste gar nicht, dass sie so schauen kann. Aber sie gibt ihm den Stick. Martin kann ihn gerade noch in der Hosentasche verschwinden lassen, als Alex das Büro betritt. »Ja, was macht's ihr denn da bei ›Bitte nicht stören‹, während unten alles verbrennt?«

Verdammt! Martin springt auf und rast in die Küche. Der Geruch sagt alles. Im Suppentopf ist der Tafelspitz arg geschrumpft, und die Glasschüssel mit den geriebenen Äpfeln auf dem Tisch ist mit dem von der Decke getropften Wasser gefüllt.

Während Martin den Topf vom Herd zieht und das Fenster aufreißt, bleibt Romana cool: »Na, dann halt Pizza!«

Im gewohnten Befehlston zu Alex: »Schau in Zimmer vier nach, was da los ist. Das Wasser muss von dort kommen. Und reparier das gleich, bevor wir essen.«

Als sie zum Telefon geht, um Pizza zu bestellen, ruft Martin ihr nach: »Nur noch eins, Romana: Du kannst mir doch sicher organisieren, dass ich beim Hugo Flock die Herschel-Sammlung anschauen darf, oder?«

Wenn sie die Frage als Erpressung verstanden hat, lässt sich Romana nichts anmerken. Sie nickt nur und dreht ihm dann den Rücken zu.

***

Nach dem Pizzaessen ruft Martin im *Paradies* an und fragt, ob Tamara Sommer heute Dienst habe. »Ja, Dienst schon. Aber nix kommen. Auch nicht anrufen. Weiß nicht. Jetzt ich einspringen«, erklärt ihm eine Angestellte freundlich. »Ich helfen?«

»Nein, danke«, sagt Martin und legt auf. Wo zum Teufel steckt Tamara?

Kapitel 20

Und wieder ist Mittwoch …

»Also, du hast ihn zufällig in der koreanischen Truhe gefunden, wo Monika ihn versteckt hatte?!« Lilys Sarkasmus ist kaum zu überhören, doch Martin behält seinen Unschuldsblick bei. Er weiß, dass sie seine Geschichte vom mysteriösen Auffinden des Sticks nicht glaubt. Aber ist das für den Fall wirklich wichtig? Erpressung traut er Romana allemal zu. Aber keinen Mord. Warum sollte er sie unnötig belasten?

Er legt den Stick mit dem Taschentuch vorsichtig auf Lilys Schreibtisch. Als ob er nicht schon seine und Romanas Fingerabdrücke abgewischt hätte … Themawechsel, Martin! »Ich mach mir Sorgen nach der Drohung, die Maresa ausgestoßen hat.«

»Ach was«, winkt Lily ab, während sie den Stick in ihren PC steckt. »Maresa ist hysterisch, aber sie tut keiner Fliege was.«

Martin schaut aus dem Fenster von Lilys Klagenfurter Büro auf Passanten mit Regenschirmen. Er fühlt sich unrund. Zum einen die Sache mit Romana, dann macht er sich Sorgen um Tamara, und jetzt auch noch der Regen, der sein soeben erst wieder aufgenommenes Laufprogramm sabotiert. Lily ist auch irgendwie abweisend, misstrauisch, schlecht gelaunt.

»Sie könnte höchstens jemandem aus Eifersucht das Gesicht zerkratzen, aber nicht umbringen. Der Typ ist sie nicht, Martin.« Lily hat die Angewohnheit, mit den Fingern auf den Tisch zu trommeln, wenn sie einen Satz betonen will. »Vielleicht ist Tamara in Graz oder bei ihren Eltern im Waldviertel. Ich werde die steirischen Kollegen bitten, beides zu checken, wenn dich das beruhigt.«

In der Zwischenzeit sind die Fotos auf dem Bildschirm zu sehen, und sie lacht zum ersten Mal an diesem Tag. »Bitte, schau dir das an, das gibt's ja nicht: der Winzinger mit drei Begleiterinnen im Spiegelkabinett! Kein Wunder, dass die Maresa immer wieder durchdreht. Bei dem ... Fetzenschädl!«

Sie scheint fasziniert, doch Martin, der das meiste schon kennt, hat keine Lust, sich das nochmals anzuschauen, zumal mit Lily. »Ich muss los«, sagt er und verabschiedet sich. »Wirst du trotzdem bei Maresa vorbeifahren und sie zu ihren Drohungen befragen?«, ruft er ihr noch zu, als er schon halb aus der Tür ist.

Lily starrt auf ihren Computerbildschirm und macht eine vage Handbewegung. »Jaja, heut Nachmittag. Ich geb dir Bescheid. Ach ja, ich hab noch mit dem Friedl Winkler geredet. Er hat zugegeben, dass er Monika gefeuert hat, und auch, dass er dabei ziemlich laut geworden ist. Aber für die Tatzeit hat er ein bombensicheres Alibi. Er war im *Paradies*, das haben ein paar Zeugen bestätigt.«

***

Als Martin den Wagen Richtung Autobahn lenkt, läutet sein Handy. Es ist die VW-Werkstatt mit der Nachricht, dass das Ersatzteil für seinen Käfer gekommen sei. Er könne sein Auto am Nachmittag abholen. Das sind Nachrichten, die ihn beflügeln. Außerdem lichtet sich der Himmel über dem See langsam, als er die Einfahrt zur Villa Romana passiert ...

Im Foyer trifft er auf Romana, die ihm noch nicht verziehen hat, dass er sie in flagranti erwischte. Ihre Stimmlage ist eisig: »Ich habe Hugo gefragt, ob du die Bilder besichtigen kannst. Er ist ausnahmsweise einverstanden. Ich hoffe, du weißt, was das für ein Entgegenkommen ist!« Was sie nicht sagt, verrät ihr Blick: *Du weißt aber auch, dass wir damit quitt sind.*

»Super, danke!« Martin haucht ihr einen Kuss auf die Wange.

Ihr Lächeln ist beinahe verzeihend. »Hast du heut Abend schon was vor?«

»Nein, gar nichts!« Martin freut sich auf Hugo Flocks private Bildergalerie.

»Fein, dann bist du ja zu meinem Mittwochabendessen da!« Romana zeigt Zähne, und Martin zuckt erschrocken zusammen. In die Falle getappt! Verdammt, dieses hinterlistige Weib!

»Wir haben nämlich vier Neuankömmlinge, zwei befreundete Paare aus Wien, die in die Zimmer sechs und sieben eingezogen sind. Da passt das als nette Begrüßungsgeste doch perfekt. Dann sind noch wir drei, und vielleicht kommt auch der Richard vorbei.« Romana zwinkert Martin bei der Erwähnung von Landauf verschwörerisch zu.

Martin mag sich lieber nicht an dessen allzu intime Fotos erinnern. Und das Essen heute Abend will er sich schon gar nicht vorstellen. Er beschließt, zunächst einmal mit seiner Mutter zu skypen und dann das Auto abzuholen. Weiter möchte er im Moment nicht denken.

***

»Sag, hast du jetzt Rastalocken?« Martin kann es nicht fassen, mit welcher Frisur ihm Lotte vom Bildschirm entgegenschaut.

Lotte strahlt ihn an. »Das sind natürlich Extensions. Meine eigenen Haare sind ja nicht so üppig. Aber mach schnell, ich hab wenig Zeit. In zehn Minuten kommt die

Zumbalehrerin, und ich muss mich dafür noch umziehen. Also, was gibt's? Geht's dir gut, wie klappt es mit deiner Lily?«

»Ach, Mama, ich komm irgendwie nicht von Vaters Bildern los. Hier im Haus hängt ja eines. Bei einer Party hab ich außerdem mehrere Herschels gesehen, die seinen so ähnlich sind. Und beim Hugo Flock soll es jede Menge davon geben. Weißt eh, die Herschels sind die Brüder, deren Stil er so gerne nachgemalt hat.«

Ungeduldige Stimme. »Ja, die mit den abstrakten Landschaften. Ich weiß.«

»Erinnerst du dich an das kleine g, das er als Signatur immer irgendwo versteckt hat?«

»Nicht wirklich, mit mir hat er ja kaum über seine Kunst geredet.« Nach all der Zeit schafft es Lotte immer noch, beleidigt zu klingen.

»Sag, hat Vater seine Bilder eigentlich verkauft?«

»Oh ja, da gab es in Kärnten in der Nachbarschaft einen Galeriebesitzer, der hatte immer wieder Kunden, die an solchen Kopien und Nachmalungen interessiert waren, sich die Originale aber nicht leisten konnten.«

»Hieß er Richard Landauf?«

»Möglich. An den Namen kann ich mich nicht erinnern. Er hatte eine kleine Galerie in einem Haus nahe der Villa Romana. Gibt's den noch?«

»Ja, die Galerie ist jetzt ziemlich groß, und das Haus gehört inzwischen ihm.«

»Na ja, tüchtig war der damals schon. Der wusste, wie man Geld verdient. Im Gegensatz zu deinem Vater.«

»Wie viel hat August denn für ein Bild so bekommen?«

Lotto überlegt eine Weile, zuckt dann mit den Achseln. »Ich weiß nicht mehr genau – um die fünfzehnhundert

Schilling oder so. Das hat grade die Kosten für Leinwand und Farben gedeckt. Er war ja ein Vielmaler, dein Vater.«

»Weißt du, ob Hugo Flock je eines von Vaters Bildern gekauft hat?«

»Der Milliardär? Ja, spinnst du?« Lotte kann überhaupt nicht mehr aufhören zu lachen. Dann hört Martin im Hintergrund die Türglocke, und schon ist sie nach einem gezwitscherten Ciao vom Bildschirm verschwunden.

***

Martin geht zu Fuß zur Galerie Landauf, ist ja nur ein Katzensprung.

Der Hausherr sitzt an seinem Schreibtisch und springt auf, als er Martin sieht. »Ja, Herr Chefinspektor Glück, willkommen, willkommen. Was verschafft mir die Ehre Ihres Besuchs?«

»Ich bin grad zufällig vorbeigekommen, und da dachte ich, ich schau einmal herein und lasse mich vielleicht für mein nächstes Bild von der hohen Kunst inspirieren.« Martin geht auf ein Bild von Kokoschka zu.

Landauf lächelt schmallippig. »Tja, nicht immer bringt Inspiration auch die erwartete Erleuchtung.«

Martin beschließt, sich nicht zu ärgern. Wie könnte er auch, wenn er sich Landauf im »Krankenzimmer« des *Paradies* vorstellt! Also amüsiert er sich über die Arroganz des alten Herrn.

»Wie ist das, wenn Inspiration nicht zur Erleuchtung, sondern zu Epigonentum führt, Herr Dr. Landauf?«

Das war ein Schuss ins Blaue, der sein Ziel verfehlt. Landaufs Gesicht bleibt nichtssagend zuvorkommend. Er führt Martin zu einer Schneelandschaft von Alfons Walde. »Das kommt natürlich vor. Walde beispielsweise wird gerne kopiert, sowohl professionell als auch von Laien. Meist sind es aber Hobbymaler, denen eigene Ideen und der Drang, Originäres zu schaffen, fehlen. Die halten sich dann an bewährte Meister und kopieren sie mehr oder weniger.«

»Wie mein Vater ...«

»Ihr Herr Vater?« Landauf schaut ihn erstaunt an.

»August Glück. Meine Mutter hat mir erzählt, dass er vor vielen Jahren Kopien und Nachmalungen an Sie verkauft hat.«

Landauf legt die Hand auf die Stirn, als ob er sich anstrengen müsste, in die Vergangenheit zu schauen. »Ach ja, ich erinnere mich dunkel. Die Bilder waren ganz nett, im Stil der Herschel-Brüder. Aber nichts Originäres, das war das Problem. Einige Bilder habe ich in Kommission genommen und konnte sie um ein paar Tausend Schilling verkaufen. Auf anderen bin ich sitzen geblieben und hab sie ihm zurückgegeben. Soweit ich mich erinnere, ging es Ihrem Herrn Papa ja eher um die Anerkennung als um das Geld. Malt er denn immer noch?«

Martin sieht ihn erstaunt an. »Keine Ahnung. Er ist vor Jahrzehnten spurlos verschwunden. Das müssten Sie doch wissen!«

Landauf greift sich schon wieder an die Stirn. »Mein Gott ja, man wird alt und vergesslich. Eine traurige Geschichte für die Familie, nicht wahr. Schauen Sie, jetzt zeige ich Ihnen einen Heger. Ein Maler der Sechzigerjahre. Malt ähnlich wie Sie, hauptsächlich Wasser und Himmel, aber sehen Sie den Unterschied?«

Während Martin das Bild betrachtet, von dem er findet, dass es seinem doch sehr ähnlich ist, zieht vor der Galerie eine Gruppe in Kärntner Tracht vorbei. Landauf winkt hinaus. Zu Martin: »Das sind meine Volkstänzer. Sie sind auf dem Weg zum Schloss, wo sie heute Abend einen Auftritt haben. Ich werde natürlich dabei sein.«

»Das heißt, Sie kommen nicht zu Romanas Essen?«

»Nein, leider, leider. Dabei soll es heute Karpfen à la Romana geben. Ein Gedicht, sag ich Ihnen.«

Martin betrachtet ihn prüfend nach Spuren von Ironie oder Sadismus. Aber Landauf zeigt ein Pokerface. Erst als er wieder von seiner Volkstanzgruppe schwärmt, hellt sich sein Gesicht auf. »Es gibt heutzutage so wenige Leute, die Traditionen zu schätzen wissen. Aber Traditionen sind unsere Wurzeln. Wenn wir diese verlieren, schweben wir im luftleeren Raum. Und gerade der Kärntner Volkstanz ist eine der bedeutendsten Wurzeln unserer Kärntner Identität. Daher auch mein Motto ›Landler statt Landschaftsverschandelung‹. Nicht auszudenken, wenn dieser Winzinger das Grundstück bekommt, die Volkstanzgruppe vertreibt und einen Hotelkasten hinstellt ...«

Martin hat keine Lust, sich länger Landaufs Landlerverteidigung anzuhören, und verabschiedet sich eilig.

***

Wie von Landauf vorausgesagt, bringt Romana ihren Gästen am Abend tatsächlich Karpfen in Parmesanpanier mit Marillenschaum auf den Tisch. Alex assistiert wie immer beim Servieren. Nichts an seiner Miene verrät auch nur eine Spur des Ekels, der Martin schon beim Anblick des fetttriefenden Fisches befällt.

Die neuen Gäste werfen einander verwirrte Blicke zu, Martin leidet still. Allerdings ist er diesmal nicht unvorbereitet. Er hat mit Lily vereinbart, dass sie nach dem Besuch bei Maresa anruft, dann kann er den Tisch verlassen, um das Gespräch entgegenzunehmen, und anschließend sagen, dass er ganz dringend wegmuss. Er hilft Alex, den anderen Gästen vorzulegen, und hebt sich den Fisch für den Schluss auf – in der Hoffnung, dass vorher das Handy läutet, das er gut sichtbar vor sich auf dem Tisch liegen hat.

»Was sind denn das für Manieren, Martin?«, wird er von Romana auch prompt gerügt. »Du weißt, dass ich so eine Unhöflichkeit nicht dulde.«

»Ich erwarte einen Anruf von der Kontrollinspektorin, liebste Romana. Du kannst dir ja denken, um was es geht«, erwidert Martin kühl, und tatsächlich lässt sie das Thema sofort fallen.

»Ui, ich hab ja mein Handy auch noch dabei«, wirft Alex schuldbewusst ein. »Ich bringe es gleich auf mein Zimmer.« Und schon ist er verschwunden.

Martin starrt auf das Telefon, als könnte er damit Lilys Anruf erzwingen. Doch es bleibt still. Langsam wird es eng für ihn, und er muss sich wohl oder übel an den Fisch machen. Die neuen Gäste haben bereits vorsichtig gekostet und es bei ein, zwei Bissen belassen. Nun schieben sie das skurrile Gericht von einer Seite des Tellers auf die andere und werfen einander vielsagende Blicke zu. Romana isst wie immer mit Appetit, Alex ist noch nicht zurück.

Gerade als Martin beschließt, die Schiebetechnik der neuen Hausgäste zu übernehmen, gehen die Lichter aus. Überraschungslaute in der Dunkelheit, die Martin beinah freudig vorkommen. Er nutzt die Gelegenheit und wickelt ein großes Stück Fisch in seine Serviette, die er in der Jacketttasche verschwinden lässt. Keine Frage, dass er es morgen früh in die Reinigung bringen muss. Aber diesen Preis bezahlt er gern.

»Alex! Wo bist du? Der Strom ist ausgefallen«, schlägt Romana Alarm.

Als keine Antwort kommt, mutmaßt Martin, dass dieses Essen sogar Alex zu viel des Guten und der Stromausfall kein Zufall war. »Ich hol ihn.« Er springt auf und verlässt erleichtert die Tafel in Richtung Eingangshalle. Alex' Zimmertür steht weit offen.

»Bin schon am Hauptschalter. Ist gleich so weit«, ruft Alex aus dem Keller. In diesem Moment geht auch schon das Licht an.

Martin lässt sich Zeit mit der Rückkehr an den Esstisch und schaut durch die offene Tür auf das Gemälde des Vaters. Plötzlich steht Lily neben ihm. »Die Türglocke hat nicht funktioniert, da bin ich einfach hereingekommen«, entschuldigt sie sich.

»Gott sei Dank bist du da!« Martin freut sich wirklich, sie zu sehen. »Ich hab schon so auf deinen Anruf gewartet. Jetzt hab ich endlich eine Ausrede, von diesem irren Essen abzuhauen. Ich sag, wir müssen wegen des Mordfalls dringend weg. Es sei denn, du hast Lust auf Karpfen.«

»Ist es das, was so schrecklich stinkt?«, fragt Lily und schnuppert an seinem Jackett. Da fällt ihm der Inhalt seiner Tasche ein, und er geht schnell zur Toilette, wo er den Fisch per Spülung entsorgt. Ihm ist immer noch schlecht.

»Stell dir vor ...«, beginnt Lily, als Martin zurückkommt. Doch der unterbricht sie. »Schau, das ist das Bild meines Vaters. Gleicht es im Stil nicht aufs Haar den Herschel-Bildern? Jetzt zeig ich dir was!« Er weist auf das kleine g in der Hutkrempe. »Das war seine Signatur. Man müsste bei Winzingers Herschel-Gemälde einmal nachschauen, ob die irgendwo ein kleines g haben. Was meinst du? Vielleicht ist eins von meinem Vater dabei?« Lily versucht zu Wort zu kommen, doch Martin ist in seinem Redeschwall nicht mehr zu bremsen. »Ich war ja heute beim Landauf in der Galerie, und der hat das Talent meines Vaters derart heruntergespielt, das kommt mir alles komisch vor. Ich denke, wir sollten der Sache mit den Bildern nachgehen. Vielleicht finden wir ...«

»Hör endlich auf mit den blöden Bildern!«, wird Lily laut. »Ich habe immerhin einen Mord aufzuklären – und ich hab das Gefühl, auf der Stelle zu treten. Da hab ich bei Gott keine Zeit, mich um winzige Buchstaben in irgendwelchen Gemälden zu kümmern.«

Martin starrt sie sprachlos an. Dann greift sich Lily verzweifelt mit beiden Händen an den Kopf und sagt leise: »Entschuldige bitte. Aber es ist schon wieder etwas passiert. Maresa ist spurlos verschwunden.«

Kapitel 21

Das kleine g und die Folgen

Hat er ernsthaft erwartet, dass Hugo Flock ihn persönlich empfängt, um ihm seine Gemäldesammlung zu zeigen? Martin ist trotzdem ein bisserl enttäuscht, als er nach der Leibesvisitation von einem Sekretär empfangen wird. Jedenfalls glaubt er, dass der Grauhaarige im grauen Anzug mit grauem Schlips ein Faktotum ist. Einfarbig und von blasierter Höflichkeit. Vielleicht der Butler? Martin kennt vornehme Dienerschaft nur aus dem Fernsehen.

Dieser hier stellt sich als »Dr. Herbert Pfandl« vor und bedauert die Abwesenheit von Hugo Flock wegen »unaufschiebbarer geschäftlicher Verpflichtungen«. Er entschuldigt sich auch für die umfangreichen Sicherheitsmaßnahmen vor und in der Villa. Martin musste am Tor seine Personalien vorweisen und wurde von einer Kamera verfolgt, bis er vor der Villa parkte. Ein Leibwächter stand bereit, ihn zur Tür zu begleiten, wo Martin von einem zweiten Herrn in eindeutiger Funktion gefilzt wurde. Erst dann trat der Butler oder Sekretär in Erscheinung, der ihm jetzt »eine Erfrischung vor dem Rundgang« anbietet.

Martin lehnt höflich ab. Er lässt die Villa auf sich wirken. So ähnlich hat er sie sich vorgestellt: viel Marmor und kalte Pracht, die Eingangshalle geschmückt mit griechischen Statuen und riesigen Blumenarrangements. Nicht sehr gemütlich, obwohl die Bibliothek, in der Dr. Pfandl ihn empfängt, ein wunderbarer Ort mit Tausenden von Büchern ist. Einzige Möbel sind Schreibtisch mit Stuhl und ein riesiger Ohrensessel mit Fußschemel. Ob Hugo Flock sich hierher zurückzieht, um zu lesen?

»Ich bin dem Hausherrn wirklich dankbar, dass ich mir seine Herschel-Sammlung ansehen darf.«

Pfandl deutet ein Lächeln an. »Ich bitt Sie – auf Empfehlung von Frau Petuschnigg, und dann sind Sie noch ein Kriminalbeamter aus Wien ... da hatte Herr Flock keine Sicherheitsbedenken.«

»Er ist ein sehr vorsichtiger Mensch, nehme ich an.« Martin folgt Pfandl durch einen langen Flur in einen Lift, der sie in den ersten Stock bringt.

Ein prüfender Blick aus grauen Augen. »Nun ja, Herr Flock ist ein sehr reicher Mann – das wirkt auf manche Menschen herausfordernd.«

Aus der Klatschpresse weiß Martin, dass vor vielen Jahren eine Tochter Flocks aus erster Ehe entführt worden war. Gegen die Zahlung von sieben Millionen Schilling war sie freigekommen, den Entführer hatte man über markierte Geldscheine erwischt. Doch auf der Flucht vor der Polizei wurde der Mann erschossen – und das Geld nie gefunden. Vieles in dieser Geschichte blieb im Dunkeln, so wie das Haus mit seinen heruntergelassenen Rollläden düster wirkt.

Den Salon im ersten Stock schätzt Martin auf mindestens dreihundert Quadratmeter. Er ist recht spärlich möbliert, mit Sitzgruppen hier und dort, einem langen, gläsernen Esstisch und etwa dreißig Biedermeierstühlen, die sehr unbequem aussehen. Perserteppiche auf dem Parkettboden. Schwere Vorhänge, die wenig Licht durchlassen. Martin ist kein Experte, doch er könnte sich vorstellen, dass die Fenster aus schusssicherem Glas sind.

Pfandl schaltet die Deckenbeleuchtung ein, die wie ein Sternenhimmel anmutet. »In diesem Salon bewahrt Herr Flock seine Herschel-Sammlung auf. Die anderen Gemälde, die sehr kostbaren, befinden sich in seinen Privatgemächern.«

»Nun ja, die Herschels sind ja auch einiges wert.« Martin greift nach seinem Vergrößerungsglas. Denkt, dass hundertfünfzigtausend Euro von einem Hugo Flock wahrscheinlich aus der Portokasse bezahlt werden.

»Darf ich mir die Frage erlauben, was Sie an den Gebrüdern Herschel so interessiert?«

Zu Martins wenigen Lebensweisheiten gehört die Einsicht, dass elegante Lügen das Leben erleichtern können. Trotzdem: »Mein Vater hat in diesem Stil gemalt, obwohl er nie Erfolg damit hatte. Er war aber Beamter, Gott sei Dank.«

»Wie erfreulich«, sagt Pfandl in einem Tonfall völligen Desinteresses. »Nun ja, Fabian Herschel hat sich als Maler auch nicht so durchsetzen können wie sein Bruder David. Sie finden einige seiner Gemälde hier – Herr Flock zieht sie eigentlich vor, aber sie sind kaum etwas wert. Fabian Herschel malte realistisch, fast altmodisch. Landschaften und Tiere. Sein Lieblingstier war die Eule – das hat er mit Herrn Flock gemeinsam.«

Martin erinnert sich an Eulenskulpturen im Park, und Pfandl weist auf ein Gemälde mit Eule im Wald. »Das ist sein Lieblingsbild.«

Martin stellt sich davor und kann die Begeisterung nicht teilen. »Mein Vater malte mehr im Stil von David Herschel. Landschaft mit Menschen ...«

»... im Stil des Magischen Realismus. Ich weiß.« Pfandl führt Martin zwei Gemälde weiter zur *Seelandschaft mit Badender*. »Ein tragisches Schicksal: Sie wissen sicher, dass sich die Brüder Herschel umbrachten, bevor die Nazischergen sie holen konnten. Sie haben sich mit giftigen

Pilzen getötet, man stelle sich das vor. Einen Teil der Bilder haben sie vorher weggeschafft. Was noch im Atelier war, soll von den Nazis vernichtet worden sein.« Eine weit ausholende Geste: »Alles, was von den Herschels geblieben ist, finden Sie hier in diesem Raum.«

»Bis auf die Bilder, die bei Winzinger hängen – und einigen anderen ...«

Das war wieder so eine unnötige Wahrheit, der Pfandl mit einem verächtlichen Zucken seiner Mundwinkel begegnet. »Nun ja, das sind eher minderwertige Werke. Wie auch immer, ich nehme an, dass Sie die Gemälde in Ruhe studieren möchten. Ich muss noch ein paar Überweisungen tätigen und werde Sie für eine knappe Stunde allein lassen. Ist Ihnen das genehm?«

Sogar sehr. Martin nickt allerherzlichst, bevor Pfandl, als Sekretär identifiziert, sich abwendet und den Salon verlässt. Dann holt Martin seine Kamera hervor und fotografiert alle Herschels. Er hätte um Erlaubnis fragen müssen, doch er hofft einfach, dass er nicht erwischt wird, und vergisst, dass alle Räume videoüberwacht werden. Er knipst Landschaftsbilder mit surrealen Personen, jedes Gemälde ein wenig rätselhaft. Prächtige Farben, die Blau- und Grünschattierungen rund um den See hat Herschel bei allen Verfremdungen meisterhaft eingefangen. Mit der Lupe studiert Martin jedes Werk im Detail, er weiß, worauf er sich konzentrieren muss. Doch bei den ersten fünf Gemälden wird er nicht fündig. Anstrengend, diese Suche. Er muss an Lily denken, die ziemlich verzweifelt wegfuhr, obwohl Martin sie zu beruhigen versucht hatte. Gleich zwei Frauen verschwunden – das wäre einfach zu viel des Bösen, hatte er argumentiert. Maresa hatte vielleicht einfach genug von ihrem untreuen Mann. Winzinger hatte zu Lily gesagt, dass er nicht wisse, wo seine Frau sei. Richtig beunruhigt sei er nicht gewesen. Lily schon.

Beim nächsten Bild – abstrakte Almlandschaft mit Liebenden in Blautönen – muss Martin einen Aufschrei unterdrücken. Auf dem Ring der Frau – winzig und nur mit der Lupe zu erkennen – hat er ein kleines g entdeckt. g für Glück. Die Signatur seines Vaters. So hat er doch recht gehabt mit seinen Ahnungen: Unter die echten David Herschels haben sich die echten August Glücks gemischt – die vermutlich als Herschels verkauft wurden. Die Frage ist, ob mit oder ohne Wissen seines Vaters. Martin ist fast sicher, dass Richard Landauf der Verkäufer dieser Bilder ist, aber er wird den Sekretär danach fragen. Noch eine gute halbe Stunde. Fieberhaft sucht Martin Bild für Bild nach der Signatur seines Vaters ab. Als er beim letzten Bild angelangt ist, zählt er sieben Glücks von insgesamt siebzehn Gemälden, die als original Herschels gelten. Sieben Bilder seines Vaters!

Martin fotografiert die Signatur in jedem der sieben Werke und kann die Minikamera gerade noch in seine Tasche stecken, als er die Schritte des Sekretärs hört. Kurz darauf wird die Flügeltür geöffnet. Pfandl sieht Martin streng an. »Ich hoffe, Sie sind jetzt durch. Herr Flock empfängt gleich Gäste, und dann wäre es besser, wenn ...«

»... ich schon weg wär«, vollendet Martin den Satz und geht zur Tür. »Ja, ich habe alles gesehen, was ich sehen wollte. Eine wunderbare Sammlung, man kann Herrn Flock nur beglückwünschen.« Das war sarkastisch, andererseits findet Martin es nicht ohne Reiz, dass Bilder seines Vaters in dieser prächtigen Villa hängen. Wenn auch nicht unter dessen Namen. »Eine Frage habe ich noch: Wer hat Herrn Flock die Sammlung verkauft?«

Pfandl verschließt die Tür zum Salon. »Ich denke, ein Großteil stammt von Dr. Landauf. Ein paar Stücke hat er aus Privatbesitz erworben. Herr Flock möchte immer gern alles haben.«

Der Satz sagt viel aus über den Mann, denkt Martin.

Als Martin mit Pfandl aus dem Lift steigt, begegnet er Hugo Flock, der offenbar auf dem Weg nach oben ist. Er grüßt höflich, doch Flock sieht ihn nur an, als wäre er eine verirrte, lästige Fliege. Dann betritt er den Lift, während Martin in Begleitung zur Tür geht, die von zwei schwarz gekleideten Männern mit Sonnenbrillen geöffnet wird. »Herr Flock ist manchmal ein bisserl abwesend«, flüstert Dr. Pfandl, und dann im weitaus schärferen Ton: »Ich darf Sie bitten, die Fotos zu löschen, Chefinspektor Glück. Sie hatten keine Erlaubnis zum Fotografieren.«

Verdammt, denkt Martin. Pfandl hält seine Hand auf.

»Sie könnten mir die Erlaubnis nicht nachträglich erteilen?«

»Netter Versuch«, sagt der graue Mann, »aber Herr Flock ist äußerst allergisch gegen jegliches Eindringen in seine Privatsphäre.«

Du musst es ihm ja nicht sagen, denkt Martin und löscht seufzend die Fotos, während Pfandl zuschaut. Martin kaut ein paar Gummibären, um sich nicht aufzuregen. Den Pfandl könnte er ja überwältigen, aber gegen die Sicherheitsleute hätte er keine Chance. Er spürt ihre Blicke im Rücken, als er zum Wagen geht. Sie tragen Waffen und sehen grimmig aus. Überall sind Kameras installiert, und die Mauer, die Flocks Grundstück begrenzt, wirkt unüberwindlich. Die Bürde des Reichtums. Man ist von Neidhammeln umgeben, von Speichelleckern und – und da wird's gefährlich – von Leuten, die einem was wegnehmen wollen.

Martin ist arm und glücklich. Zumindest für den Augenblick, weil er den richtigen Riecher hatte. Doch als er den Wagen startet und zurück zur Villa Romana fährt, ist das Glücksgefühl schon von neuen Zweifeln getrübt. Was, wenn sein Vater an einer großen Kunstfälschung beteiligt war ...?

***

»Geh bitte!«, sagt Lotte via Skype. Ihre rastaförmigen Locken sind mit bunten Bändern geschmückt, und ihr Lippenstift ist orange – furchtbar orange.

»Wenn ich es dir sage, Mama: Es sind Augusts Bilder. Sie hängen in der Villa von Hugo Flock und haben einen Haufen Geld gekostet.«

Sie zündet sich eine Zigarette an, eine selbst gedrehte, und bläst ihm via Skype den Rauch entgegen: »Da schau her, der August war ein Kunstfälscher. Hat nicht nur mich betrogen, sondern auch den Rest der Welt.«

Martin, auf dem Tisch eine Bierflasche und ein paar Käsewürfel, die er sich aus dem Kühlschrank geholt hat, hebt abwehrend die Hände. »Es kann doch sein, dass er gar nix gewusst hat von dem Schwindel. Dass er betrogen wurde. Von Landauf, der ihm die Bilder billig abkaufte und sie teuer unter Herschels Namen weiterverscherbelte. In dubio pro ...«

»Ich sag dir, der August hat sich den Flieder geholt, damit er zu seiner kroatischen Trutschn kann.« Lotte ballt eine Faust, sieht sie erstaunt an, öffnet ihre Hand wieder – und lächelt. Ein mildes, verzeihendes Lächeln: »Soll er doch seinen Frieden finden. Die Fälschungen sind mir wurscht! Die Welt will betrogen werden, Martin. Und ich mag mich nicht mehr aufregen, also lass mich damit in Ruh.«

»Ich will niemanden aufregen, Mama. Aber es geht immerhin um ein Verbrechen. Gibt es denn noch weitere Bilder vom Vater?«

Lotte drückt ihre Zigarette aus, lächelt wieder so entrückt und sagt: »Die müssen alle noch in eurer Wohnung, also bei Larissa sein. Sind die jetzt auf einmal viel wert oder was?«

Nur wenn man sie als Herschels verkauft, denkt Martin. Sagt, dass er keine Ahnung habe.

Lotte wirft einen Blick auf ihre Armbanduhr, ein sicheres Zeichen, dass die Skypeaudienz gleich beendet ist. Und schon verabschiedet sie sich und ist weg vom Bildschirm, während Martin leicht verzweifelt zur Flasche greift. Er hat keine Ahnung, welchen Schritt er als Nächstes tun soll. Hugo Flock informieren, dass er Fälschungen aufgesessen ist? Landauf damit konfrontieren? Sich Rat bei Romana holen? Seit er sie auf frischer Stick-Tat ertappt hat, tut Martin sich schwer, ihr zu trauen. Und was, wenn sie in der Fälschungssache mit drinhängt? Sie ist eine Spielerin, mithin braucht sie Geld, viel Geld. Nein, Romana kommt als Vertrauensperson nicht infrage. Lily? Die ist so mit ihrem Fall beschäftigt, dass die Kunstfälschungen sie im Moment nicht interessieren. Was für ein Schlamassel, dabei wollte er sich am Wörthersee eigentlich erholen und zu sich selbst finden. Was immer das bedeuten könnte ...

Martin steht auf und öffnet das Fenster. Atmet Seeluft und erfreut sich an dem herrlichen Panorama. Alles, was weit weg ist, schaut so wundervoll aus. Nur aus der Nähe wird vieles unübersichtlich, hässlich.

Volksmusikklänge hallen von nebenan über den See. Inzwischen hat er sich daran gewöhnt, die Monotonie des Gejodels klingt mitunter sogar beruhigend. Er sieht Alex im Garten auf einen hölzernen Liegestuhl einhämmern, der unter einem der Gäste kollabierte. Die Büsche und Bäume im Garten blühen prächtig, und bei den Rosensträuchern entdeckt er Romanas Sonnenhut. Sie liebt Gartenarbeit, hat aber den schwarzen Daumen. Ein Wunder der Natur, dass trotzdem so vieles gedeiht.

Sein Telefon klingelt, und auf dem Display erscheint Larissas Name. Er zögert eine Sekunde und nimmt dann das Gespräch an.

»Hallo, Larissa.«

Ihre Stimme: versöhnlich. »Hallo, Martin. Wie geht's dir?«

»Ganz gut. Und dir?«

»Auch gut. Wann kommst du nach Wien? Wir sollten über ein paar Sachen reden.«

Davor graut ihm. Andererseits hat sie recht. Vieles ist ungeklärt. Und er hat mit Hartl sowieso einen Termin vereinbart. Er ist so was wie ein Freund der Familie, eine Vertrauensperson, und er muss mit jemandem über die Bilder sprechen. »Ich wollte morgen fahren«, sagt Martin, »wenn dir das passt. Ich hab sowieso eine andere Verpflichtung in Wien.«

»Ach, bin ich jetzt eine Verpflichtung?«

Nicht mehr versöhnlich, die Stimme, sondern spitz. Larissa lässt einem nichts durchgehen. »Nein, natürlich nicht. Ich brauche einen Expertenrat. Hat mit Vaters Bildern zu tun. Kann ich denn im Gästebett schlafen?«

Sie lacht am anderen Ende. »No na. Ist ja auch deine Wohnung, Martin. Und wir sind immer noch verheiratet. Ich buch uns einen Tisch bei *Silvio.*«

Ein Luxusrestaurant, war ja klar. Martin hätte lieber in ihrem alten Stammbeisl gegessen oder zu Hause, aber er widerspricht nicht. »Gut, ich bin dann so am späten Nachmittag da.«

Wenn Larissa gut aufgelegt ist, kann sie mit ihrer Stimme zwitschern: »Ich komm gegen sechs nach Hause, werd mich beeilen. Freu mich, bis dann …«

Sie legt auf, und Martin horcht in sich hinein. Fühlt er was? Verflixt und zugenäht – er weiß es nicht. Zwischen Zweifel und Zuversicht, Misstrauen und Hoffnung schaukeln seine Gefühle hin und her wie Romanas Schinakl bei starkem Wellengang. Dazu passt irgendwie, dass jetzt Lily anruft. Ihre Nummer weiß er inzwischen auswendig. Er drückt sie spontan weg.

Kapitel 22

Herschel und kein Ende

Lottes Wohngemeinschaft in der Währinger Straße logiert im vierten Stock ohne Lift. Eines dieser alten Wiener Zinshäuser, die sich Renovierungen und Gentrifizierungen zäh widersetzen. Lotte steht bereits an der Tür, als Martin noch in der dritten Etage ist. »Beeil dich«, ruft sie nach unten, »das Essen ist schon auf dem Tisch.«

Er ist spät dran, natürlich ist er zu spät, weil er dreimal ums Karree fahren musste auf der Suche nach einem Parkplatz. Wien ist eine Parkplatzhölle, und Martin merkt, dass ihm die städtische Hektik nach der mehr oder weniger stillen Zeit in Kärnten auf die Nerven geht. Die letzten drei Stufen springt er – und spürt einen winzigen Schmerz im Knöchel.

»Das Essen wird kalt«, sagt Lotte nach der Umarmung und zieht ihn in die Wohnung. Altbau mit bemalten Wänden. Martin folgt ihr durch den langen Flur im Dschungellook in die Küche, in der ein großer Holztisch Platz hat. Seine Mutter, die Martin als Putzteufel in Erinnerung hat, scheint das Chaos nicht zu stören. Unaufgeräumt ist das Wort, das ihn zu dieser Küche einfällt, und das schließt ein junges Paar ein, das sich aus der Suppenschüssel bedient, die auf dem Tisch steht. Die beiden tragen gelbe Stirnbänder und weiße Kaftans im Partnerlook. Sie nicken gleichzeitig, als er mit Lotte die Küche betritt, mustern ihn kurz und fällen dann das Urteil »Spießer« – so kommt es ihm jedenfalls vor, weil sie ihn von da an ignorieren.

»Setz dich, nimm dir vom Fladenbrot und iss.« Lotte zeigt auf den Suppentopf. »Das da ist Gemüsecurry.«

So schlimm wie bei Romana kann es nicht werden, denkt Martin und tut, wie ihm geheißen. Lotte schenkt Tee ein. Er wagt nicht, nach Bier zu fragen. Warum eigentlich?

»Wir trinken keinen Alkohol in unserer Gemeinschaft«, sagt Lotte. Sie hatte immer schon eine Art sechsten Sinn für seine Laster.

Aber ihr kifft ... Der Geruch war ihm schon im Flur aufgefallen, und auf der Fensterbank steht eine Reihe von Pflanzen, die eine verdammte Ähnlichkeit mit Cannabis haben. Lotte ist seinem Blick gefolgt. »Exotische Gewürze für unsere vegetarische Küche«, sagt sie und sieht Martin streng an. Das junge Paar kichert synchron.

Das Curry schmeckt erstaunlich gut, abgesehen davon, dass es höllisch scharf ist. Sein Gaumen brennt, und seine Zunge fühlt sich allmählich taub an. Kleine Schweißperlen auf der Stirn ... irgendwo hat er gelesen, dass man an Chilischärfe via Kreislaufkollaps sterben kann.

Doch Lotte löffelt, ohne mit der Wimper zu zucken, sie scheint daran gewöhnt zu sein – wie das Pärchen, das jetzt aufsteht, die Teller in die Spüle räumt und kommentarlos aus der Küche verschwindet.

»Miriam und John«, sagt Lotte. »Sie sind aus Südafrika und als Couchsurfer unterwegs. Sie haben eine Art Schweigegelübde abgelegt und reden nur, wenn es unbedingt sein muss. Meine anderen Mitbewohner sind an der Uni – oder schlafen noch.«

Martin sieht auf die Uhr, es ist eins. Er befiehlt dem spießigen Teil seines Ichs zu schweigen. Löffelt den Teller brav bis zur Neige. »Hübsche Wohnung. Tolles Essen. Aber sehr pikant.«

Lotte lacht. »Du hast dich tapfer geschlagen, Martin. Wir haben uns das so angewöhnt, seit Leyla kocht, und die meisten von uns sind wie sie Vegetarier geworden. Bis auf Ernst, der frisst immer noch heimlich Würstel und Speck.«

Jenseits aller Wertungen freut sich Martin über Lottes derzeitige Befindlichkeit. »Du fühlst dich hier wohl, oder? Dann war's ja die richtige Entscheidung.« Er kann sich nicht vorstellen, im Alter mit Fremden zusammenzuwohnen, aber Lotte macht einen mehr als zufriedenen Eindruck. Schon möglich, dass es am Cannabis liegt. Er zeigt auf die Pflanzen. »Aber du weißt schon, dass das strafbar ist!«

»Willst mich vielleicht verpfeifen?« Lotte lächelt in einem fort, das irritiert ihn schon.

»A geh, ich sag ja nur. In einer Stunde treff ich mich mit dem Hartl wegen Augusts Bildern. Ich muss nur noch eines aus der Wohnung holen. Wegen des kleinen g.«

Lotte stützt ihr Kinn in die Hände. »Ich hab noch einmal über die Sache nachgedacht. Also, ich glaub nicht, dass der August ein Fälscher war. Dein Vater war Beamter, ein akkurater Mensch. Der hat nicht einmal beim Kartenspielen betrogen.«

Martin ist froh, dass sie das sagt. »Glaubst du? Und trotzdem soll er uns einfach so verlassen haben?«

Lottes Dauerlächeln ist verschwunden. »Ach, ich weiß doch auch nimmer, was ich glauben soll. Es ist so lang her.« Sie legt ihre Hand auf seine. Kein Schmuck, nur geflochtene Armbänder. »Ich wünsch dir Glück bei der Suche nach der Wahrheit. Die kann manchmal auch bös sein, aber das weißt du ja als Kriminaler.«

»Ich muss los. Danke fürs Essen, Mama, und für die guten Ratschläge ... und ich bin ehrlich froh, dass es dir gut geht.«

Er umarmt Lotte, danach malt sie ihm mit dem Finger ein unsichtbares Zeichen auf die Stirn. Schamanenhaft. »Es soll dir Glück bringen, Junge. Der Name scheint ja nicht viel zu helfen.«

Ein bisserl unheimlich ist sie ihm schon geworden, doch er winkt ihr fröhlich zu, als er sie am Fenster stehen sieht. Dann hastet Martin zu seinem Auto und fährt in die Wohnung.

***

Der Kunsthändler Werner Hartl ist ein netter Nachbar in der Seidengasse und seit zwei Jahren einer von Martins Tennispartnern. Er hat seine Galerie in der Innenstadt, dort haben sie sich verabredet. Dass er keinen Parkplatz finden wird, ist Martin klar, und deshalb fährt er in eine Tiefgarage. Er hasst Tiefgaragen, aber in Wien sind sie unvermeidbar.

Werner Hartl studiert das Gemälde, das Martin ihm mitgebracht hat. Viel Wörthersee mit weißer Frau auf Schinakl.

Martin zeigt auf den oberen Bildrand: »Erkennst du das kleine g? Dort, in die Sonne hat er es reingemalt.«

Hartl holt die Lupe hervor. »Und genau dieses g hast du in Flocks Herschel-Sammlung gesehen?«

Martin nickt. »Richtig. In sieben Bildern. Ich hab sie fotografiert, aber der blöde Sekretär hat mich gezwungen, die Fotos zu löschen.«

Werner Hartl nimmt das Bild in beide Hände. »Er war weiß Gott kein schlechter Maler, dein Vater. Die Ähnlichkeit mit Herschels Stil ist verblüffend. Und natürlich auch die Motive ... das wird aber wieder ein feiner Kärntner Skandal, wenn das rauskommt. Wie ist die Verbindung zwischen deinem Vater und den Herschel-Brüdern, weißt du das zufällig?«

»Dr. Landauf vermutlich. Der hatte damals schon eine kleine Galerie am See, und er hat mit Herschels gehandelt.«

Österreichs Kunstszene ist klein, da kennt jeder jeden. Werner Hartl kennt sie alle: »Ach, der Landauf. Ja, der hat sich auf österreichische Maler spezialisiert. Herschel, Mikl, Kogelnik, nur die Maria Lassnig hat er komplett verschlafen. Du musst wissen, dass es zu jedem bekannten Maler oder Bildhauer einen Experten gibt. Der lokalisiert die Bilder, analysiert sie und veröffentlicht dann einen Katalog der Werkausgabe. Damit adelt er die Bilder sozusagen: Was in der Liste des Experten auftaucht, gilt quasi automatisch als echt.«

»Und Landauf war der Experte für die Herschel-Brüder?«

Hartl schüttelt den Kopf. »Nein, zuerst nicht. Landauf hatte einen Lover, der war Kunstexperte in Klagenfurt und hat die Herschel-Werkausgabe erstellt. Professor Doktor Waldemar Kugel, jetzt weiß ich's wieder, so einen Namen kann man ja nicht vergessen. Der Professor starb an Herzversagen und vermachte seinem sehr viel jüngeren Liebhaber einen Batzen Geld, damit hat Landauf die Galerie am See eröffnen können. Und von da an war er der Herschel-Experte, verstehst du. Der größte Auf- und Verkäufer auch.«

»Wie praktisch«, sagt Martin.

»Du sagst es. Die Szene ist sehr inzüchtig, in Österreich sowieso. Aber auch weltweit ist es ein kleiner Zirkel, in dem Verkäufe im Millionenbereich dazu noch extrem diskret ablaufen. Am Fall Beltracchi hast du ja gesehen, wie ein geschickter Fälscher in Zusammenarbeit mit gefälligen Experten die Kunstwelt koffern kann ... und nebenbei Millionen verdienen. Und wenn jeder seinen Reibach macht – wen schert es dann, ob in einer Galerie, einem Museum oder gar einer Privatsammlung die ein oder andere Fälschung hängt? Ich darf an dieser Stelle Ernst Bloch zitieren:

›Die Fälschung unterscheidet sich vom Original dadurch, dass sie echter aussieht.‹«

Martin lacht. »Du hast mir eben jede Illusion über die Kunstszene genommen.«

Hartl lächelt nur. »Du, es ist wie in jeder anderen auch, es geht am Ende nur ums Geld. Wenn ich ein Bild kaufe oder in Kommission nehme, tue ich wirklich alles, um mich abzusichern. Eine Fälschung, die durch meine Hände gegangen ist – ich wäre ruiniert. Aber es ist gerade bei den Malern der Nazizeit extrem schwierig, die Herkunft aller Bilder nachzuverfolgen. Da wurden ja Werke, ganze Zyklen versteckt, außer Landes gebracht, von Nazis gebunkert ... na ja, und dann tauchen sie plötzlich wieder auf.«

»Weißt du zufällig was über die Geschichte der Herschel-Auferstehung?«

Hartl muss nachdenken, er war mit Herschel nie sehr vertraut, immer mehr auf berühmtere österreichische Künstler spezialisiert: Walde, Kokoschka, Berg, die Lassnig. »Ich glaube, Landauf hat die Bilder im Nachlass von Professor Kugel gefunden. Der hatte sie in einer Almhütte gelagert, als die Herschels ihre Werke vor den Nazis verstecken mussten. Die Bilder haben die Nazis und den Krieg überdauert, und Simsalabim, mit dem wundersamen Fund begann der Aufstieg von Landauf als Kunsthändler. Es ist übrigens gut möglich, dass da wirklich echte Herschels existierten, Landauf hat vielleicht einfach nur ein paar hinzugefügt. Weil dein Vater zufällig in diesem Stil malte ... ja, ich weiß schon, was du mich fragen willst, Martin. Aber darauf habe ich keine Antwort.«

Martin nimmt das Bild und zeichnet das kleine g mit dem Finger nach. »Aber was denkst du? War mein Vater ein Kunstfälscher?«

»Ich versteh was von Kunst, von Menschen weniger.«

»Meinst, ich? Obwohl ich Psychologie studiert hab …« Er legt das Bild vorsichtig auf den Tisch. »Aber die Frage quält mich schon. Meine Mutter meint, dass er als Beamter im höheren Dienst niemals etwas Unrechtes getan hätte.«

»Na ja, dann unterstell doch einfach, dass sie recht hat, die Lotte. Ich hab sie vor drei Tagen zufällig am Kiosk in der Schleifmühlgasse getroffen. Sie war beim Würstelessen, und irgendwie dacht ich, dass ihr unsere Begegnung peinlich war.«

Martin muss lachen. »Na, net. Sie ist nämlich offiziell Vegetarierin. Lebt in einer Art Kommune und …« Nein, das mit dem Kiffen muss er nicht weitererzählen.

»Und was willst du jetzt wegen der Fälschungen machen?«

Martin zuckt mit den Achseln. »Irgendwas schon. Man kann den Landauf ja nicht damit davonkommen lassen.«

Hartl schüttelt den Kopf. »Sicher nicht. Sollen wir noch ins Kaffeehaus auf einen Sprung? Das Bild kannst du hierlassen, wenn du willst. Ich häng es irgendwo auf. Unter ›August Glück‹ natürlich. Weißt du, dein Vater hätte seine Bilder nicht signiert, wenn er sie hätt fälschen wollen.«

Im Kaffeehaus erzählt Hartl ihm noch, dass Kunst eine Gewährungsfrist von drei Jahren hat. Wenn der Kunde, Flock zum Beispiel, diese versäumt, wird es für ihn schwieriger. Denn dann müsste er dem Verkäufer nachweisen, dass dieser in betrügerischer Absicht gehandelt hat. Martin oder Lotte würden rein gar nichts davon haben, wenn der Fälschungsskandal aufgedeckt würde.

***

»Ja, und warum willst du es dann überhaupt tun, wenn's eh nix bringt?«, fragt Larissa. Sie sitzen im Palais Coburg bei *Silvio*, den seine Frau beim Vornamen nennt wie einen guten alten Bekannten. Drei Hauben und zwei Sterne schüchtern Martin ein, doch er hat sich vorgenommen, an diesem Abend nichts verkehrt zu machen. Er greift nach dem Weinglas und trinkt einen kräftigen Schluck, bevor er antwortet. »Weil die Wahrheit so erregend ist.«

Larissa nippt immer nur am Glas, was angesichts der Weinpreise von Vorteil ist. Martin muss zugeben, dass das Menü im Prinzip ein Traum ist, aber halt viel zu anspruchsvoll für einen Wienerschnitzelfresser wie ihn.

»Es würde einen Riesenskandal geben, Martin. Landauf wird angeklagt, Flock hat eine Riesenwut, übrigens auch auf dich als Überbringer schlechter Nachrichten, und selbst die Romana kannst du aus der Sache nicht raushalten. Ich sehe nicht, was so erregend daran sein soll.«

Ihr kalter Verstand zieht ihn gleichermaßen an, wie er ihn abstößt. Larissa hat eine Meinung zu allem und jedem und wirkt selbst, wenn sie zornig ist, noch beherrscht.

»Jenseits der Frage, ob mein Vater an dem Betrug beteiligt war oder nicht, möchte ich Landauf nicht ungestraft davonkommen lassen, Larissa.«

Sie schneidet graziös ein kleines Stück von der kleinen Portion Seezunge mit Kren, Kürbis, Pastinaken und Orchideen. Führt es mit einer hübschen Bewegung zum blassrosa geschminkten Mund, öffnet ihn und kaut dezent, bis der delikate Mischmasch in ihrer Speiseröhre verschwunden ist. Während ich esse, denkt Martin, speist meine Frau. Sie ist das fehlerloseste Wesen, das er kennt. Oder ein einziger Fehler.

Larissa lächelt ihn an. »Ich versteh deinen Standpunkt, Martin. Andererseits ... es könnte ja auch sein, dass mit dem Skandal die Bilder deines Vaters doch noch berühmt werden. Ich mein, schlechter gemalt als der Herschel hat er ja nicht. Dann würde August sozusagen posthum zum Renner.«

Und du die Frau des Sohnes des berühmten August Glück, denkt Martin sofort. »Na ja, das kann man nicht sagen …«

»Aber möglich ist es«, beharrt Larissa. »Und was meint Lotte dazu, du warst doch bei ihr?«

»Ihr ist es wurscht. Lotte schwebt in anderen Sphären. Sie ist inzwischen übrigens Vegetarierin. Jedenfalls behauptet sie das.«

»Wie gut für sie. Ein bisserl Abnehmen könnte ihr nicht schaden.« Larissa sieht ihn prüfend an. »Dir übrigens auch nicht.«

Martin blickt auf seinen ehemaligen Waschbrettbauch. »Ich weiß, es ist der Mangel an Bewegung. Ich hab inzwischen wieder angefangen zu trainieren.«

Martin vermeidet es während des restlichen Essens, schnell zu trinken oder Dinge zu sagen, die ihr missfallen könnten. Das ist anstrengend, aber er schafft es. Nur eine Flasche Wein steht auf der Rechnung, viel Wasser und zwei kleine Menüs. Martin bezahlt und gibt zu viel Trinkgeld, was ihm einen strafenden Blick von Larissa einbringt.

Sie nehmen vom Palais ein Taxi zur Wohnung, wo Larissa eine Flasche Champagner kalt gestellt hat. Er hat noch Blumen besorgt, auf dem Weg vom Kunsthändler nach Hause, und sie bedankt sich für den Rosenstrauß. Blassrosa wie ihr Lippenstift.

Larissa erzählt von Wiens Gesellschaftsklatsch und Geschichten aus ihrem Büro, während sie die Champagnerflasche leeren. Dann spielt sie Latin Jazz auf der teuren Stereoanlage und fordert Martin zum Tanz auf. Sie schweben dahin, als wären sie ein perfektes Tanzpaar, Martin spürt Gefühle wie Glück oder Verlangen, und er küsst sie auf die blassrosa Lippen, die sich willig öffnen …

Der Sex ist gut, wirklich gut. Larissa ist gelenkig im Bett, phantasievoll auch. Doch als es vorbei ist, sagt sie nur »Gute Nacht«, dreht sich um und schläft. Schnarcht leise, was ihn wirklich rührt, weil es etwas ist, das nicht perfekt an ihr ist. Martin liegt noch ein paar Minuten wach und denkt über die Versöhnung nach. Sprich mit mir, Herz, sagt er lautlos, doch das blöde Herz schweigt. Er beschließt, am nächsten Tag zum See zurückzufahren wegen der Bilder. Dann schläft er ein.

Kapitel 23

Wie der Zufall so will

Das Erste, was ihm auffällt, ist die knallrote Gucci-Tasche. Bei Designerhandtaschen kennt er sich aus – langjährige Schulung durch Larissa (»Eine Handtasche ist für das Image einer Frau das, was ein Auto für den Mann ist«). Der Rest ist genauso blingbling. Dazu die wahnsinnsblonden Locken. Maresa überquert gerade die Straße, als er mit seinem Käfer von der Seidengasse in den Gürtel einbiegt. Sie hastet offenbar in Richtung Westbahnhof und hört nicht, wie er »Maresa?!« ruft. Da es keine Möglichkeit gibt, das Auto irgendwo abzustellen und ihr zu Fuß nachzulaufen, beschließt er, bei der nächsten Gelegenheit auf die Gegenspur abzubiegen und die Schleife zurück zum Westbahnhof zu fahren. Rücksichtslos und die Huper ignorierend wechselt er die Spuren, findet schließlich eine zum Abbiegen und fährt zurück in Richtung Bahnhof. Wenn er Glück hat, kann er ihr den Weg abschneiden.

Er sieht sie gerade noch im Haupteingang verschwinden, als er sein Auto im Parkverbot abstellt. Martin spurtet los, als sich ihm jemand entgegenstellt.

»Ja, da Herr Chefinspektor! Samma hinta einem Verbrecher her? Huahuahua.«

Er fasst es nicht. Frau Inge aus dem Waldviertler Rehazentrum. Martin ist so perplex, diese Frau, den Inbegriff seiner therapeutischen Qualen, in Wien zu treffen, dass er wie paralysiert dasteht und sie anstarrt.

»Na, wie geht's uns denn? Die Achillessehne scheint ja wieder ihren Dienst zu tun! So schlimm kann die Kur doch net gewesen sein?« Sie neigt den Kopf zur Seite und schaut ihn aus Augen an, die wie Luftballons aus ihrem hageren Gesicht hervorstechen.

»Ja, nein, also – ich muss einen Zug erreichen«, stammelt Martin und tastet nach dem Sackerl Gummibären in der Tasche. Leer. Grußlos dreht er sich um und hastet zum Eingang. Hinter sich hört er »Huahuahua, der Chefinspektor, wieder amal auf der Flucht«.

Als Martin die Bahnhofshalle betritt, ist Maresa verschwunden. Musste das Universum ihm ausgerechnet jetzt diese schreckliche Person schicken? Fluchend durchstreift er die Halle, schaut in jedes Geschäft und jedes Lokal. Dann fährt er mit der Rolltreppe ins Obergeschoss. Auch hier ist sie nicht, also kann sie nur in einen der wartenden Züge gestiegen sein. Aber mit welchem Ziel? Martin sieht sich auf dem Fahrplan die einzelnen Destinationen an: Zürich, Abfahrt 10.24. Was könnte sie in Zürich wollen? Heimlich Geld deponieren? Oder abheben? Oder vom Uetliberg den Blick auf den Zürisee genießen? München, Abfahrt 10.28. Auch gut möglich: Großstadt mit Herz für die Reichen und Promis, nach deren Gesellschaft Maresa so lechzt, Innsbruck, 11.15. Tja, irgendwie unvorstellbar, aber was weiß man schon. St. Pölten ... Niemals. Andererseits: Wenn sie wirklich untertauchen wollte, dort würde sie niemand vermuten.

Ist Maresa nun auf der Flucht, oder ist sie nur abgetaucht, um Andy Winzinger eins auszuwischen? Ziemlich ratlos steht Martin vor dem Fahrplan, als sein Handy läutet. Lily. »Martin, ich weiß, du bist mit deiner Bildergeschichte beschäftigt, trotzdem das heutige Bulletin vom Wörthersee. Also: Weder Maresa noch Tamara sind bisher aufgetaucht. Tamara ist nicht in Graz und auch nicht bei ihren Eltern. Und Maresa hat ihr Handy ausgeschaltet, auf diesem Weg finden wir sie also nicht. Das beunruhigt jetzt sogar den Winzinger ... und mich natürlich auch ...«

Martin unterbricht sie: »Maresa ist definitiv lebendig, ich hab sie grad am Westbahnhof gesichtet, sie aber aus den Augen verloren. Ich ruf dich an, wenn ich mehr weiß. Danach fahr ich eh gleich los und bin am Nachmittag in Kärnten. Wir sehen uns dann ...«

Bevor er eilig das Gespräch beendet, sagt Lily noch: »Fahr vorsichtig.« Ausgerechnet Lily!

Inzwischen ist es 10.22 Uhr, und der Zug Richtung Zürich fährt in zwei Minuten ab. Er läuft zum Bahnsteig sieben, wo der Railjet steht. Noch bevor er den Zug erreicht hat, rollt dieser aus dem Bahnhof – mit oder ohne Maresa. Martin flucht. Immerhin noch vier Minuten bis zur Abfahrt des Zugs nach München, also auf zu Gleis vierzehn. Das muss zu schaffen sein. Tatsächlich ist er eine Minute später auf dem Bahnsteig und auch schon im Zug. Er geht von Abteil zu Abteil und hält nach einem roten Farbfleck, Maresas Tasche, Ausschau. Sein Ziel ist die erste Klasse, denn Maresa würde sicher nicht in der Holzklasse reisen. Kaum hat er den Speisewagen passiert, kommt die Durchsage: Abfahrt. Martin schafft es gerade noch rechtzeitig, aus dem Zug zurück auf den Bahnsteig zu springen. Sein Fuß schmerzt, und er humpelt ein paar Schritte lang, vielleicht vor allem, weil er so frustriert ist.

Die ganze Aktion war für nix, und das Einzige, das er weiß, ist, dass Maresa nicht über den Jordan gegangen ist. Ganz im Gegensatz zu seiner Ehe. Larissa hat ihm am Morgen beim Kaffeetrinken ganz freundlich gesagt, dass dies der Abschiedssex war. Und er hat nur genickt und sich gedacht, dass das Ende zumindest schön war. Kein Schmerz, eher Erleichterung. Und dann, als er ging, rief sie ihm noch nach: »Grüß mir den Andy Winzinger.« Dazu ein geheimnisvoll-süffisantes Grinsen. Was sollte das? Aber im Grunde will er es gar nicht wissen.

Martin startet sein Auto und fährt in Richtung Süden. Hört eine CD mit Cool Jazz und kaut Gummibären.

***

»Du glaubst doch nicht wirklich, dass Maresa eine Mörderin ist!«, empört sich Lily atemlos, während sie hinter Blau herläuft. Sie sind mit dem Dackel am Saisser See unterwegs und reden – was sonst – über den Fall.

Maresa, die Mörderin. Halb glaubt er es, halb hat er einen anderen Verdacht, über den er noch nicht sprechen möchte. Trotzdem bringt er Argumente gegen sie vor: »Ihr ist eindeutig nichts passiert, sondern sie ist untergetaucht. Und das, nachdem sie eine kryptische Bemerkung über Monikas Ermordung gemacht und Drohungen gegen Tamara ausgestoßen hat. Kurz darauf ist Tamara verschwunden. Da ließe sich doch was zusammenreimen, oder?«

Lily ist nach wie vor überzeugt von der Unschuld ihrer Schulfreundin. »Vielleicht ist Tamara Monikas Mörder zum Opfer gefallen, und Maresas Verschwinden war nur ein zufälliges zeitliches Zusammentreffen? Oder Tamara hatte wirklich genug von allem und ist einfach abgehauen.«

»Ohne ihren Eltern Bescheid zu sagen?«, wirft Martin ein. Bei ihrem Gespräch während der gemeinsamen Bahnfahrt nach Wien hat er den Eindruck gewonnen, dass Tamara ein gutes Verhältnis zu ihren Eltern hat. »Du musst zugeben, dass Maresa verdächtig ist.«

Anstelle einer Antwort rennt Lily zu Blau und versucht, ihn am Halsband von seiner Buddelstelle wegzuziehen. Der

Hund hat die Wiese schon wieder in ein Kraterfeld verwandelt. Sie wirft Martin einen kurzen Blick über die Schulter zu, beugt sich zu Blau nach unten und antwortet: »Ich tippe da eher auf die gute Romana. Jetzt sag mir ehrlich, wie das mit dem Stick war, den du angeblich in der koreanischen Truhe gefunden hast.«

»Also, Romana hat doch überhaupt kein Motiv«, verteidigt Martin seine einstige Traumfrau. Er legt an Tempo zu, überholt Lily und zeigt auf das Anwesen jenseits der Wiese. »Schau, das ist das Gasthaus, wo der Blau …«

Doch Lily lässt sich nicht ablenken. »Wie war das mit dem Stick?«

Sie kann so verdammt stur sein. Eine Kärntner Eigenschaft? Oder eine weibliche? »Okay, ich sag es dir, wenn du nichts unternimmst und mir mit den Bildern hilfst. Ich möchte nämlich wissen, ob die Herschels beim Winzinger echt sind oder ein kleines g aufweisen. Du musst dem Winzinger sowieso sagen, dass die Maresa wiederaufgetaucht ist. Da könntest du persönlich vorbeischauen und die Bilder …«

Sie gibt ihm diesen Jetzt-nerv-mich-nicht-schon-wieder-Blick – oh Gott, deine blöden Bilder! »Ja, mach ich, ich schau nach. Dafür erzählst du mir jetzt, wie das mit dem Stick war.«

***

»Du hast versprochen, es nicht gegen sie zu verwenden«, sagt Martin, nachdem er die Geschichte wahrheitsgemäß wiedergegeben hat. Inzwischen sind sie auf dem Rückweg zum Parkplatz. »Sie hat im Grunde nichts Illegales getan.«

»Ein Diebstahl war es schon. Und verdächtig ist sie auch. Sie war auf die Erpressungsfotos aus und hat Monika … Blauuuuu!!!!« Der Hund ist blitzschnell wieder zu seiner alten Buddelstelle zurückgekehrt und zerrt stolz etwas Schwarzbraunes aus der Erde.

»Da schau, eine tote Ratte – braver Hund«, sagt Martin mit einem ironischen Seitenblick auf Lily, die ganz schön böse dreinblickt.

Doch Lily ist schon bei ihrem Hund, um ihm seine Beute abzunehmen. Ihre Stimme klingt jetzt aufgeregt. »Martin, komm her. Schau dir an, was Blau ausgegraben hat.«

***

In ihrem Büro begutachten sie Blaus Fund, den Lily mit spitzen Fingern in einen Plastikbeutel versenkt hatte, von denen sie immer einige bei sich trägt. Die braune Handtasche ist verschmutzt und durchnässt, doch sonst in gutem Zustand. Sie kann noch nicht lange unter der Erde liegen. Lily sieht Martin an, bevor sie mit Latexhandschuhen den Reißverschluss der Tasche öffnet. Beide haben den gleichen Gedanken: dass es Monikas Tasche sein könnte. Das wäre der Durchbruch, auf den sie gewartet haben.

Lily zieht vorsichtig ein iPhone heraus. Das Display ist schwarz. Als Nächstes fördert sie eine Geldbörse zutage, in der sie zweihundertvierzig Euro, einen Personalausweis und eine Kreditkarte findet. Alles auf den Namen Monika Linde.

»Ich hätte die Tasche mit ein paar Steinen gefüllt und in den See geworfen«, sagt Martin.

»Im See sind immer mal wieder Taucher unterwegs. Wahrscheinlich hielt es der Mörder oder die Mörderin für sicherer, die Tasche zu vergraben. Sie haben eben nicht mit Blau gerechnet.«

Lily hat alles auf den Schreibtisch gelegt, auch eine Packung Papiertaschentücher, einen Lippenstift, eine Puderdose und ein Kondom. Ganz zuletzt zieht sie vorsichtig einen lila Seidenschal aus der Tasche, den sie sofort in einem Plastikbeutel verschließt. Ihre Blicke treffen sich.

»Die Tatwaffe?!«, sagt Martin. »Wenn darauf DNA gefunden wird, die mit der von einem unserer Verdächtigen übereinstimmt, hast du den Fall so gut wie gelöst.«

»Das wär zu schön, um wahr zu sein.« Lily lächelt wie eine Honigkuchenstute. »Vielleicht finden sich ja auch auf dem Handy Hinweise auf das Motiv. Ich ruf jedenfalls gleich das Labor an. Gott, übermorgen kommt der Chef aus Afrika zurück, das wär ja das ideale Timing. Ich könnte ihm einen gelösten Fall präsentieren, Martin.«

Spontaneität ist eine ihrer Stärken – oder Schwächen, kommt darauf an. Sie steht auf und umarmt ihn. »Ich bin ja so froh, das kannst du dir gar nicht vorstellen. Komm, ich lad dich heut Abend zum Essen ein. Zur Feier des Tages.«

Er weicht nicht zurück, aber er legt auch nicht die Arme um sie. Wenn wir keine DNA-Spuren und auch nichts auf dem Handy finden, bringt uns der Fund nicht viel weiter, denkt er. Lily ist Optimistin. Das ist er im Grunde auch, doch mit größerem Realitätsanteil. »Machen wir, aber vorher gehst du bitte zum Winzinger.«

»Das kleine g, ich weiß.« Lily ist so guter Laune, dass sie seinen gebremsten Enthusiasmus ignoriert. »Du gehst jetzt am besten, ich muss ein paar Telefonate machen. Ach ja, und kannst du den Meisterdetektiv mitnehmen?« Sie deutet auf den Dackel, der unter ihrem Schreibtisch liegt. Blau blinzelt nur, offenbar ermattet von seinen Ausgrabungen. Martin nimmt ihn an die Leine, obwohl es ihm nicht passt, dass Lily ihm so einfach ihren Hund andreht. Als ob er ein selbstverständlicher Teil ihres Lebens wäre. Und Hundesitter.

»Ach ja«, sagt sie, als er schon an der Tür steht. »Wie war's in Wien?«

Täuscht er sich oder klingt ihre Stimme betont heiter und ziemlich falsch? Martin öffnet die Tür. »Ganz okay«, murmelt er, bevor er sie so sanft wie nur möglich schließt.

Blau sieht ihn an, als ob er ihn für den letzten Idioten hielte, und lässt sich ohne Weiteres auf den Rücksitz hieven. Martin startet den Wagen und fährt von Klagenfurt in Richtung Velden. Warum sollte er während der Fahrt nicht mit dem Hund sprechen, der auf seinem Rücksitz liegt? Blickkontakt via Rückspiegel: »Wenn wir alles gelöst hätten, bleiben noch zwei Fragen offen: Hat mein Vater von den Fälschungen gewusst oder nicht? Und wo zum Teufel ist Tamara?«

Die Antwort wartet vor der Haustür. Dort steht Tamara Sommer.

Kapitel 24

Die seltsame Entführung

Sie sitzen im Bootshaus und beobachten schweigend, wie Romanas altes Tretboot von den Wellen hin und her geschaukelt wird. Das anfangs sanfte Wiegen wird zunehmend kräftiger, der Wind bewegt das Wasser und kündigt mit den aus dem Westen auftauchenden Wolken ein Gewitter an. Bisher sind nicht viele Worte gefallen. »Tamara?!? Gott sei Dank!!« von Martins Seite und ein eher kleinlautes »Ich muss mit Ihnen reden« von Tamara. Dann hat Martin die junge Frau am Ellbogen untergefasst und sie über die Wiese hinunter zum Bootshaus geleitet. Dort würden sie weder von Romana noch von Alex gestört werden. Blau hat er vorübergehend in seinem Zimmer untergebracht.

»Sind Sie verletzt?«, ist Martins erste Frage.

»Nein, warum?«, erwidert Tamara verständnislos. Und nach einem tiefen Seufzer: »Ich glaub, ich brauche Ihre Hilfe, Herr Chefinspektor.«

Martin lässt sich sein Erstaunen darüber, dass sie über seinen Beruf Bescheid weiß, nicht anmerken. Vielleicht hat Lily sich verplappert oder – wahrscheinlicher – Alex. Möglicherweise aber auch Maresa ... »Erzählen Sie mir einfach, was passiert ist!«

»Gilt es als Entführung, wenn man jemanden gegen seinen Willen irgendwo festhält? Gibt's dafür Gefängnis?«

Also doch, denkt Martin. »Das kommt darauf an«, antwortet er ausweichend. »Dazu müsste ich Näheres wissen. Am besten, du erzählst mir alles von Anfang an. Wir können uns duzen, dann wird's einfacher – für dich.«

Tamara nickt, schaut an ihm vorbei ins Wasser und beginnt zögernd: »Also, ich hatte ja ursprünglich den Alex im Verdacht, dass er der Monika was angetan hat. Aber da war vielleicht der Wunsch Vater des Gedankens. Natürlich hab ich auch an unsere *Paradies*-Kunden gedacht. Die Monika war ja an kleineren Erpressungen beteiligt.«

Na, so klein dann auch wieder nicht, denkt Martin. »Das hast du nie erwähnt.«

»Na ja, ich wollte nicht, dass sie eine böse Nachrede hat. Und wieso hätte ich dieser chaotischen Polizeibeamtin helfen sollen?« Tamara räuspert sich. »Jedenfalls waren das keine so großen Summen, dass jemand sie dafür umbringen würde. Denk ich. Eher waren es Gefälligkeiten. Aber vor Kurzem hat sie dann erwähnt, dass sie an was Großem dran ist. ›Du wirst sehen, Tamara‹, hat sie ein paarmal zu mir gesagt, ›über kurz oder lang hab ich meine eigene Galerie‹. Irgendwie dacht ich, das hat mit den Winzingers zu tun.«

»Wie kommst du darauf?«

Tamara schaut in den wolkengrauen Himmel. »Ich weiß nicht, wie das zusammenhängt, aber mit diesem Gerede über eine eigene Galerie hat sie an dem Tag angefangen, an dem der Andy sie mit in sein Haus genommen hat und die Maresa überraschend heimgekommen ist.«

»Sie hat die beiden sozusagen in flagranti ...?«

Noch bevor Martin seine Frage vollenden kann, unterbricht ihn Tamara.

»Nein, nein. So war's nicht. Angeblich kam die Maresa ins Wohnzimmer, als die Monika sich ein paar Bilder angeschaut hat. Sie hat der Maresa dann erzählt, sie sei wegen der Bilder vom Herschel da, über den sie gerade eine Arbeit schreibt.«

»Und die hat ihr das abgenommen?«

»Nein. Die wusste ja von dem Pantscherl mit dem Andy. Auch dass sie angeblich Schluss gemacht haben. Und dann nimmt er sie mit heim, schön blöd. Arschloch!«, ruft Tamara plötzlich so laut, dass man es bis zum Pyramidenkogel hören könnte. »Na ja, jedenfalls haben danach diese Anrufe begonnen.«

»Welche Anrufe?«

»Die von der Maresa. Sie hat die Monika als Hure, Flitscherl und alles Mögliche beschimpft, und dass sie das alles noch bereuen werde. Maresa schiebt die Schuld immer der Frau zu, mit der dieser Idiot sie gerade betrügt!«

Sie sieht Martin Beifall heischend an, und er nickt zustimmend. Martin kann sich nicht vorstellen, wie ein weibliches Wesen, das halbwegs bei Verstand ist, einen Andy Winzinger zum Lebensinhalt machen kann. Ihm liegt die Frage auf der Zunge, warum sie sich denn mit ihm abgegeben hat, aber Tamara ist grad so schön am Erzählen.

»Die Monika hat mir gesagt, dass sie ihr sogar mit Mord gedroht hat. Na – und ist sie ermordet worden? Also!«

»Aber deine Freundin wurde umgebracht, als es zwischen ihr und Winzinger längst aus war. Da hatte Maresa doch keinen Grund mehr.«

»In letzter Zeit haben sie sich wieder ein paarmal getroffen. Aber nichts mit Sex oder so, glaub ich jedenfalls. Irgendwie geschäftlich, wenn man das so nennen kann. Also haben Maresas Anrufe wieder angefangen. Für mich waren die Winzingers die Verdächtigen Nummer eins. Sie aus Eifersucht, und er, weil er stinksauer war, dass Monika seine Geschäftsfreunde erpressen wollte.«

»Daher hast du beschlossen, sozusagen vor Ort zu recherchieren? Ich hab dich nämlich mit Winzinger im *Seefels* gesehen und auch auf Fotos von der Flock-Party.«

Tamara schaut ihn von der Seite an. »Ja, genau. Kurz nach Monikas Tod hat sich Andy Winzinger an mich rangemacht. Natürlich mit der Absicht, an den Stick zu kommen, ich bin ja nicht blöd. Ich bin drauf eingegangen, um mehr zu erfahren. Aber ich hatte den Stick ja nicht, den die Frau Kontrollinspektorin so dringend sucht.« Tamara lächelt herzergreifend aufrichtig. »Ich weiß bis heute nicht, wo er ist. Ehrlich jetzt. Möglich, dass Monika ihn bei ihrer Oma deponiert hat.«

Gut geraten, denkt Martin und fragt: »Warum hast du mir nichts von deinem Verdacht erzählt? So was auf eigene Faust zu machen, ist nicht ungefährlich. Mensch, Tamara: Das hätt schwer danebengehen können!«

Sie schaut ihn zweifelnd an. »Ja, schon. Aber ... du hättest mir sagen müssen, dass du ein Kieberer bist.« Ein kurzes Lächeln, ein Augenaufschlag. Flirtet sie etwa mit ihm?

Jetzt sieht er Alex vom Haus in Richtung See schlendern. Er hat ein winziges Handtuch um die Hüften geschlungen und stolziert wie ein Pfau durch die Wiese auf das Wasser zu. Dann hebt er die rechte Hand an die Stirn, schirmt seine Augen vor der Sonne ab und blickt in Richtung Bootshaus. »Machen wir eine kleine Runde mit dem Tretboot«, schlägt Martin spontan vor. Einen Störfaktor namens Alex kann er jetzt überhaupt nicht brauchen.

Rasch hat er das Boot aus der Verankerung gelöst, hilft Tamara hinein, und schon strampeln sie auf die Mitte des Sees zu. Er sieht nicht, wie Alex wild mit den Armen fuchtelnd am Ufer steht und ihnen etwas nachruft.

»Was hast du denn über Maresa und Andy Winzinger herausgefunden?«, nimmt er nach kurzer Zeit das Thema wieder auf.

»Eigentlich nichts. Der Andy hat für den fraglichen Abend ein Alibi, das er aber nicht nützen kann oder will.

Ich bin draufgekommen, dass er zur Mordzeit mit der Tussi vom Flock zusammen war. Das wollt er aber nicht publik machen, das war streng geheim.«

»Waaaas? Der Winzinger hat was mit der Frau vom Flock?« Das überrascht Martin jetzt wirklich. Und Tamara sitzt da wie eine Katze, die grade eine Maus verspeist hat und ihm eine zweite als Geschenk macht.

»Psst«, hält sie den Finger vor den Mund. »Der Andy bringt mich um, wenn er erfährt, dass ich dir das erzähle. Nicht, dass er in die Flock verschossen wäre. Dem Andy geht es um Infos, die mit dem Seegrundstück zusammenhängen. Sie denkt natürlich, dass er total in sie verliebt ist. Frauen sind ja so was von blöd.«

»Und was hat das jetzt mit Maresa und der Entführung zu tun?«

»Also, die Maresa hat mich beim ...« Tamara stoppt, als Martins Telefon läutet. Es ist Lily.

»Du, ich kann jetzt nicht. Reden wir, wenn du den Blau holen kommst«, sagt Martin ziemlich barsch.

Sie klingt ein bisserl beleidigt. »Schon gut, ich war beim Winzinger und muss jetzt noch einmal ins Büro. Dann hol ich den Blau in ein, zwei Stunden bei dir ab. Ist das okay für dich?«

»Ja, bis später«, beendet Martin das Gespräch. »Also, was hat Maresa?«, will er nach der Unterbrechung das Thema Entführung wieder aufgreifen, spürt aber die ersten Regentropfen.

»Wir sollten umkehren.« Tamara schaut nach oben in den inzwischen dunkelgrauen Himmel. Und während sie beide in die Pedale treten, um im gefühlten Zeitlupentempo vorwärtszukommen, regnet es auf sie herab, und es blitzt und donnert in der Ferne, dass es zum Fürchten ist. An ein Gespräch ist nicht mehr zu denken, Martin ärgert sich, dass er nicht früher in den Himmel geschaut hat. Er ignoriert den leichten Schmerz in seinem Fuß.

Nach wenigen Minuten ist der Spuk vorbei, das Gewitter ist vorübergezogen, und der Regen fällt nur noch in zarten Tropfen. Klatschnass erreichen sie Romanas Bootshaus. Dort steht Alex und empfängt sie mit »Ja, seid's ihr wahnsinnig? Habt's ihr die schwarzen Wolken nicht gesehen? Ich wollt schon die Seerettung rufen«. Er hilft den beiden aus dem Boot und reicht jedem ein Handtuch. Tamara und Martin schütteln sich wie nasse Hunde und rennen dann zum Haus.

»Ich hab mir echt Sorgen gemacht. Und in deinem Zimmer bellt die ganze Zeit eine wild gewordene Bestie.« Alex, dessen Fürsorge mit deutlicher Neugier gepaart ist, heftet sich an ihre Fersen.

Martin dreht sich zu ihm um und sagt streng: »Sorry, Alex! Wir wissen das zu schätzen, aber jetzt müssen wir allein reden. Um den Hund kümmere ich mich gleich.«

Kurze Zeit später – er hat Blau, der sich jetzt mit Teppichfransen beschäftigt, aus dem Zimmer geholt – sitzen sie in Bademänteln und mit heißem Tee in der Bibliothek. »Also, wann hat dich Maresa entführt?«, beginnt Martin.

Tamara sieht ihn erstaunt aus weit aufgerissenen blauen Augen an und antwortet: »Wieso? *Ich* hab die Maresa entführt.«

***

»Ich hab dir doch gesagt, dass sie unschuldig ist!«

Als er ihr am späten Abend Tamaras Geschichte erzählt, triumphiert Lily. Weil sie es erstens liebt, recht zu haben, und zweitens froh ist, dass Maresa zu den Guten gehört. Gewissermaßen.

Die Geschichte der Entführung begann damit, dass Tamara von ihrem Klagenfurter Appartement nach Köstenberg zum Haus eines verreisten Bekannten fuhr, um dessen Katze zu versorgen. Am Bahnübergang in Pörtschach musste sie mehrere Minuten vor den geschlossenen Bahnschranken warten. Plötzlich tauchte eine den See entlangjoggende Maresa auf, erkannte Tamara, die bei offenem Fenster in ihrem kleinen Fiat saß, und stellte sich schimpfend und mit den Armen wild fuchtelnd vor das Auto. Als die Bahnschranken hochgingen, sprang Maresa zur Seite, öffnete blitzschnell die Beifahrertür und ließ sich auf den Sitz neben Tamara fallen. Tamara fuhr an und weiter in Richtung Köstenberg – neben sich die kreischende Frau ihres vermeintlichen Geliebten.

»Tamara ist irgendwann auch ausgerastet«, erzählt Martin. »Vor dem Haus ihres Bekannten packte sie die schreiende, um sich schlagende Maresa, zerrte sie ins Haus und sperrte sie in der Speisekammer ein. Das Mädchen macht Kickboxen und ist ganz gut dabei. Sie wollte erst nur, dass Maresa sich beruhigt und wieder ansprechbar würde, bis die Katze gefüttert und die Pflanzen gegossen waren.«

»Ja, und? Warum hat sie sie dann nachher nicht gleich wieder rausgelassen und in ein Taxi nach Hause gesetzt?«, wirft Lily ein.

»Da Maresa von ihrem Hysterietrip nicht runterkam und wieder auf Tamara losging, hat Tamara sie zurück in die Kammer gedrängt und zugesperrt. Tamara wusste nicht, was sie tun sollte, und schlief dann auf der Couch im Wohnzimmer. Am nächsten Morgen hat Maresa nur noch geweint. Tamara tröstete sie, und dann haben sie den nächsten Tag einfach ›durchgeredet‹, wie Tamara sagte. Das Ergebnis war ein gemeinsamer Racheplan gegen Andy Winzinger.«

Die Rache der Frauen, denkt Lily. Es gab einmal einen Film über betrogene Ehefrauen, die sich zusammentaten, der hat ihr gut gefallen. »Aber wie und warum ist Maresa dann in Wien aufgetaucht?«

Martin schaut von Blau, der immer noch Teppichfransen kaut, auf Lily, die in ihrem gepunkteten Sommerkleid richtig hübsch aussieht. Nur nicht ablenken lassen. »Tamara sagt, dass sie Maresa zurück zur Villa gefahren hat. Winzinger war nicht da, und Maresa hat sich dort das gesamte Bargeld aus dem Tresor geholt, er hat ja immer viel im Haus für seine diversen Schmiergelder. Maresa ist dann mit dem Taxi zum Bahnhof gefahren und nach Wien, wo die Winzingers eine Wohnung haben. Von dort ist sie in die Schweiz, um sich von einem Konto zu bedienen, das auf ihren Namen läuft. Es soll auch einige Immobilien geben, die Winzinger unter Maresas Namen besitzt. Sie wird ihn finanziell richtiggehend strippen, hat sie Tamara gesagt. Unserem Andy stehen böse Zeiten bevor.«

Kein Mitleid, denkt Lily und streichelt Blau. Er ist oft lästig und manchmal unverschämt, aber einer gewissen Spezies von Ehemännern durchaus vorzuziehen.

»So eine richtige Entführung war es ja wohl nicht. Eher eine Posse«, sagt Martin.

Lily erwidert sein Lächeln, wird dann ernst. »Morgen früh bekomme ich vom Labor wegen Monikas Handtasche Bescheid. So, und jetzt muss ich los, es ist schon spät.«

Martin begleitet sie zu ihrem Auto. Doch bevor sie einsteigt, fällt ihr noch was ein. »Ich war beim Winzinger und hab die Bilder angeschaut, wie du es mir aufgetragen hast. Und du hast recht. Einer von den Herschels hat ein winziges g, kaum zu erkennen. Und was bedeutet dieses g jetzt? Winzinger hat übrigens total wurschtig reagiert, als ich ihm von Maresas Auftauchen in Wien erzählt habe. Obwohl ich das Gefühl hatte, dass das aufgesetzt war. Der macht sich Sorgen – nicht um sie, sondern ums Geld. So, jetzt aber …«

Bevor sie einsteigt, gibt sie ihm die Hand. Er schüttelt sie, und dann stehen sie sekundenlang da und wissen nicht, was ein angemessener Abschied wäre. Ein Wangenkuss? Nein, nur »Gute Nacht«.

Sie fährt erstaunlich sanft an, während Martin zum Haus geht. Noch eine Runde Nachtschwimmen? Er entscheidet sich dagegen. Es war ein langer Tag.

***

Martin erwacht vom heftigen Klopfen an seiner Tür. Romanas Stimme: »Martin, die Prokopp ist am Apparat und will dich sprechen. Sie ist ganz aufgeregt. Hat dich am Handy nicht erreicht. Nur dass du es weißt: Anrufe zu so früher Stunde toleriere ich normalerweise nicht. Das stört den Schlaf meiner Gäste.«

Benommen schwingt sich Martin aus dem Bett, schaut auf seine Uhr, die sieben zeigt, und zieht zu den Boxershorts, in denen er geschlafen hat, ein T-Shirt über. Dann wankt er hinunter zum Telefon.

»Dein Handy ist ständig auf Mobilbox. Telefonierst du bereits in aller Früh, oder ist der Akku leer?« Lily wartet seine Antwort nicht ab: »Also, ich hab das Ergebnis von der Spurensicherung und den Technikern. Erstens: es gibt keine brauchbaren DNA-Spuren. Und zweitens haben die Techniker Monikas Handy wiederbelebt. Darauf findet sich das Foto eines Gemäldes, das am Mordabend um 20.23 Uhr aufgenommen wurde. Sieht meiner Meinung nach wie ein Herschel aus. 20.23 Uhr – was sagt uns das?«

Auf einmal ist er wach wie nie. »Zwischen halb acht und acht ist sie von hier weg zu einer mysteriösen Verabredung. Kurz darauf wurde sie ermordet, und dazwischen hat sie das Foto gemacht? Das heißt doch klar, dass dieser Herschel, den Monika fotografiert hat, auf den Tatort hinweist. Schick mir das Foto rüber, ich hab inzwischen alle Herschels oder Herschel-Kopien gesehen, die hier so rumhängen. Ich kann vielleicht das Bild dem Ort zuordnen. Lily, wir sind nah dran!«

Und wem haben wir es zu verdanken, denkt Lily: meinem Dackel! »Wir könnten auch den Dr. Landauf fragen. Falls er es überhaupt verkauft hat.«

»Für Bilderverkäufe gibt es Aufzeichnungen. Und wer außer Landauf verkauft in dieser Gegend Herschels? Also bin ich ausnahmsweise einmal zuversichtlich.« Er schaut auf seine Uhr. »Treffen wir uns um neun vor Landaufs Galerie. Und bring das ausgedruckte Foto mit.«

Kapitel 25

Wahrheit oder Lüge?

Martin geht ein Viertelstunde früher los. Er möchte etwas mit Landauf besprechen, bevor Lily kommt.

Landauf sperrt gerade die Galerie auf. Er ist wie immer elegant gekleidet, und seine Begrüßung ist so höflich, dass sie schon wieder ironisch sein könnte. »Ja, der Herr Chefinspektor, habe die Ehre – was verschafft sie mir so früh am Morgen?«

»David Herschel«, antwortet Martin knapp.

Landauf zuckt nicht mit der Wimper. »Interessieren Sie sich für seine Kunst?«

»Nein, ich muss mit Ihnen über meinen Vater reden.«

»Ja, aber ich habe Ihnen doch schon ...«, setzt Landauf an, doch Martin unterbricht ihn. »Es geht um die Fälschungen, Herr Dr. Landauf!«

Martin beobachtet ihn genau, doch der Kunsthändler hat sich perfekt unter Kontrolle. »Ich hab jetzt aber ganz wenig Zeit, in einer halben Stunde kommt hier eine Parade der Volkstänzer vorbei, da wollt ich ein paar Worte sagen ...«

»Das können Sie immer noch – aber vorher müssen wir reden.«

Landauf widerspricht nicht, sondern weist auf zwei sehr unbequeme Sessel, von denen Martin dachte, dass sie Kunstwerke wären.

Er sitzt wie auf rohen Eiern. »Ich weiß, dass Sie an Winzinger und Flock und vielleicht auch an andere falsche Herschel-Bilder verkauft haben, da brauchen wir gar nicht lange herumreden.«

Landauf schlägt die Beine übereinander, und seine Hände verkrampfen sich, doch er versucht ein Lächeln.

Martin sieht auf seine Uhr und hofft, dass Lily unpünktlich ist. »Allerdings bin ich als Privatmann hier und nicht als Polizist. Alles, was ich vorerst will, ist eine ehrliche Antwort auf die Frage: Welche Rolle hat mein Vater in dieser Geschichte gespielt?«

Landauf lächelt immer noch, inzwischen erleichtert. »Dann will ich ebenso offen sein, Herr Glück: Ich wollte Ihnen das nicht sagen, um Sie nicht zu belasten. Und natürlich hätte das ja auch für mich Konsequenzen gehabt. Aber Ihr Vater kam eines Tages zu mir, weil er Geld brauchte. Er hatte vor, Ihre Frau Mutter zu verlassen und nach Kroatien zu gehen. Malen unter südlichem Himmel, eine Künstlerin treffen, mit der er seit Jahren korrespondierte, ein neues Leben beginnen. Daher hat er mir vorgeschlagen, seine Herschel-Nachmalungen als echte zu verkaufen und den Erlös zu teilen.«

Martin hat es herausgefordert, und nun trifft es ihn mit voller Wucht. »Das war also seine Idee und nicht Ihre?«

Landauf wirkt jetzt ganz entspannt. »Der ursprüngliche Vorschlag kam von ihm, das ist richtig. Aber selbstverständlich war ich nicht abgeneigt. Meine Geschäfte liefen damals mau, und so wäre das Arrangement zu unser beider Vorteil gewesen. Schauen Sie, die Bilder Ihres Vaters waren ja wirklich sehr, sehr gut, und was hätte es für die Banausen, meine Käufer, schon für einen Unterschied gemacht. Es geht denen doch nicht um Kunst, sondern um Prestige. Die Welt will betrogen werden, mein Lieber, und die Kunstwelt allemal.«

Erwartet der Mann etwa Verständnis von ihm? »Wie viel?«

»Was meinen Sie?«

»Wie viel haben Sie meinem Vater gezahlt?«

»Eine Million Schilling. Damit konnte man damals schon was anfangen.«

»Und er ging mit dem Geld nach Kroatien?«

»Ich nehme es an, jedenfalls hatte er es vor.«

»Wissen Sie zufällig auch, wohin?«

Landauf schenkt sich aus einer Karaffe ein Glas Wasser ein. »Möchten Sie? Nein? Meine Espressomaschine ist leider dahin, sonst hätte ich Ihnen was angeboten. Und zu Ihrer Frage: Nein, ich habe keine Ahnung. Auch in der europäischen Kunstszene tauchte August nicht mehr auf, ich habe mich umgehört. Aber vielleicht hat er unter einem Pseudonym weitergemalt. Wie auch immer, ich hoffe, er hat sein Glück gefunden.«

Aus Landaufs Pokerface ist nichts herauszulesen, und Martin überlegt, was er jetzt tun soll. Vorausgesetzt, der Galerist hat die Wahrheit gesagt, dann kann er ja wohl schlecht seinen Vater als Komplizen einer Kunstfälschung anzeigen. Moralisch hat er mit der Sache sowieso kein Problem. Winzinger und Flock haben viel Geld hingelegt, um mit Herschels zu prahlen, was sollte die ein kleines g stören? Aber was, wenn Landauf lügt? Wenn sein Vater nichts davon wusste? Dann hätte er sich doch wohl längst gemeldet, oder nicht? Es bleiben Fragen, er wird später eine Entscheidung treffen. Jetzt ist er dazu nicht imstande, zu groß ist seine, ja – Enttäuschung über den Vater! Vielleicht sollte er sich zunächst einmal auf die Suche nach August machen und ihn damit konfrontieren. Er könnte damit beginnen, alle Galerien in Kroatien abzuklappern, um ihn zu finden. Denn dass sein Vater mit dem Malen aufgehört hat, daran glaubt er nicht.

Lily kommt durch die Tür. Sie trägt Jeans und Pullover und sieht aus, als wär sie aus dem Bett gefallen.

Landauf mustert sie mit Unbehagen: »Ja, Frau Kontrollinspektorin Prokopp. Guten Morgen.« Landauf steht auf und bietet ihr einen Platz an. »So viel Besuch schon in der Frühe. Was kann ich für Sie tun?«

Lily hat Schatten unter den Augen, und ihre Stimme klingt brüchig. Sie ist ganz auf Landauf konzentriert: »Ich brauche eine fachliche Auskunft von Ihnen: Können Sie sich erinnern, wem Sie dieses Bild verkauft haben?«

Als sie den Ausdruck des Handyfotos aus ihrer Handtasche holt, ist Landaufs Aufmerksamkeit durch eine Abordnung von Volkstänzern abgelenkt, die vor der Galerie steht. An Lily gewandt entschuldigt er sich. »Ich muss nur kurz etwas sagen. Darf ich Sie bitten, inzwischen in meinem Büro zu warten? Durch die Glastüre und dann rechts. Ich beeile mich.«

Lily sieht Martin an. »Was ist los mit dir? Du wirkst ja total deprimiert.«

»Ach nichts, ich hab Kopfweh«, lügt Martin.

Das Büro ist ultramodern möbliert, dominiert von hellem Grau und zartem Gelb. Die Farben bringen die Bilder an den Wänden besonders gut zur Geltung. Wie magisch angezogen geht Lily auf ein Bild zu, das hinter dem Schreibtisch hängt. Es zeigt ein Paar beim Picknick in surrealer Landschaft – ein Herschel-Motiv.

Martin stellt sich neben sie. »Das Bild von Monikas Handy«, sagt Lily.

Sie hat vor Aufregung rote Wangen. »Genau, das ist es!« Sie hält den Fotoabdruck gegen die Wand. »Gar kein Zweifel. Sie war also noch einmal hier und hat dieses Foto gemacht. Um 20.23 Uhr. Kurz darauf wurde sie erdrosselt. Und danach in den See geworfen. Es war Landauf!«

Martin kann ihre Begeisterung nicht ganz teilen. Das Ende eines Falls löst bei ihm oft zwiespältige Reaktionen aus. Hinterher erscheint einem die Lösung einfach, und man denkt, man hätte viel früher draufkommen können. Durch seinen Vater ist er mehr in diesen Fall involviert, als ihm lieb ist. Und er muss es ihr sagen. »Wir haben auch ein prima Motiv: Landauf hat falsche Herschels verkauft, und Monika ist ihm auf die Schliche gekommen. Sie hat ihn erpresst, und diesmal ging es um eine wirklich große Summe. Vielleicht so groß, dass Landauf sie nicht zahlen wollte.«

Für Martin fügt sich jetzt alles zusammen – bis auf eines ...

»Du meinst, deine Bildergeschichte hat mit unserem Mord zu tun?«

»Ich vermute ja.«

»Und dein Vater?«

Ja, eben. Bevor Martin über eine Antwort nachdenken kann, kommt Landauf ins Büro. Er will sich an seinen Schreibtisch setzen, als Lily ihm wortlos den Fotoausdruck hinhält.

»Ja, was soll ich damit?«, fragt er verwirrt und setzt seine Lesebrille auf, die er an einer Silberkette um den Hals trägt. Dann schaut er sich das Foto genauer an. »Ist das das Bild, von dem Sie wissen wollen, an wen ich es verkauft habe? Aber Sie sehen doch, dass es bei mir hängt. Es hat mir so gut gefallen, dass ich es behalten wollte.«

Lily bleibt sehr höflich. »Sie bestätigen also, dass es sich hier um ein Foto dieses Gemäldes handelt?«

»Ja, eindeutig«, sagt Landauf, und mit vielsagendem Blick auf Martin Glück: »Ein echtes Meisterwerk!«

Lily: »Wissen Sie, wann und von wem dieses Bild fotografiert wurde?«

Sie erntet nur verständnisloses Kopfschütteln.

»Sie hätten auf Monika Lindes Handy schauen sollen. Sie hat dieses Bild um 20.23 am Mordabend fotografiert. Weil es eben kein Original ist, sondern eine Fälschung. Monika wusste, dass Sie falsche Herschels verkauft haben. Und wollte Sie damit erpressen.«

Einen Augenblick lang haben Lily und Martin den Eindruck, dass Landauf in Ohnmacht fallen wird. Er ist bleich geworden, und seine Mundwinkel zittern. Doch der Schwächemoment geht vorüber. Er wendet sich von dem Bild ab und schaut ausdruckslos aus dem Fenster.

»Ich muss Sie ins Kommissariat mitnehmen, Herr Dr. Landauf. Sie stehen unter Verdacht, Monika Linde ermordet zu haben.« Lily klärt ihn über seine Rechte auf und fragt ihn, ob er einen Anwalt anrufen möchte.

»Ja, Herrn Dr. Billinger in Villach.«

Er telefoniert mit seinem Anwalt, der ihm rät, nichts zu sagen, bevor er mit ihm auf dem Kommissariat gesprochen hat. Landauf ist dankbar, dass Lily Prokopp auf Handschellen verzichtet. Ein letzter Blick, dann verlassen sie das Büro und die Galerie, die er sorgfältig abschließt. Als sie auf die Straße gehen, kommt aus der Richtung des Schlosshotels die Parade der Volkstänzer – hüpfend, sich im Kreis drehend, jauchzend. Unter den Klängen der Sauhupferlpolka schreitet Dr. Richard Landauf, eskortiert von Lily und Martin, auf den Wagen zu, der ihn nach Klagenfurt bringen wird.

***

Und wieder einmal packt Martin Glück. Diesmal, um die Villa Romana zu verlassen und sich auf den Weg nach Kroatien zu machen. Hier gibt es für ihn nichts mehr zu tun. Der Fall Monika Linde ist für die Polizei abgeschlossen, die Staatsanwaltschaft hat Anklage erhoben, und Landauf sitzt in Untersuchungshaft.

Der Kunsthändler hat gestanden, zumindest den Tatbestand der Körperverletzung mit Todesfolge. Im Streit sei er in Panik geraten und habe, hinter ihr stehend, den Seidenschal, den sie um den Hals trug, zugezogen. Mörderische Absicht sei keine dahinter gewesen. Er wollte sie nicht töten, nur außer Gefecht setzen, um Zeit zu gewinnen. Monika hatte ihn wegen der falschen Herschel-Bilder erpresst. Bei Winzinger war ihr an den Bildern das kleine g aufgefallen, Herschel hatte seine Bilder nie signiert. Da Andy Winzinger stets verkündet hatte, er habe die Gemälde zu einem stolzen Preis, den sich nicht jeder leisten könne, bei Landauf gekauft, war für sie klar, woher die Fälschungen stammten. Sie forderte eine Million Euro.

Landauf gab zu Protokoll, die Leiche in der Nacht zu seinem Boot geschafft zu haben. Eigentlich wollte er sie zu einer Baustelle am Südufer bringen und dort vergraben. Aber als er sie ins Boot zu hieven versuchte, sei sie ihm entglitten und in den See gefallen. Landaufs Anwalt erhofft sich von der Kooperation und der Reue seines Mandanten ein milderes Urteil.

Dieser Fall ist geklärt, Martins persönlicher nicht. Der See – er wird ihn vermissen, obwohl Kroatiens Küste sehr schön sein soll. Lily wird ihm fehlen, Romana natürlich, sogar Alex. Nur die Mittwochabendessen, denen wird er nicht nachtrauern. Es ist Mittwoch, und aus der Küche dringen seltsame Gerüche in die Eingangshalle. »Ich wär so weit«, ruft Martin, und Romana eilt mit grüner Schürze auf ihn zu.

»Bist jederzeit wieder willkommen, Martin, selbst wenn ich Gäste hinauswerfen muss«, beteuert sie, während sie ihn umarmt. »Und eines sag ich dir gleich: Deinen Vater wirst du nicht in Kroatien finden. Dem ist was passiert! Wirst schon sehen!« Wenn er sich nicht irrt, glänzen Romanas grüne Augen ein wenig feucht. Dann räuspert sie sich und ruft nach Alex. »Der Martin reist ab, willst dich nicht verabschieden?« Ihre Stimme hallt durchs Haus.

»Komm gleich!«, ruft Alex aus dem Keller, wo er gerade versucht, ein kaputtes Wasserrohr zu flicken.

»Du solltest wirklich einmal richtige Handwerker ins Haus lassen«, sagt Martin. »Zum Beispiel, wenn du im Casino gewinnst – oder besser das Spielgeld sparst.«

Dann geht er mit seinem Gepäck zur Tür und dreht sich noch einmal um. Sein *Wörthersee* ist das Erste, das Gäste sehen, wenn sie die Halle betreten. Zu Romana: »Geh, das kannst doch nicht hier hängen lassen. Stell's in den Keller! Ich weiß eh, dass es ein Schmarrn ist. Ich mal so, wie du kochst, meine liebe Romana.« Darauf drückt er sie noch einmal und verlässt dann das Haus.

Nachdem er das Gepäck im Auto verstaut hat, geht er außen herum zum See. Der Abschied von seinem Lieblingswasser macht ihn aus vielen Gründen traurig. Einer davon: Lily ist nicht aufgetaucht, um Lebewohl zu sagen. Er greift zu seinem Handy und ruft sie an. »Wollte mich nur verabschieden, Lily. Ich fahr jetzt. Zuerst nach Wien, um wegen meiner Scheidung was zu regeln, und dann nach Kroatien.«

Ihre Stimme klingt gedämpft. »Ich dachte, ich komm besser nicht vorbei, wird für mich vielleicht zu sentimental. Quasi Selbstschutz. Mach's gut, Martin, und danke für alles.«

»Aber wir bleiben doch in Verbindung?!«

»Ja, sicher«, antwortet sie. Dann hört er sie »Blauuuuuu!!!« schreien, und schon ist sie aus der Leitung.

Kapitel 26

Zurück am See

Martin mag Wien im September. Im Übergang zwischen der Hitze des Sommers und der Kühle des Herbstes zeigt die Stadt ihr heiteres Gesicht. Überall sitzen die Leute noch draußen in den Cafés und Heurigen, doch die Touristenhorden in kurzen Hosen schwinden allmählich. Wien neigt sich peu à peu seinen Ureinwohnern zu, und Martin findet wieder Platz in seinen Stammbeisln. Zwar lädt ihn Lotte manchmal zum Essen ein, doch zum Vegetarismus wird sie ihn nicht bekehren. Ach, Lotte! Es ist schon komisch, wieder mit der Mutter unter einem Dach zu wohnen. Er betrachtet es als Übergangslösung. Bis zur Scheidung. Bis er seine »Strafzeit« abgebüßt hat. Denn sein Vorgesetzter, sein Freund, der, mit dem Larissa ihn angeblich nicht betrogen hat, setzt ihn »gnadenhalber« ein Jahr lang als sogenannten Springer ein. Das heißt, dass er überall dorthin versetzt wird, wo Personal knapp ist und vorübergehend jemand gebraucht wird. Sein Gehalt läuft weiter, nur die Spesen muss er abrechnen, grauslicher Papierkram.

Hatte er eine Wahl? Hatte er nicht! Nach einem Jahr, und wenn er sich bewährt, wird man ihn wieder in Wien beschäftigen. Hat sein Boss versprochen. Und ihm dringend empfohlen, eine »Wuttherapie« zu machen.

Martin hat es ihm zugesagt, doch er denkt nicht dran. Auch weil die Wochen in Kärnten ihn irgendwie verändert haben. Zum Besseren. Er regt sich nicht mehr so schnell auf, eigentlich überhaupt nicht mehr. Selbst als er mit Larissa über die Scheidung sprach, blieb er erstaunlich gelassen. Soll sie doch den Krempel in der Wohnung behalten, all die Vasen und Skulpturen, das teure Geschirr und das Tafelsilber. Wenn ihr Herz daran hängt, geht er halt mit ein paar seiner Lieblingsbücher, Augusts Bildern und der Schallplattensammlung nebst Plattenspieler aus dieser Ehe. *Frei ist nur, wer nichts zu verlieren hat.* Der Spruch, den ein Vorgänger im WG-Zimmer an die Wand gemalt hat, gefällt ihm irgendwie.

Auf seinem Laptop erscheint jetzt via Skype Lilys Gesicht. Vertraut und fremd zugleich. Sie haben schon länger nicht miteinander telefoniert, was sollten sie einander auch sagen? Lily wirkt erhitzt und aufgeregt, im Hintergrund sieht er eine Hausfassade, die er gut kennt. »Hallo, Martin. Du glaubst nicht, wo ich jetzt bin.«

»Doch, Lily. In der Villa Romana. Auf der Terrasse. Was ist das für ein Lärm?«

»Das Nachbargrundstück«, sagt Lily. »Der Flock hat den Zuschlag bekommen und lässt jetzt alles umpflügen für einen japanischen Garten. Und mittendrin wird dann sein Haus im japanischen Stil gebaut. Deshalb ruf ich ja an.«

»Um mir das zu erzählen? Gut schaust übrigens aus. Geht's dir auch so?«

Das Wangenrot scheint ihr peinlich zu sein. »Ja, sicher, alles bestens hier. Nur haben die Arbeiter beim Umgraben eine Leich gefunden.«

»Einer von Romanas Abendgästen?« Das ist ihm so rausgerutscht, jetzt findet er es selber frivol. »Tschuldigung. Hat die Leiche einen Namen?«

Lily schüttelt den Kopf, eine Haarsträhne löst sich aus dem Pferdeschwanz, und sie spielt nervös damit. »Das Skelett liegt schon eine ganze Weile da, wir schätzen so an die dreißig Jahre plus. Circa einsachtzig groß, männlich, mit einem frakturierten Schädelknochen am Hinterkopf.

Vermutete Todesursache: mit irgendwas Kantigem erschlagen. Oder auf was Kantiges gefallen. Wissen wir noch nicht. Ein Anhaltspunkt für seine Identität ist ein goldener Ehering, ganz klassisch. Mit einer Gravur: 14. Mai 1969.«

Martin hält die Luft an. Kein Wunder, dass er in vier Wochen Rundreise durch Kroatien keine Spur von August Glück gefunden hat. Kein Wunder – weil August in Kärnten geblieben ist, unter der Erde. Romana hatte recht ...

»Warum sagst du nichts? Du schaust aus, als wär dir ein Geist begegnet. Also ist es das, was ich denke?«

Er nickt, und Lily versteht. Sie hatte so eine Ahnung, weshalb sie ihn auch gleich anrufen musste. »Bist du dir sicher mit dem Ring und dem Datum?«

»Wir können Lotte fragen, ich hol sie her, aber ich bin zu hundert Prozent sicher. Ich komm noch heute runter, Lily, ich hab sowieso noch ein paar Tage frei. Sag Romana Bescheid, sie soll mir ein Zimmer reservieren. Oder sind alle belegt?«

Lily redet lauter, um die Geräusche zu übertönen. »Bei dem Baulärm nebenan? Nein, sie hat ihre Gäste woanders untergebracht. Für den Verdienstausfall und als Schmerzensgeld zahlt ihr Hugo Flock die Renovierung an ihrem Haus. Du, das mit deinem Vater tut mir leid.«

Martin versucht ein Lächeln. »Ist immerhin gut zu wissen, dass er uns nicht verlassen hat. Nicht freiwillig. Jetzt müssen wir noch rausfinden, was passiert ist.«

»Das wird schwierig werden nach all der Zeit«, schreit Lily.

»Ich hab da so eine Idee«, sagt Martin. »Also bis später, ich meld mich bei dir, wenn ich da bin.«

***

Vier Stunden braucht er von Wien nach Velden, eine Baustelle nach der anderen und die obligaten Staus. Dass sie ihn nicht aufregen, ist ein Wunder, oder vielleicht auch nicht, weil Martin sich einfach freut, wieder an seinen See zu kommen. Selbst wenn der Anlass ein trauriger ist. Als er das Tor der Einfahrt passiert, denkt er an August – wie er vor seiner Staffelei sitzen konnte, stundenlang. Die Villa Romana scheint ein Schicksalsort für die Glück-Männer zu sein.

Jenseits des Zauns stehen schwere Maschinen, die Baracke der Volksmusiker ist schon abgerissen. Romana, die Martin bei seiner Ankunft umarmt wie den verlorenen Sohn, meint, dass sie jetzt auch mit der Renovierung beginnen wird, weil zahlende Gäste sowieso ausbleiben bei dem Lärm. Doch sei die Saison eh vorbei, und natürlich müsse Martin nix zahlen für das Zimmer, das auf die andere Seite zeigt, zum Haus des armen Richard.

Romana öffnet die Tür im ersten Stock zu dem großen Zimmer, in dem er wohnen wird. »Er sitzt in Untersuchungshaft in Klagenfurt. Ich hab ihn dort einmal besucht und ihm was zu essen gebracht.« Romana zeigt auf das Haus. »Bin gespannt, wer da einziehen wird, Richard ja wohl nicht mehr.«

Martin öffnet seinen Koffer und räumt sein Gewand ein, viel ist es nicht. »Einige Jahre wird er schon kriegen, selbst wenn sie nicht von vorsätzlichem Mord ausgehen.«

»Wir müssen anstoßen auf das Glück, dass du wieder da bist.« Romana geht voraus in den Salon und nimmt die Flasche mit dem selbst aufgesetzten Kräuterlikör aus dem Schrank. Martin bittet inständig um ein Bier, weil er solchen Durst hat, was nicht einmal gelogen ist. Sie ist gnädig und setzt sich dann ihm gegenüber in den Thronsessel. »Und jetzt sag schon: Wer ist die Leich, die sie ausgegraben haben?«

Wieso wundert es ihn nicht, dass sie davon weiß? Martin nimmt einen kräftigen Schluck, während er überlegt, was er ihr sagen soll. Stellt sein leeres Glas ab. »Sie wissen es noch nicht genau. Aber der Ehering am Skelett, der könnte August gehört haben. Deshalb bin ich hergekommen.«

Romana stößt einen Schrei aus. »Hab ich's dir nicht gesagt?! Allen hab ich's gesagt: Der August ist nie von hier weggegangen. Hat Lotte ihn umgebracht?«

Die grünen Augen funkeln voller Mordlust.

»A geh, willst jetzt meiner Mutter einen Mord anhängen? Ich hab da eine ganz andere Theorie, aber die will ich erst mit Lily Prokopp bereden.« Das passt Romana gar nicht, er sieht es ihr an. »Und die muss ich jetzt anrufen, wie versprochen.« Er holt sein Telefon aus der Jacketttasche.

Romana steht unwillig auf und schaut auf ihn hinunter. »Ich wollt dir was kochen, Martin, aber wahrscheinlich gehst du mit der Kontrollinspektorin essen, oder?«

»Ich glaub schon, aber dafür lade ich dich morgen Abend ein. Wir können ins *Schloss* gehen, wenn du magst.«

Sie nickt etwas besänftigt, während er darauf wartet, dass Lily endlich rangeht. Beim zweiten Versuch klappt es.

»Hallo, Martin, ich bin schon auf dem Weg nach Velden. Ich hab Hunger! Sollen wir essen gehen?«

Nichts hat sich geändert, denkt er. »Warum nicht, was schlägst vor?«

»*Goritschnigg*, ich hab Lust auf ein feines Steak. In der Nachsaison kriegt man sogar einen Tisch ohne Reservierung. Ich hol dich ab, in zwanzig Minuten oder so ...«

Nachdem er sich umgezogen hat, wartet Martin auf der Terrasse, der Lärm ist inzwischen abgeklungen. Am nächsten Morgen wird er ganz früh, bevor die Bautrupps anrücken, zum Schwimmen gehen. Ist der Gedanke tröstlich, dass sein Vater dort begraben war, wo er seine glücklichsten Wochen des Jahres verbrachte?

***

Die Untersuchungshaft hat ihm nichts von seiner Arroganz genommen. Richard Landauf kommt in das Besucherzimmer wie zu einer Audienz. Blasser ist er geworden, denkt Martin, dürr ist er wie eh und je. Obwohl sich Martin nicht vorstellen kann, dass der Gefängnisfraß schlimmer ist als Romanas Küche.

Landauf nickt ihm kurz zu und setzt sich an die andere Seite des Tisches. Der Vollzugsbeamte steht mit verschränkten Armen an der Tür.

»Er hat Angst, dass ich ihm weglaufe«, scherzt Landauf, nachdem er Martin förmlich begrüßt hat. »Nett von Ihnen, dass Sie mich besuchen, Herr Chefinspektor. Oder ist das mehr als ein Höflichkeitsbesuch?«

Er setzt sich und sieht Martin spöttisch an. Doch das Lächeln stirbt, als der mit der Tür ins Haus fällt: der Leichenfund im Nachbargrundstück. »Ich konnte meinen Vater aufgrund des Eherings identifizieren«, sagt Martin, »nachdem ich ihn vier Wochen lang vergeblich in Kroatien gesucht habe. Sie wussten, dass August dort lag, nicht wahr?«

Landauf schüttelt stumm den Kopf. Doch er ist nicht mehr arrogant oder zu Scherzen aufgelegt. Er ist zutiefst beunruhigt.

»Doch, ich denke schon, Herr Dr. Landauf. Und ich bin überzeugt davon, dass der Tod meines Vaters mit den Kunstfälschungen zusammenhängt. Er hat gar nichts davon gewusst, oder? Warum hätte er sonst seine Bilder mit dem kleinen g signieren sollen, das mich überhaupt erst auf die Spur gebracht hat? Nein, August wusste es nicht. Sie haben ihm seine Bilder billig abgekauft und sie als Herschels teuer verkauft. So war es doch, oder?«

Landauf bleibt stumm. Er beißt sich nervös auf die Lippe und spielt mit seiner Brille, als ob seine Hände sich an irgendwas festhalten müssten.

»Mein Vater war ein korrekter Beamter. Niemals hätt er sich auf so was eingelassen. Stimmt's?«

Hat Landauf genickt – oder hat Martin sich das nur eingebildet?

»Schauen Sie, Sie werden vermutlich die nächsten zehn Jahre im Gefängnis verbringen. Sie haben den Mord an Monika Linde gestanden …«

»Totschlag«, sagt Landauf.

Martin räuspert sich. »Also gut. Aber wäre es nicht geradezu vernünftig, jetzt wirklich reinen Tisch zu machen? Die Wahrheit zu sagen – mir und natürlich auch Lily Prokopp. Sie wird heute Nachmittag herkommen. Ich wüsste einfach verdammt gern, was mit meinem Vater passiert ist. Wie er starb. Verstehen Sie das nicht?«

Er sieht Landauf in die Augen, der senkt den Kopf. Martin meint jedes Wort, das er sagt. Ob Landauf für seine Taten büßt, ob er sie bereut oder nicht, das ist ihm wurscht – im Moment zumindest. Er will die Wahrheit wissen, und wenn sie schrecklich ist, dann trotzdem. »Bitte!«

Ist es dieses eine Wort, das das Schweigen bricht? Martin weiß es nicht, doch Landauf sieht ihn jetzt an, trinkt einen Schluck aus dem Wasserglas und sagt leise: »Es war ein Unfall.«

»Was? Ich versteh Sie nicht.«

»Es war ein Unfall. August kam in mein Haus, weil er seine Bilder bei Hugo Flock entdeckt hatte. Ein dummer Zufall, er hatte Romana in die Villa begleitet, die ihn Flock vorstellen wollte. Ihren Kunstmaler aus Wien. Vielleicht hoffte sie, dass Flock ihm Bilder abkaufen würde, doch die hingen ja schon dort – als Herschels allerdings.«

»Und August tobte.«

»Oh ja«, sagt Landauf mit der Winzigkeit eines Lächelns. »Ich dachte, er bringt mich um, so wütend war er. Um ihn zu besänftigen, habe ich ihm eine Million Schilling als Beteiligung vorgeschlagen. Aber der dumme Kerl ...« Landauf schüttelt den Kopf.

»August war nicht dumm, er war nur korrekt. Der ließ sich nicht bestechen.«

Landauf betrachtet seine Hände, während er weiterspricht. »Ja, und danach wurde er nur noch wütender, ging sogar mit den Fäusten auf mich los. Da habe ich ihn weggeschubst ... ich schwöre, ich hab nicht mehr getan als das ... und August stolperte und fiel rückwärts mit dem Hinterkopf auf den Marmorsockel – so unglücklich, dass er daran starb. Das ist die Wahrheit, ich schwöre es bei meinem Augenlicht!«

Lily hat Martin Fotos von der Autopsie gezeigt. Die Fraktur am Hinterkopf könnte Landaufs Geschichte bestätigen. Die Wahrheit? Martin erinnert sich, dass sein Vater raschig sein konnte. Das Wutgen hat er von ihm geerbt.

»Sie glauben mir doch?!«

Martin nickt. Er weiß nicht, warum, doch er glaubt ihm. »Sie müssen aber auch die Kontrollinspektorin überzeugen. Vielleicht lässt sich mit dem Marmorsockel der Unfall rekonstruieren. Fallwinkel, Verletzung ...«

»Er steht noch genauso da wie früher. Da könnten sogar noch Blutflecken dran sein.« Landauf sieht Martin beinah flehentlich an. »Ich würde Ihnen die Million Schilling, die Ihr Vater abgelehnt hat, geben. Wenn Sie sie noch wollen.«

Martin muss keine Sekunde überlegen. »Nein. Das wär nicht richtig. Aber die Bilder meines Vaters hätte ich gern zurück. Das eine, das bei Ihnen hängt. Und Hugo Flock will die falschen Herschels sicher nicht haben, sondern sein Geld zurück. Wie Winzinger auch, ich nehm an, die beiden haben sich über ihre Anwälte schon bei Ihnen gemeldet.«

»Na sicher.« Landaufs Selbstmitleid ist unüberhörbar. »Sollte ich jemals wieder hier rauskommen, werde ich mittellos sein. Der gute Ruf dahin, das Geschäft ruiniert. Die feinen Herrschaften vom See wollen mit mir nichts mehr zu tun haben. Romana ist die Einzige, die mich noch besucht.«

»Was haben Sie erwartet?«, sagt Martin. Ganz sachlich, da ist keine Wut, nur Trauer.

»Können Sie mir denn verzeihen?«, sagt Landauf.

Martin weiß es nicht. Das sagt er ihm, bevor er aufsteht und geht. An der Tür dreht er sich noch einmal um: »Aber danke, dass Sie mir die Wahrheit über meinen Vater gesagt haben. Das war wichtig für mich!«

Letzte Worte. Martin Glück steigt in sein Auto, fährt zur Villa Romana, zieht sich im Badehaus um und stürzt sich in den See. Er taucht unter.

Das Fest der Liebe hat einen kleinen Haken: die LIEBE.

Christine Grän
Sternstr. 24
24 Weihnachtsgeschichten vom Parterre bis unters Dach
Hardcover, 213 Seiten
ISBN 978-3-86913-574-8

Advent – das ist in der Sternstraße 24 in München Schwabing der saisonale Höhepunkt von familiären Komödien und Tragödien, von Erwartungen und Enttäuschungen, erfüllten und unerfüllten Wünschen. Ob die Ökofamilie Kleist, das alternde Künstlerpaar Anna und Peter Hammer, die verblühende Schönheit Valentina Blum oder der trauernde Musiker Johnny Januschek – sie alle treffen sich in *Maries Deli*, einem kleinen Bistro im Parterre, wo gegessen, getrunken, geflunkert und gelacht wird. 24 Geschichten um ein Haus voller Leben, über Menschlichkeit, Aufmerksamkeit, Zuneigung, Leidenschaft und Zärtlichkeit, die wir mehr oder weniger großzügig schenken und uns doch so sehnsüchtig wünschen. Nicht nur zur Weihnachtszeit.

»Christine Grän schreibt mit rasierklingenscharfem Witz, listiger Grazie, Lust an der spitzen Formulierung und Musikalität des Stils.« *DER SPIEGEL*

Mörderisch hungrig?

Angela Eßer (Hrsg.)
Mordsappetit
Kulinarische Krimis aus Bayern
Klappenbroschur, 272 Seiten
ISBN 978-3-86913-174-0

Von wegen weiß-blaues Postkartenidyll! Bayern hat auch ganz andere Seiten zu bieten: Kriminell gute Autorinnen und Autoren ziehen eine Blutspur durch das ganze Bundesland von den Alpen über Augsburg und Nürnberg bis nach Bamberg – mit ihren Geschichten rund um gefährliche Köstlichkeiten und mörderisch delikate Schmankerln. Kulinarische Dreingabe zu jedem Kurzkrimi: das passende Rezept! Mordslust auf Hopfenspargelragout, Brezenguglhupf oder Weißwurst Italiano?

Mit Beiträgen von Friedrich Ani · Willy Astor · Angela Eßer · Werner Gerl · Michael Gerwien · Bernhard Jaumann · Thomas Kastura · Lotte Kinskofer · Tessa Korber · Barbara Ludwig · Andreas Mäckler · Beate Maxian · Marc Ritter · Irene Rodrian · Frank Schmitter · Leonhard Michael Seidl

Wenn Katzen Mörder jagen ...

Tessa Korber (Hrsg.)
Auf leisen Pfoten kommt der Tod
12 Katzenkrimis
Klappenbroschur, 251 Seiten
ISBN 978-3-86913-273-0

Katzen – schon die alten Ägypter wussten, dass diese Tiere Grenzgänger zwischen den Welten sind. Zahllose Detektive haben sie zu ihren Vertrauten gemacht. Und sogar höchstpersönlich ging die eine oder andere Katze schon auf Mörderjagd. In ihren Augen lauert der Abgrund, und ihre samtweichen Pfoten bergen tödliche Krallen. 13 Katzenliebhaber ließen sich vom Schnurren ihrer Lieblinge inspirieren und lauschten ihnen Fälle ab, die es in sich haben.

Mit Beiträgen von Jean Bagnol · Nicola Förg · Uwe Gardein · Fredrika Gers · Thomas Kastura · Christian Klier · Elke Pistor · Barbara Saladin · Andrea Schacht · Alexa Stein · Uwe Voehl und Malte S. Sembten · Günther Zäuner – und einer Katzengeschichte von Ingrid Noll